Vernon Rand ist Bergsteiger. Eines Tages beginnt er Hals über Kopf ein neues Leben. Er verlässt seine Arbeit, seine Frau und fliegt nach Genf, um in den Alpen zu klettern. Zusammen mit seinem Freund Cabot beschließt er, die Nordwand des Dru zu besteigen. In der Wand kommt es zur Katastrophe. Cabot stürzt ab und bleibt gelähmt. Rand kann das nicht akzeptieren und versucht, seinen Freund mit allen Mitteln, körperlich und psychisch, zu heilen.

*James Salter*, 1925 in Washington D.C. geboren und in New York aufgewachsen, diente zwölf Jahre als Kampfflieger in der US Air Force, bevor 1957 sein erster Roman »The Hunter« erschien. Seitdem lebt er als freier Schriftsteller in New York City und auf Long Island. Er gilt als moderner Klassiker der amerikanischen Literatur. 2013 erschien im Berlin Verlag sein gefeierter Roman »Alles, was ist«.

James Salter im Berlin Verlag:

*Lichtjahre* (978-3-8333-0351-7)
*Letzte Nacht* (978-3-8333-0416-3)
*Dämmerung* (978-3-8333-0519-1)
*Verbrannte Tage* (978-3-8333-0595-5)
*Ein Spiel und ein Zeitvertreib* (978-3-8333-0950-2)
*Alles, was ist* (978-3-8270-1162-6)

JAMES SALTER

# IN DER WAND

ROMAN

Aus dem Amerikanischen
von Beatrice Howeg

Berlin Verlag Taschenbuch

2. Auflage 2015
April 2014
Die Originalausgabe erschien 1975 unter dem Titel *Solo Faces*
bei Little, Brown in New York

Umschlaggestaltung: ZERO Werbeagentur, München,
unter Verwednung eines Bildes von © Greg Epperson/getty images
Druck und Bindung: Druckerei C. H. Beck, Nördlingen
Printed in Germany
ISBN 978-3-8333-0977-9

www.berlinverlag.de

1 Sie arbeiteten auf dem Dach der Kirche. Von oben trieben den ganzen Tag aus einem Meer von Licht, in dem zwei weiße Kreuze Zwillingskuppeln krönten, Stimmen herab, manchmal auch vereinzelte Holzstücke, Nägel, und einmal eine Münze, die in der traumgleichen Luft einen scheinbar endlosen Moment aufblitzte, verschwand und wieder aufglänzte, bevor sie auf der Erde aufschlug. Unter den Ästen eines Eukalyptusbaumes kündigte eine verglaste Anzeigetafel die Sonntagspredigt an: Sexualität und Gott.

Die Sonne stand hoch am Himmel, ergoß sich über Palmen, billige Apartmenthäuser und die Boulevards längs des Meeres. Spatzen hüpften ziellos zwischen den Stoßstangen von Autos. Landeinwärts, blendend und weiß, lag Los Angeles im Dunst. Sie arbeiteten mit nacktem Oberkörper, und sie hatten schwarze Flecken auf der Haut. Einer von ihnen trug ein an den Ecken geknotetes Taschentuch auf dem Kopf. Er tunkte seinen Besen in Teer und bestrich die Schindeln. Er redete ununterbrochen.

»Irgendwie fängt jede Religion mit der Hitze an«, sagte er. »Sie sind alle in der Wüste entstanden.« Er hatte die Art von jungem Bartwuchs, der wie dunkle Splitter unter der Haut sitzt. »Die Philosophie dagegen kommt, wenn man es genau betrachtet, aus gemäßigten Zonen. Der Intellekt aus dem Norden, das Gefühl aus dem Süden ...«

»Du verspritzt das ganze Zeug, Gary.«

»In Kalifornien gibt es keine Ideen. Andererseits können

wir hier vielleicht Gott sehen. Ein Wahnsinn, hier oben zu arbeiten. Ich sterbe vor Durst«, sagte er. »Hast du jemals *Four Feathers* gesehen? Das Original, mein ich – Ralph Richardson verliert seinen Helm, und die Sonne ... als hätt ihn ein Vorschlaghammer getroffen. Peng! Fünf Minuten – und schon ist er blind.« Einen Moment lang streckte er tastend die Hände vor, dann wechselte er zu einer Szene aus einem anderen Film: »Ärschiiße miisch! Töäte miisch!« In seinem schwarz verschmierten Gesicht erschienen Zähne wie ein aus schmutzigem Papier gewickeltes Sandwich.

Er stand da und beobachtete seinen Kollegen, der stetig und ohne Hast arbeitete. Das Dach schimmerte, in Licht getaucht. Weit unten waren die Türen, durch die den ganzen Tag lang, von oben beäugt, Frauen ein und aus gegangen waren. Im Untergeschoß fand ein Basar statt. Auf der nächsten Ebene: Kirchenschiffe und Bänke – er war nie in einer Kirche gewesen, er versuchte sich vorzustellen, was dort gesagt wurde, wie man sich da benahm. Darüber: er und Rand. Es war alles eine große aufstrebende Ordnung. Fleisch, Seele, Götter. Der Lohn: drei Dollar die Stunde.

Von unten faßte die Tiefe nach ihm, er stand da, die Füße seitlich auf den schmalen Klampen. Sie kam in Wellen herauf, er konnte spüren, wie sie sich in ihm auszubreiten begann. Das Gerüst schien weit unter ihm, der Boden noch weiter. Er stellte sich vor zu fallen, nicht von hier – er drückte die Füße auf die Klampen, sie waren fest –, sondern von einer unbekannten Spitze, plötzlich durch nichts gehalten, frei, in einem einzigen langen Moment an Fenstern vorbeischwebend, der Schatten von innen ungläubig wahrgenommen. Er stand da und starrte hinunter.

Er wollte sich unterhalten. Die Arbeit war von lähmender Eintönigkeit. Er langweilte sich.

»Heh, Rand.«
»Was?«
»Ich bin müde.«
»Mach 'ne Pause«, sagte Rand.

In Kalifornien gibt es einen bestimmten Schlag umherziehender Männer, die als Hilfsarbeiter, Schreiner oder Parkplatzgehilfen arbeiten. Sie bewahren sich eine gewisse Würde, sie sind überraschend schamlos. Man weiß, daß ihre Gesichter bald gezeichnet sein werden, ihre einfache Sprache stupide wird, daß sie am Ende durch jene, die ihre Schulbildung abgeschlossen, Land erworben haben oder Anwälte geworden sind, erdrückt werden. Aber sie haben eine Kraft, die einen rasend machen kann, die Kraft verurteilter Männer. Sie können mit jedem reden, sie können die Wahrheit sagen.

Rand war fünf- oder sechsundzwanzig Jahre alt. Er lebte mit einer Mexikanerin zusammen, so erzählte man sich zumindest, einer hochgewachsenen Frau, deren Arme mit feinen schwarzen Härchen bedeckt waren. Gary fragte sich, wo er sie wohl kennengelernt, was er ihr zu Anfang gesagt hatte? Es war ein Ferienjob für ihn, Gary war nur Zaungast, er würde es nie erfahren. Aber noch lange Zeit danach, wann immer er in diesem Tal war und auf einer Straße durch die Felder die Staubspur eines einzelnen Pickups aufsteigen sah, kehrte die Erinnerung zurück, das Bild eines gelben Mustangs, nur noch mit halbem Verdeck, der Fahrer, ohne Hemd, vertraut, der Wind in seinem Haar.

Es war eine Welt, die er verachtete und gleichzeitig beneidete, Männer, deren Freund er gerne wäre, Geschichten, die er gerne kennen würde.

Eines stellte er sich immer wieder vor: sich in zehn Jahren wiederzusehen – er war sich nicht sicher, wo, im Norden des Staates vielleicht, oben im Präriehochland, in einer der abgelegenen Städte. Er konnte Rand klar vor sich sehen, verblaßt, älter. Was er nicht sehen konnte, war, ob er sich verändert hatte.

»Na, wie ist es dir ergangen?«

»Hi, Gary.« Ein Achselzucken. »Ganz gut. Und dir? Scheint dir nicht schlecht zu gehen.«

»Kommst du manchmal nach L. A.?«

»Ab und zu.«

»Schau doch mal vorbei«, sagte Gary. »Ich wohn gleich hinter Wilshire, hier ist meine Karte ...« Und er begann, sein Leben zu beschreiben, nicht, wie er es gern gehabt hätte, sondern auf törichte Weise – er haßte sich dafür, redete schneller, kam vom Hundertsten ins Tausendste, als gäbe er jemandem Geld, der wortlos dastand und auf mehr wartete. Er konnte sich nicht abwenden, es mußte eine Summe geben, die Dankbarkeit auf sein Gesicht brachte, die es veranlaßte, einen Dank zu murmeln. Hier, sagte Gary, nimm dies und dies und das auch noch, nimm alles. Er erniedrigte sich. Er konnte nicht aufhören. Es war ein heißer Tag – in Ceres oder Modesto oder wo auch immer. In den Flußbetten lag das Wasser still da, die Bäche trocken. Auf offenem Weideland hinter der Stadt blökten Schafe. Rand hatte sich umgedreht und entfernte sich. Ohne es zu wollen, rief er:

»Heh, Rand!«

Was er sagen wollte, war: Sieh mich an, findest du nicht, daß ich mich verändert habe? Hättest du dir das damals vorstellen können?

All das im glitzernden Licht über der Kirche, ausgesetzt auf ihrem schwarzen Rücken wie gestrandete Seeleute. Er begann wieder mit der Arbeit, er stand auf der obersten Klampe und hielt sich an einer Dachrinne am unteren Rand der Kuppel fest. Er streckte den Arm aus. Sein Besen berührte fast die Kuppelspitze, aber nicht ganz.

»Schlag lieber noch 'ne Klampe ein«, sagte Rand.

»Es geht schon.«

Er streckte sich ein wenig mehr. Das Ende des Besenstiels in einer Hand balancierend, konnte er fast die Spitze erreichen. Er fühlte einen plötzlichen Moment des Triumphs. Er war schwerelos, eine Eidechse an der Wand. Er existierte in einer Art luftigen Freude. Genau in dem Moment gab die Welt nach – sein Fuß rutschte von der Klampe. Sofort fiel er. Er versuchte, sich an den Schindeln festzuhalten. Der Besen schlitterte vom Dach. Er konnte nicht einmal aufschreien.

Etwas traf ihn am Arm. Eine Hand. Sie rutschte an sein Handgelenk.

»Halt fest!«

Er hätte nach allem gegriffen, einem Blatt, einem Ast, dem Henkel eines Eimers. Er umklammerte Rands Handgelenk, seine Füße traten noch immer ins Leere.

»Zieh nicht so«, hörte er. »Nicht ziehen. Sonst kann ich dich nicht halten.« Einen Zentimeter zuerst, dann noch einen, löste sich der Pakt, den sie in letzter Sekunde geschlossen hatten. »Versuch, nicht abzurutschen!«

»Ich kann nicht!« Entsetzen schnürte ihm die Kehle zu.

»Greif mit den Fingern unter eine Schindel.« Rand wurde langsam selber hinuntergezogen. Es war seiner Stimme nicht anzuhören.

»Ich rutsch ab!«

»Halt dich an irgend etwas fest.«

Schließlich schaffte er es. Fast mit den Fingernägeln hielt er sich an einer Schindel fest.

»Kannst du dich so halten?«

Gary antwortete nicht. Er hielt sich an einer einzigen

Schuppe eines Monsters fest. Rand war schon verschwunden. Er lief unten auf dem Gerüst entlang und begann rasch eine Klampe einzuschlagen. Von oben kam ein letzter Ruf:

»Meine Hände rutschen ab!«

»Schon gut. Du hast eine Klampe. Gesicht nach oben, damit du weißt, wo du bist.«

Unter ihnen hielt der Pastor den heruntergefallenen Besen in der Hand, er starrte hinauf.

»Ist alles in Ordnung?« rief er. Er war ein moderner Mensch, dem sakrales Auftreten zuwider war; er fuhr einen Porsche und streute Passagen aus verschiedenen Bestsellern in die Gebete für die Toten. »Den müssen Sie fallen gelassen haben.«

Gary stand auf dem Gerüst. Er zitterte, er fühlte sich hilflos. »Danke«, war alles, was er sagen konnte. Sogar später, als sie am Imbißstand neben dem Bauhof einen Kaffee tranken, konnte er nicht darüber sprechen. Er war immer noch wie betäubt.

»Das war knapp«, sagte Rand.

Mädchen von der chemischen Reinigung gingen in weißen Kitteln über die Straße, sie lachten, redeten miteinander. Gary fühlte sich schwach, beschämt. »Das Gerüst hätte mich vielleicht aufgefangen«, sagte er.

»Du wärst voll darüber rausgeschossen.«

»Meinst du?«

»Wie ein Vogel«, sagte Rand.

2 Über Los Angeles hing das leise Rauschen des Verkehrs wie ein Dunstschleier. Die Luft hatte eine gewisse Kühle, eine morgendliche Klarheit. Der Wind kam vom Meer, das wie kaum etwas anderes der Stadt ihre Aura verleiht. Das Morgenlicht strömte herab auf die Geschäfte, die Markisen, die Blätter jeden Baumes. Es fiel auf großzügige Villen und Auffahrten und auf die verblichenen Straßen heruntergekommener Viertel, in denen Häuser mit fünfziffrigen Nummern unter großen Namen – Harlow Avenue, Ince Way – vor sich hin dösten. Es wird oft gesagt, es gäbe zwei Los Angeles, manchmal mehr, aber in Wirklichkeit gibt es nur eines: sechs Spuren breit, in der Ferne Palmen, das eine Ende verschwindet im Meer. Kleine Apartmenthäuser mit Namen von mythischen Inseln – Nalani, Kona Kai –, Zahnarztpraxen, mexikanische Restaurants und Frauen auf Bänken, auf deren Rücklehnen für Bestattungsinstitute geworben wird. Die Autos schießen wie Projektile vorbei. An den Berghängen spiegeln hohe Gebäude die Sonne.

Es gibt Stadtteile, die abseits liegen, unbeachtet wie Treibgut in den Wellen. Einer davon ist Palms. Mit Maschendraht umzäunte Gärten. *Zu vermieten*-Schilder. Staubige Fenster. Im Schatten eines Jakarandabaums, der seine Blätter auf das Dach warf, stand ein ungestrichenes Haus, eines, das man eher auf dem Land erwartet hätte. Vier weiße Pfosten stützten das Dach der Veranda. Der Vorgarten war überwuchert, Gerümpel lag herum. Hinter dem Haus war ein Garten voller Unkraut. In einem Fenster hing eine amerikanische Flagge aus Blech. Über allem ein leerer Himmel von jähem Blau. Eine graue Katze streifte mit steil aufgerichtetem Schwanz durch das Gras. Zwei Tauben stoben mit klatschenden Flügeln in die Luft. Die Katze beobachtete sie mit gehobener Pfote. In der Auffahrt parkte ein verblichen gelbes Auto, kreidig vom Staub.

Das Haus gehörte einer jungen Frau aus Santa Barbara. Sie war groß, hellhäutig. Man konnte sich kaum vorstellen, daß jemand sie als Mexikanerin beschrieben hätte. Ihr Haar war schwarz. Ihre Mutter war eine Dame der Gesellschaft, die sich einmal bei dem Versuch, sich das Leben zu nehmen, ins Bein geschossen hatte. Ihr Vater unterrichtete neuere Sprachen. Ihr Name war Louise Rate, »R-A-T-E«, fügte sie hinzu, vor allem am Telefon.

Rand wohnte seit einem Jahr bei ihr, nicht wirklich im Haus, da sein gemietetes Zimmer der Werkzeugschuppen war, aber er war im Grunde auch kein Mieter. Als er sich bei ihr vorstellte, entstand nach kurzer Zeit ein nervöses Schweigen. Wie sie ihm später sagte, hatte sie sich selbst ermahnt, nicht zuviel zu reden. Sie öffnete die Tür zu dem Schuppen und ging vor ihm hinein. Es war ein langer schmaler Raum, der sich an die Rückseite des Hauses anschloß. Darin standen ein Bett, eine Kommode, Regale mit alten Büchern.

»Die können Sie umstellen, wenn Sie wollen.«

Er sah sich um. Die Decke war in abwechselnden Streifen weiß und im Grün von Bootsplanken gestrichen. Kisten mit leeren Flaschen standen auf dem Boden. Im Haus spielte das Radio; das Geräusch drang durch die Wand. Sie erschien ihm abrupt, uninteressiert. An dem Abend schrieb sie etwas über ihn in ihr Tagebuch.

Ihr Sternzeichen war Krebs, sie hatte kleine Zähne, blasses

Zahnfleisch, ungelenke, glatte Glieder. Sie nannte ihn bei seinem Nachnamen. Anfangs schien es Geringschätzung zu sein. Es war ihre Art.
Sie arbeitete in einer Urologenpraxis. Die Arbeitszeiten kamen ihr entgegen, und es gefiel ihr, in den Patientenakten zu lesen. Sie sagte gerne, sie lebe im Exil.
»Es sieht ein wenig chaotisch aus«, hatte sie sich entschuldigt. »Ich hatte keine Zeit, mich darum zu kümmern. Es ist aber eine angenehme Straße. Sehr ruhig. Was machen Sie beruflich?«
Er sagte es ihr.
»Aha«, sagte sie. Sie verschränkte die Arme, ließ sie wieder sinken. Sie wußte nicht, was sie sagen sollte. Die Sonne strömte herab, es war ein warmer Nachmittag, auf den Straßen war viel Verkehr. Durch die Fenster konnte man auf benachbarte Häuser sehen, in denen die Vorhänge immer zugezogen waren, wie bei einem Krankenzimmer. Und es gab eine Krankheit, die vergeudeter Leben.
»Gut …«, sagte sie unbeholfen. Das aufkommende Gefühl einer naheliegenden Freude, vielleicht sogar eines möglichen Glücks, irritierten sie. »Wenn Sie wollen, können Sie es haben. Wie heißen Sie?«
In den ersten paar Tagen bekam er sie kaum zu sehen. Dann, nur kurz hereinsehend, lud sie ihn zum Abendessen ein.
»Es ist nichts Großartiges«, erklärte sie.
Die Kerzen tropften auf das Tischtuch. Die Katze strich um das Geschirr im Spülbecken. Louise trank Wein und sah ihn ab und zu verstohlen an. Sie hatte noch keinen richtigen Blick auf sein Gesicht werfen können. Er kam aus Indianapolis, erzählte er ihr. Seine Familie war nach Kalifornien gezogen, als er zwölf war. Er war nach einem Jahr vom College abgegangen.

»Ich mochte die Cafeteria nicht«, sagte er. »Ich mochte das Essen nicht und auch nicht die Leute, die dort aßen.«
Dann war er zur Armee gegangen.
»Zur Armee?« sagte sie. »Was haben Sie bei der Armee gemacht?«
»Ich wurde eingezogen.«
»Fanden Sie es da nicht schrecklich?«
Er antwortete nicht. Er saß da, den Arm um den Teller gelegt, er aß langsam wie ein Gefangener oder ein Mann, der in Odachlosenheimen gewesen war. Plötzlich verstand sie. »Ach so!« hätte sie beinahe gesagt. Sie sah es vor sich: er war ein Deserteur. In dem Moment blickte er auf. Keine Sorge, versuchte sie ihm im stillen zu sagen. Sie bewunderte ihn, sie vertraute ihm gänzlich. Sein Haar war lange nicht geschnitten worden, er hatte feine Nasenflügel, lange Beine. Er war von einer Freiheit erfüllt, die fast sichtbar war. Sie sah, was er hinter sich hatte. Er war durchs Land gezogen, hatte in Scheunen geschlafen, auf Feldern, in trockenen Flußbetten.
»Ich verstehe …«, sagte sie.
»Was verstehen Sie?«
»Die Armee.«
»Sie hätten mich nicht wiedererkannt«, erklärte er. »Ich war so begeistert, Sie würden es nicht glauben. Wir hatten einen Hauptmann. Sein Name war Mills. Er kam aus Arkansas, ein toller Mann. Er erzählte oft davon, wie sich die Soldaten, als General Marshall starb, draußen versammelt hatten. Sie standen in der Dämmerung und sangen seine Lieblingslieder. Allein die Vorstellung beeindruckte mich. Den anderen Leuten in meiner Einheit war das völlig egal. Ich war aber nicht wie sie. Glaubte ich zumindest. Ich war ein richtiger Soldat, ich wollte zum Offizierslehrgang und Leutnant werden. Ich wollte der beste Leutnant der ganzen

verdammten Armee werden. Alles wegen dieses einen Hauptmanns. Wo er hinging, wollte ich auch hingehen. Wenn er starb, wollte ich auch sterben.«

»Ist das wahr?«

»Ich ahmte ihn nach, seine Art sich zu kleiden, zu gehen. Die Armee ist wie ein Heim für schwer Erziehbare. Jeder lügt und betrügt. Ich haßte das alles. Ich redete mit niemandem, ich hatte keine Freunde, ich wollte den Schmutz nicht an mich rankommen lassen. Sie finden das sicher nicht sehr interessant. Ich weiß nicht, warum ich Ihnen das erzähle.«

»Doch, ich find es interessant.«

Er machte eine Pause, dachte an die Zeit des Glaubens zurück.

»Wir hatten einen Hauptfeldwebel, einen uralten Knochen, der konnte kaum seinen eigenen Namen schreiben. Wir nannten ihn Bolo. Ich wußte, daß er mich mochte, ich mein, ich spürte das irgendwie. Eines Abends bei einem Besäufnis fragte ich ihn nach meinen Chancen auf Beförderung. Ich werde es nie vergessen. Er sah mich an, halb nickend. Er sagte: ›Rand, weißt du, ich bin schon sehr lange bei der Armee.‹ ›Bei die Armee‹, sagte er wörtlich. ›Mein Vater war bei den Marines, hab ich dir das schon erzählt? In China. Schon mal was von den China-Marines gehört? Die schlechtesten Soldaten der Welt, sag ich dir. Mit Hausdienern, die ihnen die Gewehre geputzt haben. Und die Schuhe. Und mit weißrussischen Freundinnen. Ich sag dir, die konnten nicht mal ihr Sturmgepäck packen. Ich war damals ein Junge; erinner mich gut. Ich sag dir, ich war in Korea – ist schon lange her –, das war hart. In Saigon. Überall. Wo du willst. Bin in Schneestürmen abgesprungen, zwei Tage hat's gedauert, bis wir 'nen Zug zusammenbekommen haben. Ich bin nachts gesprungen. In Flüsse – weil irgendwas schiefgegangen war. Ich hab Typen aus der ganzen Welt kennengelernt, und ich sag dir was: du wirst es in der Armee weit bringen, du wirst wahrscheinlich einer der besten Soldaten werden, die es je gab.«

»Meinte er das ernst?«

»Ich weiß nicht – er war voll wie 'ne Haubitze.«

»Und was ist dann passiert?«

»Ich bin in 'ne Sache reingeraten.«

Die gewaltige südliche Nacht hatte sich über sie gesenkt. Überall glitzerte es, Häuser am Strand, spät geöffnete Supermärkte, die weißen Markisen der Kinos.

»Hier«, sagte sie. »Noch etwas Wein?«

»Ich hätte Hauptmann werden können.«

Sein blaues Hemd war ausgeblichen, sein Gesicht merkwürdig ruhig. Er sah aus wie ein unehrenhaft entlassener Offizier, ein Mann, dessen Schicksal ihn betrogen hatte.

»Ich dachte, Sie wären desertiert«, gestand sie.

»Nein, damals nicht. Ich war durch und durch Soldat.« Er schüttelte den Kopf. »*Wir ziehen heut nacht hinaus ...*«, murmelte er. »Ich hab an das alles geglaubt, können Sie sich das vorstellen?«

In dieser Nacht schlief er in ihrem Bett. Sie wären sonst Feinde geworden. Sie wußte, daß sie hektisch und nervös war. Vielleicht merkte er es nicht. Das Bett war sehr breit, ihr Ehebett. Die Laken hatten Spitzenränder.

»O Gott«, stöhnte sie. Es war das erste Mal seit ihrer Scheidung, sagte sie. »Kannst du dir das vorstellen?«

»Ja.«

»Die Geschichte, die du erzählt hast«, sagte sie später, »ist die wahr?«

»Welche Geschichte?«

»Über die Marines.«

Er konnte sie dort im Dunkeln sehen, sie hatte die Augen geschlossen.

»Die Marines. Welche Marines?«

Am Morgen begleitete sie ihn zur Arbeit.

Solange man Frauen nicht kennt, sehen sie anders aus. Sobald er ihr nahegekommen war, wirkte sie anders auf ihn. Nicht, daß er sie nicht mochte. Er beobachtete sie vor dem Tisch mit dem Klappspiegel, wenn sie sich für den Abend zurechtmachte. In dem engen Lichtkreis nahm ihr mysteriöses Spiegelbild ihn nicht einmal wahr, selbstversunken blickte sie geradeaus, während sie sich die Augen schwarz umrandete. Ihre Halsketten hingen an einem Hirschgeweih. Aus Zeitschriften ausgeschnittene Bilder waren an die Wand geheftet.

»Wer ist das?« sagte er. »Dein Vater?«

Ein kurzer Blick.

»Das ist D. H. Lawrence«, murmelte sie.

Ein junger Mann mit einem Schnurrbart und feinem braunem Haar.

»Weißt du, wie der aussieht?« sagte er überrascht. Er konnte es kaum glauben. Er drehte sich zu ihr um, damit sie selbst darauf kam. »Heh ...«, sagte er. »Sieh doch mal.«

Sie starrte auf ihr Spiegelbild.

»Warum hab ich so dünne Lippen?« jammerte sie.

Ja, dann mochte er sie. Sie war ironisch, blaß. Sie wollte glücklich sein, konnte es aber nicht, weil es sie dessen berauben würde, was bliebe, wenn er, wie all die anderen, fortging. Etwas wurde immer verweigert, bewacht, bespöttelt. Sie war ungeduldig und gereizt mit ihrem Sohn, der das stoisch ertrug. Sein Name war Lane, er war zwölf. Sein Zimmer lag am anderen Ende des Flurs.

»Armer Lane«, sagte sie oft. »Er wird es nicht weit bringen.«

Er war schlecht in der Schule. Die Lehrer mochten ihn, er hatte viele Freunde, aber er war langsam, vage, als lebte er in einem Traum.
Es gab Abende, an denen sie, müde vom Tanzen, aus der Stadt zurückkehrten und sich im Flur an seiner Tür vorbeidrückten. Sie gab sich Mühe, leise zu sein, sprach im Flüsterton.
Ihr Schuh fiel krachend wie ein Schuß zu Boden.
»O Gott«, sagte sie.
Sie war zu müde, um mit ihm zu schlafen. Die Energie war auf dem Tanzboden geblieben. Und wenn, dann tat sie es halbherzig, und wie zwei leblose Körper eines noch unentdeckten Verbrechens lagen sie halb zugedeckt im ersten Licht des Morgens, in vollkommener Stille, man hörte nur die ersten verstreuten Vogelstimmen.
Sonntags fuhren sie ans Meer. Im klaren Licht des Frühlings war der Himmel von sanftem Blau, ein Blau, das die Hitze noch nicht spürte. Kleine Häuser, Holzplätze, armselige Märkte. Die letztendliche Trostlosigkeit der Küste. Die Straßen von Los Angeles lagen hinter ihnen, die silbernen Autos, Männer in teuren Anzügen.
Wie sie vom Highway den Hang hinab zum Strand gingen, halbnackt, die Badetücher in den Händen, sahen sie aus wie eine Familie. Als sie näher kamen, war es sogar noch interessanter. Sie hatte schon die steifen, zögernden Bewegungen, die mit dem mittleren Alter kommen. Ihre Aufmerksamkeit galt ganz ihren Füßen. Nur die humorvollen, graziösen Bewegungen ihrer Hände und das Tuch um ihren Kopf ließen sie jung erscheinen. Die Person hinter ihr war groß und resigniert. Jemand, der noch nicht wußte, daß immer etwas kommt, das einen rettet.
Sie war eine Frau, die eines Tages zu trinken anfangen oder

Kokain nehmen würde. Sie war nervös, unsicher. Sie redete oft darüber, wie sie aussah oder was sie anziehen würde. Sie strich sich den Sand aus dem Gesicht. »Was hältst du von Weiß? Ganz weiß, so wie die Leute im Theodore's?«

»Wofür?«

»Weiße Hosen mit nichts drunter«, sagte sie. »Weißes T-Shirt.« Sie stellte sich vor, so auf einer Party aufzutreten. »Rote Lippen und etwas Blau um die Augen. Alles andere weiß. Kommt ein Typ, gutaussehend, und sagt: ›Wissen Sie, ich mag die Farbe Ihrer Brustwarzen. Sind Sie allein oder mit jemandem hier?‹ Ich seh ihn ganz ruhig an und sage: ›Verzieh dich.‹«

Sie dachte sich diese Geschichten aus und spielte sie nach. Eine Minute zuvor wollte sie geküßt werden, in der nächsten waren ihre Gedanken woanders. Und sie war sich seiner nie wirklich sicher. Sie wagte nicht, sich der Vorstellung hinzugeben, daß er bei ihr bliebe. Aus Angst vor dem, was geschehen könnte, war sie frivol, undurchsichtig, trällerte vor sich hin wie ein Vogel im Wald, um sich der drohenden Gefahr nicht bewußt zu werden.

Eines Morgens stand er vor fünf Uhr früh auf, als es noch kaum hell war. Der Boden unter seinen Füßen war kühl. Louise schlief. Er nahm seine Kleider auf und ging den Flur hinunter. Lane lag in seiner Unterwäsche auf zerknüllten Laken und schlief. Seine Arme waren wie die seiner Mutter, schlank und glatt. Rand schüttelte ihn leicht. Seine Augen schimmerten kurz auf.

»Bist du wach?« fragte Rand.

Es kam keine Antwort.

»Komm«, sagte er.

3 Die Scheiben des geparkten Wagens waren beschlagen. Zeitungen lagen auf den Rasen der Vorgärten. Die Straßen waren leer. Die Busse fuhren noch mit Licht. Die Autobahn war bereits belebt – eine gespenstische Prozession in Richtung Innenstadt. Eine Wolkendecke hing über der Stadt. Im Osten war der Himmel heller, fast gelb. Unten, am Horizont, war es licht. Dann plötzlich, als löste sie sich aus der Erde, hob sich die geschmolzene Sonne. Die Gebäude der Innenstadt tauchten auf, groß und gleichförmig. Sie schienen sich langsam zu verändern und ein unbekanntes Gesicht in seinen Details zu offenbaren, ein planetenhaftes Gesicht, das von der Sonne angestrahlt wurde.
Ein Strom von Autos trieb ihnen aus einer Helligkeit entgegen, die die Straßenschilder verdunkelte. Ungefähr dreißig Kilometer weiter tauchten zwischen den letzten Apartmenthäusern und Motels die ersten Hügel auf. Der Verkehr war nicht mehr so dicht, Krankenschwestern, die nach Hause fuhren, Japaner, bärtige Schwarze, die Gesichter wie in Andacht ins Licht der Dämmerung getaucht. Es war sieben Uhr. Bei Pomona öffnete sich das Land. Obstgärten, Farmen, brachliegende Felder, die Felder, die einst das Land ausgemacht hatten. Eine ruhigere und reinere Landschaft umgab sie jetzt, darüber lagen die besänftigenden Wolken wie eine Decke. Der blaue Atem des Regens fiel in der Ferne aus ihnen heraus. Eine Menge weißer, wie Grabsteine geneigte Objekte zog rechts an ihnen vorbei.

»Was ist das denn?«
Rand sah hinaus.
»Bienenstöcke«, sagte er.
Der Himmel brach in einzeln strahlende Fragmente auf.
Bei Banning verließen sie die Autobahn. Sie waren jetzt weit von der Stadt entfernt, mindestens eine Generation weit. Die Häuser waren schlicht. Man sah Wohnwagen, hinkende Hunde. Die Straße stieg langsam in karge Hügel hinauf. In jeder Kurve hatte man einen Ausblick auf weites, von Hekken und Zäunen durchzogenes Farmland, das bis ins Tal abfiel. Vor ihnen lag Leere, Land, das niemandem gehörte.
»Ab hier wird es schön«, sagte Rand.
Die Berge waren schieferfarben, die Sonne stand hinter ihnen. Das Tal, das der Highway wie eine silberne Ader durchzog, verschwand aus dem Blick. Jenseits davon tauchte eine Gebirgskette auf, die Gipfel noch weiß vom Schnee. Die Straße war still und glatt.
»Wie hoch sind wir?«
»Sieben-, achthundert Meter.«
Das Unterholz verschwand. Sie schossen durch Kiefernwälder. Den Straßenrand säumten Schneebänke.
»Sieh mal, ein Hund.«
»Das ist ein Koyote.«
Er drehte sich um, bevor sie ihn erreichten, und verschwand zwischen den Bäumen.
Sie fuhren in eine kleine Stadt hinunter. Tankstellen, ein dreieckiger Park. Es war ihm alles vertraut. Er kannte den Weg, als wäre es gestern gewesen. Eine Waldstraße, vorbei an Häusern mit Namen wie Nirvana und Last Mile, dann ein paar grüne Wasserbehälter, und da vor ihnen war es, ein gewaltiges Felsmassiv, die Schultern der Grate strahlten in der Sonne.

Die Aufregung durchlief ihn wie ein Schauder. Der Himmel war klar. Es war fast neun Uhr.
Sie hielten, die Wagentüren standen zu beiden Seiten offen, und wechselten die Schuhe. Rand holte einen kleinen Rucksack und ein leuchtendrotes Seil aus dem Kofferraum. Er ging voran, von der Straße hinunter zu einem halb versteckten Pfad. Sie folgten ihm eine Weile, wandten sich dann bergaufwärts und begannen den Aufstieg. Die Kiefern waren hoch und still. Die Sonne sickerte durch sie hindurch auf den Waldboden. Rand ging stetig voran, ohne Hast, fast mit einem Zögern zwischen den einzelnen Schritten. Es machte keinen Sinn, seine Kraft hier zu vergeuden. Dennoch brannte es in den Beinen. Schweiß glänzte auf ihren Gesichtern. Ein- oder zweimal machten sie halt, um sich auszuruhen.
»Das ist der anstrengendste Teil. Es ist nicht mehr weit«, sagte Rand.
»Mir geht's bestens.«
Ein großer Findling, den nur ein Gletscher hatte mitführen können, tauchte ein Stück weit entfernt vor ihnen auf, nahe dem Fuße der eigentlichen Felswand, die ihre Größe verloren zu haben schien. Die riesigen Platten, die steil in den Wald hinabtauchten, waren verschwunden. Nur die unterste, nächstgelegene, war sichtbar.
Rand löste das Seil. Er schlang es um die Taille des Jungen und sah zu, wie er den Knoten machte. Das andere Ende legte er sich selbst um.
»Willst du als erster gehen?« sagte er.
Es war leicht am Anfang. Mit der Behendigkeit eines Eichhörnchens bewegte sich Lane bergauf. Nach einer Weile hörte er einen Ruf:
»Hier ist eine gute Stelle, um Stand zu machen.«
Rand begann zu klettern. Der Felsen fühlte sich warm an,

fremd, er ergab sich noch nicht. Lane wartete in einer Nische zehn Meter über dem Boden.

»Ich mach weiter«, sagte Rand.

Jetzt stieg er vor, der Junge sicherte. Während er kletterte, setzte er den einen oder anderen Haken. Er schlug sie in Felsrisse. Er klinkte ein metallenes Verbindungsstück, einen Karabiner, in den Haken, und das Seil lief hindurch.

Weit unter ihm war ein kleines nach oben blickendes Gesicht. Rand kletterte mühelos, mit sicheren Bewegungen. Er sah nach oben, tastete nach einem Griff, dann bewegte er sich ohne Anstrengung hinauf.

Der Fels ist wie die Oberfläche des Meeres, ebenmäßig, aber nie gleich. Zwei Bergsteiger, die genau dieselbe Route klettern, werden sie auf verschiedene Weise bewältigen. Ihre Reichweite ist nicht dieselbe, ihr Selbstvertrauen, ihre Sehnsucht. Manchmal wird der Weg eingeengt, es gibt nur wenig Griffe, keine Alternativen – dann ist der Berg eindeutig in seinen Forderungen –, aber gewöhnlich kann man selbst entscheiden, wie man klettern will. Natürlich gibt es Grundregeln. Die erste betrifft das Seil. Es dient der Sicherheit, aber man sollte immer klettern, als wäre das Seil nicht da.

»Stand!« rief Rand. Er hatte einen guten Sicherungsplatz erreicht, am Ende einer senkrechten Platte. Hinter ihm war ein gut ausgebildeter Felszacken. Er legte einen Nylongurt in einer Schlinge darum und hängte sich ein. Er zog das Restseil nach oben, führte es um die Hüfte, um gegebenenfalls Halt zu geben.

»Nachkommen!« rief er.

»Komme«, kam schwach hörbar die Antwort.

Lane hatte ihn genau beobachtet, aber von unten konnte er nicht viel erkennen. Nach ein paar Metern war ihm alles fremd. An manchen Stellen schien es einen Trick gegeben zu haben – es war ihm unmöglich vorwärtszukommen –, aber mit dem Seil, das sanft an ihm zog, schaffte er es. Es war steiler, als es ausgesehen hatte. Er war schmächtig, ein Fliegengewicht. Es hätte ihm möglich sein müssen, sich an den kleinsten Felsunebenheiten festzuhalten. Sein Fuß rutschte von einem kleinen Tritt ab. Er fing sich irgendwie. Er setzte die Fußspitze zurück an die gleiche Stelle, mit weniger Vertrauen. Dieses Stück war sehr schwierig. Er starrte nach oben. Seine Beine zitterten. Die Platten über ihm waren glatt, glänzend wie eine Schiffswand. Dahinter ein brennendes Blau.

Er vergaß, was er tun sollte, mühte sich blind, verzweifelt. Seine Finger schmerzten. Resignation lag schwer auf seiner Brust.

»Setz deinen rechten Fuß dahin, wo dein linker ist!«

»Was?« rief er kläglich.

»Setz deinen rechten Fuß neben deinen linken und greif mit der linken Hand.«

Seine Finger verloren den Halt.

»Ich kann nicht!«

»Versuch es.«

Er tat, wie ihm gesagt wurde, unbeholfen, verzweifelnd. Sein Fuß fand einen Halt, seine Hand einen weiteren. Plötzlich war er gerettet. Er stieg langsam weiter, und nach ein paar Minuten hatte er seine Angst vergessen. Als er Rand erreichte, grinste er. Er hatte Fehler gemacht. Er hatte sich zu sehr an den Fels gedrückt, zu weit nach außen gegriffen. Er hatte seine Schritte nicht geplant. Dennoch war er angekommen. Ein Gefühl von Stolz erfüllte ihn. Der Boden lag weit unter ihnen.

Zu ihrer Linken, auf einer schwierigeren Route, einem glatten, exponierten Felsen, waren zwei weitere Bergsteiger. Rand beobachtete sie, während er das Seil ordnete. Sie hingen in einer fast glatten Wand. Der Seilerste war flach an den Felsen gedrückt, sein Haar schimmerte bleich in der Sonne, er hatte die Arme ausgestreckt, die Beine gespreizt. Selbst in dieser Extremposition strahlte er eine Art Kraft aus, so, als würde er den Felsen stützen. Ansonsten befand sich niemand auf dem ganzen Tahquitz.

Rand wandte sich von den beiden ab. Mit einer weiten Geste des Arms bemerkte er: »Das ist es.«

Der Wald lag unter ihnen in der Tiefe, das Tal. Obwohl noch weit vom Gipfel entfernt, waren sie in ein Reich der Stille eingetreten. Das Licht war anders, die Luft.

»Das nächste Stück ist leichter«, sagte Rand.

Der Berg hatte sie angenommen; er war bereit, seine Geheimnisse preiszugeben. Die Unsicherheit war verschwunden, die Angst vor schlechten Griffen, vor Stellen, an denen sich die Fußspitze nur aufgrund des Winkels hält, in dem man sie setzt, die Unentschlossenheit – ein Schritt führt nicht weiter, man sucht sofort nach einem anderen, vielleicht einem dritten. Zögert man, verschwinden die Griffe, ziehen sich zurück.

Die Bergkuppe war flach und staubig, wie ein vergessener Winkel eines Parks. Die anderen beiden Bergsteiger saßen auf einem Felsen in der Sonne. Sie trugen abgenutzte Hemden und Kletterhosen, Seil und Ausrüstung lagen zu ihren Füßen. Als sich Rand näherte, hob der Vorsteiger, der Sportschuhe trug, den Blick.

»Dacht ich mir, daß du das bist«, sagte Rand. »Wie geht's, Jack?«

Cabot streckte nur beiläufig die Hand aus. Er hatte ein breites Lächeln, seine Zähne waren von einem glanzlosen Weiß, mit leicht gezackten Kanten. Sein Haar war ungekämmt und

fettig, als hätte er die Nacht über auf der Veranda geschlafen. Er war freundlich, selbstsicher. In seiner Stimme lag eine gewisse Wärme.
»Der verlorene Bruder«, sagte er. »Setz dich. Willst du ein Sandwich?« Er streckte ihm eins entgegen, eine anmutige Spontaneität lag in seiner Bewegung. Die Sonne glänzte auf seinem Haar. Die Schultern unter dem ausgeblichenen Hemd waren kraftvoll.
»Ich hab euch da unten kämpfen sehen.«
»Warst du schon mal in der Wand?« fragte Cabot.
»Dem Step?«
»Dein Wohnzimmer, wie? Du Hund.«
»Das nicht gerade.«
»Wo bist du gewesen? Ich hab nach dir gesucht.« Es folgten ein paar Fetzen aus einem Lied, die Cabot vor sich hin sang. »*Manche sagen, er bringt's nicht mehr. Klettert mit Typen wie Craig und mir* … Heh«, rief er Lane zu, der drei Meter entfernt saß und nicht wagte, zu ihnen herüberzukommen: »Wie hat er sich angestellt? Ging's einigermaßen?«
Rand teilte das flachgedrückte Sandwich.
»Ich hab überall nach dir gefragt«, sagte Cabot. »Keine Spur. Ich hab oft an dich gedacht, mußt du wissen. Ehrlich.«
Er war in Europa gewesen, in Dörfern, wo sich das einzige Telefon in einer Kneipe befand und die Hauswände einen halben Meter dick waren. Er hatte den ganzen Sommer und Herbst dort verbracht. Die Namen der Berge, die jedem Bergsteiger geläufig sind, waren jetzt auch ein Teil von ihm, der Cima Grande, die Blaitière, der Walker-Pfeiler.
»Der Walker?«
»Na ja, wir haben es nicht ganz bis nach oben geschafft«, gestand Cabot. Er hatte sich ein wenig nach vorne gebeugt, wie in Gedanken verloren. »Beim nächsten Mal. Natürlich

läßt er einen nur alle zwei Jahre rauf, wenn überhaupt. Hättest du Lust?«

»Ich?«

»Du warst doch schon mal in Frankreich, oder?«

»Na klar. Wer nicht?« sagte Rand.

»Du mußt da unbedingt hin. Nach Chamonix. Du kannst es dir nicht vorstellen. Fünf oder sechs Stunden mußt du allein über den Gletscher, da drunter hörst du das Wasser. Und was für Wände!«

Rand spürte sein Herz schlagen, langsam, neiderfüllt. Er fühlte sich unglücklich, von Bedauern niedergedrückt. Er wandte sich an den anderen Mann.

»Warst du schon mal drüben?« fragte er.

»Nein«, sagte Banning. »Soviel Glück hab ich nicht.« Er studierte Medizin, seine Tage in den Bergen waren gezählt.

Lane konnte nicht hören, was sie sagten, ihre Stimmen wurden vom Wind fortgetragen. Er sah sie nur, sie saßen entspannt da, der blonde Mann lehnte sich zurück und lächelte, ein Stück Wachspapier flatterte neben seinem Fuß. Es erinnerte ihn an seinen Vater und seine Mutter, als er noch kleiner war und sie Dinge besprachen, die er nicht hören sollte. Es gibt Gespräche, die alles bedeuten und von denen man sich nicht ein Wort vorstellen kann. Er saß still da, froh, in ihrer Nähe zu sein, es bis hierher geschafft zu haben.

Banning würde Arzt werden und dem Bergsteigen Lebewohl sagen, bevor er es für sich ganz ausgeschöpft hatte. Bei Jack Cabot war das schwer zu sagen. Er war die Sorte Mann, der ganze Kontinente absteckte – das Klettern würde ihn vielleicht nicht loslassen, ihn vielleicht zu einem seiner Mythen werden lassen. Was Rand betraf, so hatte er einen glanzvollen Start gehabt und war dann abtrünnig geworden. Etwas in ihm war schwach geworden. Das war mit zwanzig gewesen, vor langer Zeit. Er glich einem Tier, das irgendwo im Schatten einer Hecke oder Scheune überwintert hat und sich eines Morgens schlammbefleckt und benommen schüttelt und zu neuem Leben erwacht. Während er dort saß, erinnerte er sich an vergangene Tage, ihren Glanz. Er erinnerte sich an die Erregung der Höhe.

»Wer war das?« fragte Lane.

»Da oben? Ein Freund von mir.«

Sie stiegen schweigend hinab.

»Warst du früher mit ihm klettern?«

Rand nickte.

»Ist er gut?«

»Ja. Er ist gut.«

»Er sah irre aus.«

»Paß auf, wo du hintrittst«, warnte Rand. Er ging langsamer. Die Neigung des Felsens war steiler geworden. Am Rand fiel er senkrecht ab. »Ich kannte einen, der hier abgestürzt ist.«

»Hier? Das ist doch einfach«, protestierte Lane. »Wie kann man hier denn fallen?«

»Er ist gelaufen und ausgerutscht.«

Weit unten sah man auf Felsblöcke.

»Das ist der harte Weg nach unten«, fügte Rand hinzu.

In Chamonix waren die *aiguilles*, die hohen Bergspitzen, schneebedeckt. Da waren Gipfel, wohin man sah, still, kahl. Die Gletscher glitten ganz langsam hinunter, einen Zentimeter in der Stunde, Jahrhunderte tief.

4 Hinter dem Haus befanden sich kurze Kloben von Pinienholz, die dort schon so lange gelegen hatten, daß der Boden ihre Form angenommen hatte. Das Holz war hart geworden, es war wie Bruchstücke einer Steinsäule, die eine Welt von Ameisen schützte. Den Hammer in schweren, rhythmischen Schlägen schwingend, spaltete Rand die Stammteile. Der Keil trieb mit hallend metallischem Klang ins Holz, das schließlich mit einem klaren Krachen auseinanderbrach. Der Morgen umgab ihn, die Sonne strömte herab. Er trug kein Hemd. Er sah aus wie eine Gestalt in einer mittelalterlichen Schlacht, verloren im Lärmen des Metalls, in blinkenden Flächen aus Sonnenlicht, Staub, der wie Rauch aufstieg.

Vom Haus aus beobachtete Louise ihn mit gelegentlichen Blicken, ungeduldig, halb resigniert, wie eine Frau, deren Mann sich auf eine unsinnige Arbeit versteift hat. Lane war in seinem Zimmer. Er konnte die Schläge hören.

Das Auto war fort, sie hatte es an dem Morgen verkauft. Das Geräusch des Hammers, der den Keil ins Holz trieb, kam stetig und gleichmäßig. Sie ging zur Tür.

»Heh, Rand.«

Er hob den Kopf.

»Glaubst du nicht, das genügt?«

»Ich bin bald fertig«, sagte er.

Sie hörte, wie die Scheite neben dem Haus gestapelt wurden. Er kam herein und begann sich die Hände zu waschen.

»Ich hab immer gesagt, daß ich das tun würde. Jetzt hast du jedenfalls genug für den Winter.«
»Wunderbar«, sagte sie ironisch.
»Vielleicht brauchst du es.«
»Ich weiß nicht mal, wie man Feuer macht«, sagte sie. Er trocknete sich die Hände und strich sich kleine Borkenreste von der Taille. Plötzlich wurde ihr klar, daß sie keine Möglichkeit hatte, dieses Bild festzuhalten. Er würde sich ein Hemd anziehen, es zuknöpfen. All dies würde einfach verschwinden. Sie verspürte den beschämenden Impuls, die Hand auszustrecken und ihn zu umfassen, die Arme um ihn zu schlingen, vor ihm auf die Knie zu fallen.
Sie waren am Abend davor in einer Bar gewesen. Es war laut, voll. Er müsse ihr etwas sagen. Er würde fortgehen, sagte er. Sie konnte ihn kaum verstehen.
»Was?«
Er wiederholte es. Er würde fortgehen.
»Wann?« fragte sie unbeholfen. Mehr brachte sie nicht heraus.
»Morgen.«
»Morgen«, sagte sie. »Und wohin?« Sie wollte etwas Schneidendes sagen, das ihn treffen würde, das ihn dazu brachte zu bleiben. Statt dessen murmelte sie: »Weißt du, ich mochte dich wirklich gern.«
»Ich komm wieder.«
»Meinst du das ernst?«
»Sicher.«
»Wann?«
»Ich weiß nicht. In einem Jahr. Vielleicht zwei.«
»Was wirst du tun, wieder mit dem Bergsteigen anfangen? Lane hat mir erzählt, daß du deine alten Freunde wiedergetroffen hast.«

»Einen Freund.«
»Geht er mit dir?«
»Nein.«
Sie sah auf ihr Glas. Plötzlich wandte sie sich ab.
»Ist alles in Ordnung?«
Sie antwortete nicht.
»Louise. Komm schon …«
»Ach, vergiß es«, sagte sie. Ihre Nase lief.
»Ich bring dich nach Hause.«
»Ich will nicht nach Hause.«
Jemand am Nachbartisch fragte: »Stimmt irgendwas nicht?«
»Ja«, sagte sie.
»Und was?«
»Kümmer dich um deinen Kram«, sagte Rand.
Sie war bereits aufgestanden und sammelte ihre Sachen zusammen.
Sie fuhren schweigend nach Hause. Sie saß mit dem Rücken gegen die Tür gelehnt, ihre schmalen Schultern waren nach vorne gesackt. Sie war zusammengefaltet wie ein Insekt, die Beine angezogen, die Arme verschränkt.
Am Morgen war ihr Gesicht verquollen, als wäre sie krank. Er konnte sie atmen hören. Irgendwie schien ihr Atem bewußt, traurig, fast wie Seufzer. Während er lauschte, war es, als würde das Geräusch lauter werden, sich – wie er plötzlich merkte – in das eines Düsenflugzeugs verwandeln, das im Morgengrauen die Stadt überflog.
Er ließ ein paar Pappkartons mit Schuhen, Angelzeug und einer Handvoll Briefe von einer früheren Freundin aus Kauai zurück, die ihm eines Nachts, um ihrer beider Liebe zu besiegeln, in die Hand geschnitten, sie zum Mund geführt und das Blut getrunken hatte.

5 In Genf regnete es. Der Busbahnhof befand sich hinter einer Kirche. Es warteten nur wenige Reisende, als der Fahrer erschien, hinter das Lenkrad kletterte, den Motor anließ und den Bus zum endlosen Hin und Her der Scheibenwischer und der Stimme eines Komikers im Radio unter dem Steuerrad in den Verkehr lenkte.

Bald darauf dröhnten sie durch die Straßen kleiner Städte, streiften so eben an Häuserwänden vorbei. Apotheken, grünes Laub, Supermärkte trieben vorüber. Rand saß hoch über allem auf einem der vorderen Sitze. Sie überquerten Bahngleise, er sah auf Gärten hinab, auf Sägewerke, auf Mädchen, die mit nassem Haar durch den Regen liefen.

Der Himmel wurde bleich. Ein paar Sekunden darauf hörte man den Donner, drohend und nah wie Artillerie. Es war, als würde er ins Gefecht gefahren, über Grenzen hinweg, durch nasse, nebelverhangene Felder, die sich zu beiden Seiten erstreckten. Es war Sommer. Die Flüsse waren milchiggrün. Sie kamen an Brücken vorbei, Scheunen, an Höfen, in denen Kästen mit leeren Flaschen gestapelt waren, und manchmal traten für einen kurzen Moment die Berge aus den Wolken hervor. Er sprach kein Französisch. Die engen kleinen Städte mit ihren Läden und merkwürdigen Schildern – er nahm sie nicht ernst. Gleichzeitig sehnte er sich danach, sie zu kennen. Mit der Zeit tauchten Scheinwerfer entgegenkommender Autos auf, sie leuchteten schwefelgelb. Der Regen hatte aufgehört. Die Berge lagen wie in Rauch verborgen. Es war, als würde ein Bühnenbild eingerichtet, und dann, plötzlich, bei Sallanches öffnete sich das Tal. Dahinter, unerwartet, vom Licht überflutet, war er da, der großartige Gipfel Europas: der Mont Blanc. Er war größer, als man sich vorstellen konnte, und näher, mit Schnee bedeckt. Dieser gewaltige erste Anblick veränderte sein Leben. Er schien ihn zu ertränken, sich mit unendlicher Langsamkeit wie eine Welle über seinen Kopf zu erheben. Es gab nichts, das daneben Bestand hatte, nichts, das überleben konnte. Auf seinem Weg durch überfüllte Bahnhöfe, Städte, Regen hatte er gewisse Hoffnungen und Erwartungen mit sich getragen, unbestimmt, aber aufregend. Benommen von der Reise, schlummerte er auf ihnen wie auf Gepäckstücken, und dann waren in einem bestimmten Moment die Wolken aufgebrochen, um im strahlenden Licht das Symbol all dessen zu offenbaren. Sein Herz schlug auf merkwürdige, beharrliche Weise, als wäre er auf der Flucht, als hätte er ein Verbrechen begangen.

Sie erreichten Chamonix am Abend. Der Bahnhofsvorplatz war still, der Himmel noch hell. Er stieg aus. Obwohl es Mitte Juni war, wirkte die Luft kühl. Ein Taxi fuhr zwei andere Reisende zu einem Hotel. Er blieb allein zurück. Es hatte den Anschein, als wäre die Stadt leer. Er hatte das merkwürdige Gefühl, wie ein Omen, daß er den Ort schon kannte. Er sah sich um, als könne er etwas wiedererkennen. Die Hotels dem Bahnhof gegenüber schienen geschlossen; in einem Eingang brannte Licht. Ein Hund trottete zum Rand eines tief heruntergezogenen Daches und starrte ihn an. In den Bäumen darüber lagen die letzten Sonnenstrahlen. Er nahm seine Schlafmatte und den Rucksack und ging los.

Über die Gleise führte eine Brücke. Er ging auf sie zu, stadtauswärts, und kam bald auf einen Feldweg. Die Kiefern wurden bereits dunkel. Er kam an eine große Villa, die in einem von Unkraut überwucherten Garten stand. Neben dem Haus war jede Art von Gerümpel aufgetürmt. Ein verrosteter Ofen, Blumentöpfe, zerbrochene Stühle. Über der Tür hing ein Schild: Chalet So-und-So. Die Buchstaben waren verblichen. Die Fensterbänke waren tief, die Läden geschlossen. Er ging um das Haus herum zum Hintereingang, an dem Licht brannte, und klopfte. Eine Frau kam zur Tür.

»Haben Sie ein Zimmer für mich?« fragte er.

Sie antwortete nicht. Sie rief in die Dunkelheit des Hauses, und eine andere Frau, dem Anschein nach ihre Mutter, tauchte auf und führte ihn ein paar Treppen hinauf in ein Zimmer, in dem er für zehn Francs übernachten konnte – sie machte es ihm verständlich, indem sie beide Hände mit ausgestreckten Fingern vor sich hielt. Im Zimmer waren Kastenbetten mit bloßen Matratzen. Jemand anderes hatte bereits sein Gepäck untergebracht, Schuhe und Ausrüstung waren neben die Wand geworfen, und auf dem einzigen Regal befanden sich ein Laib Brot und ein Wecker.

»Ich nehm es«, sagte er.

Es gab einen Waschraum, der von einer einzigen nackten Glühbirne beleuchtet wurde. Alles war karg, ungestrichen, dunkel vom Alter. Er legte sich an dem Abend ohne zu essen schlafen. Es hatte wieder zu regnen begonnen. Zuerst hörte man es nur, dann sah man es an der Fensterscheibe. Wie ein Tier, das die Dinge am Duft erkennt, war er unbekümmert, sogar friedvoll. Der Geruch der Decken, der Bäume, der Erde, der Geruch Frankreichs schien ihm vertraut. Er lag da und spürte weniger eine körperliche Ruhe als etwas, das noch tiefer ging, den Puls des Lebens an sich. Eine entschiedene Freude erfüllte ihn, Wärme und Wohlbehagen. Nichts konnte diese Dinge kaufen – er atmete ruhig, der Regen fiel –, nichts konnte sie ersetzen.

6 Früher einmal war Chamonix eine unberührte Kleinstadt. Obwohl es jetzt überlaufen und zu dicht bebaut ist, sind dem Ort gewisse Eigenheiten geblieben – die schmalen, gewundenen Straßen, die wuchtigen Scheunen, die dick gebauten Mauern, die man dann verfallen ließ –, die von ihrem einstigen Charakter und verlorenem Erscheinungsbild zeugen. Er liegt in einem tiefen V in den Bergen, im Tal der Arve, eines vom Felsenstaub weißen Flusses, der hektisch neben den Straßen dahinschießt. Über der Stadt erheben sich die unteren Hänge des Mont Blanc, eingerahmt von Gletscherzungen.

Die Alpen sind junge Berge, durch die Erdkruste aufgeworfen, gefaltet und nochmals gefaltet – alles in vergleichsweise naher Vergangenheit, vor vier oder fünf Erdzeitaltern. Der Mont Blanc selbst ist älter. Er ist ein Bergmassiv, das durch eine enorme Erdkrustenspaltung zu einer Zeit noch vor den Dinosauriern entstand und, nachdem sie verschwunden waren, in Ozeanen versank, die Europa bedeckten. Dieser uralte Granit hob sich von neuem, als sich die Alpen bildeten, höher als alles, was ihn heute umgibt, der höchste Punkt Europas.

Ihm schließt sich eine Armee von Nadeln und Gipfeln an, die *aiguilles*, die seit mehr als hundert Jahren Bergsteiger aus aller Welt – zuerst aus England und dann aus anderen Ländern – angezogen haben. Beim ersten Anblick scheinen sie unzählig. Sie liegen in Reihen und leicht bogenförmiger An-

ordnung in südlicher und östlicher Richtung, einige der höchsten, darunter die Grandes Jorasses, werden von den näherliegenden fast verdeckt.
Die Nordwände sind die kältesten und gewöhnlich auch die schwierigsten. Sie bekommen weniger Sonne, manchmal nur ein oder zwei Stunden am Tag, und sind oft das ganze Jahr über schneebedeckt. Die Winter sind kalt, die Sommer kurz und oft bewölkt. Die Menschen sind Bergmenschen, hart und selbstgenügsam – über Jahre hinweg duldeten die Bergführer von Chamonix in ihren Reihen nur Männer, die im Tal geboren waren. Zur gleichen Zeit wurde die Stadt durch neue Straßen für die Außenwelt zugänglicher gemacht. Im Juli und August kommen Massen von Touristen. Die Restaurants, die Hotels, selbst die Berge sind voller Menschen. Im September verschwinden sie wie per Dekret, und es bleiben nichts als die blauen Buchstaben des CARLTON, die abends trauernd über leeren Straßen leuchten.

Es regnete tagelang, Wolken bedeckten die Berge, ein kalter, anhaltender Regen. Die Feuchtigkeit kroch in die Häuser. Er saß in einem karierten Hemd und Stiefeln am Ofen. Zwei junge Deutsche, die am ersten Nachmittag völlig durchnäßt zurückkehrten, sagten hin und wieder den einen oder anderen Satz. Schlechtes Wetter, sagten sie. Südwind ist immer schlecht. Woher kam er? Ah, Kalifornien! Sie nickten, das war alles.
Dann, eines Tages, klarte es auf. Die Berge erschienen. Überall herrschte Betriebsamkeit, man konnte es spüren. Chamonix, mit seinen Blechdächern und kleinen Läden, trat ins Sonnenlicht.
Auf dem Postamt gingen die Türen zu den Telefonkabinen

ständig auf und zu, die hohen, ungeduldigen Stimmen der Beamten lagen in der Luft. Er stand in der Schlange. Vor ihm war ein Japaner mit einem Zweitagebart – er suchte in einer kleinen Leinentasche nach Geld, um seine Briefmarken zu bezahlen. Er fand einen Geldbeutel. Er öffnete ihn. Darin befand sich ein weiterer, kleinerer Geldbeutel.
»Nicht zu fassen«, sagte Rand. Hinter ihm war ein bärtiges Gesicht, ein amerikanisches Gesicht.
»Jetzt wird er gleich feststellen, daß er nicht genug Geld dabeihat.«
Der Japaner hatte einige Münzen auf die Theke fallen lassen; er hatte offensichtlich gedacht, daß er mehr hätte. Er schüttelte den Geldbeutel noch einmal. Eine einzelne Münze fiel heraus. Nicht genug.
»Ich werd's ihm auslegen«, sagte Rand. »Was? Die wiegen jeden einzelnen Brief?«
»Manchmal wiegen sie sie noch mal, wenn die Briefmarken drauf sind.«
»Wofür soll das denn gut sein?«
»Aber bitte. Das hat mit Logik nichts zu tun. Warst du noch nie in Frankreich?«
Sein Name war Neil Love. Man kam leicht mit ihm ins Gespräch. Er arbeitete in einem Reisebüro und war die dritte Saison in Chamonix. Sarkastisch beschrieb er die örtliche Szene, zu der auch bitterarme Engländer gehörten, die Obst klauten und stundenlang über ein und derselben Flasche Bier saßen. Die Japaner waren anders. Sie rückten in großer Anzahl an, ganze Armeen von ihnen, man sah sie überall in den Bergen, sie schliefen in Felsspalten, manchmal überkopf, und stürzten des öfteren ab – es war nichts Ungewöhnliches, einen vorbeifliegen zu sehen.
»Sie kaufen nur für die Hälfte Rückflugtickets«, sagte er. »Wo

wohnst du?« Jetzt sei die Zeit, sich einen Platz zum Zelten zu suchen, riet er. Bevor die Massen eintrafen.
»Wo campst du denn?«
»Komm.«
Er ging voran. Sie liefen bergauf, am Friedhof vorbei, auf dem Whymper, der als erster das Matterhorn bestiegen hatte, begraben lag. Dahinter begann der Wald. Farne und dichtes Grün waren überall. Die Stadt war von hier aus nicht zu sehen, nur der Himmel und die steile Wand des Brévent.
»Wo sind wir?«
»Auf dem Biolay«, sagte Love. »Später im Jahr riecht es hier nicht besonders gut.«
Er hatte sich von Rand bereits ein Bild gemacht, nach seiner Kleidung, den Adern an seinen Unterarmen, der gepflegten Ausrüstung, vor allem aber aufgrund einer gewissen Kälte, die er ausstrahlte. Er wußte nichts von ihm, nicht einmal seinen Namen, aber das bedeutete nichts. Er war sich seiner Einschätzung absolut sicher.
»Was hast du schon gemacht?«
»Noch nichts.«
»Du bist aber nicht einer dieser Verrückten, die sich als erstes an den Bonatti-Pfeiler machen?«
»Nein, ich will erst mal in Form kommen.«
»Ich brauch dafür den ganzen Sommer. Wollen wir nicht eine Tour zusammen machen?«
»Was schlägst du vor?« sagte Rand entgegenkommend.
Sie entschieden sich für die Pointe Lachenal. Die Bedingungen dort seien nicht schlecht, hatte Love gehört. Und der Anmarsch war, wie er sich ausdrückte, nicht unmöglich.
»Welche Schwierigkeit hat es?«
»Es wird als T. D. eingestuft. *Très difficile*. Ich bin nicht gerade der weltbeste Bergsteiger«, gestand Love.

»Wirklich?«
»Aber klettern kann ich.«
Es war fast eine Freundschaft, die zwischen ihnen entstand, dort, im Grün des Waldes, die Erde duftend vom Regen, die Luft rein und still. Auf dem Boden lagen die geschwärzten Steine eines alten Lagerfeuers. Loves Brillengläser blitzten. Sie kochten etwas Tee. Die angenehmen Stunden des Nachmittags verstrichen.
Früh am Morgen machten sie sich auf den Weg zum Col de Rognon, einem niedrigen Kamm an der Flanke des Mont Blanc. Der Schnee unter ihren Füßen war fest, die Sonne hatte ihn noch nicht aufgeweicht. Überall um sie herum waren gewaltige Gipfel und Kämme, alle fremd und unbekannt.
Sie gingen ungesichert, Love bewegte sich schwerfällig. Das Gelände war steil.
»Guter Schnee«, sagte Love.
Als sie einen Moment rasteten, fragte Rand nebenbei: »Weißt du, wie man sich bei einem Ausrutschen bremst?«
»Nicht wirklich«, sagte Love.
»Ich zeig's dir. Wenn du einen Hang runterrutschst, versuch es zuerst mit der Haue« – er machte es mit seinem Eispickel vor –, »dann mit der Schaufel, und wenn das auch nicht hilft, ramm den Stiel rein.«
Die Erklärung schien gewissen unbestimmbaren Gefahren die Türen zu öffnen. Love überlegte, ob sie sich nicht besser anseilen sollten, beschloß aber, nichts zu sagen. Er ging weiter. Nach einer Weile deutete er mit dem Finger.
»Da ist er.«
Sie hatten den Grat überquert, und zu ihrer Rechten, angestrahlt von der frühen Morgensonne, erschien eine Wand wie ein Brocken Anthrazit. Es gab höhere Gipfel dahinter,

aber dieser schien trotz seiner geringeren Größe hervorzustechen wie ein bedrohliches Gesicht in einer Menschenmenge, auf das der Blick zufällig fällt.
Am Fuß der Wand sah Rand nach oben. Sie war mindestens zwei- oder dreihundert Meter hoch. Er legte die Hand an den Fels. Die Oberfläche war kalt, als schliefe sie. Ein vertikaler Riß zog sich nach oben, der Ausgangspunkt der Route. Eine plötzliche Unsicherheit überkam ihn, als könnte er aus irgendeinem Grund seine Fähigkeit zu klettern hier, an diesem fernen Ort, verloren haben. Sein Selbstvertrauen war verschwunden. Er legte die Hände auf den Felsen, fand den ersten Tritt und begann zu klettern. Langsam, mit jedem Meter, wich seine Beklommenheit. Er arbeitete sich nach oben. Am ersten Standplatz zog er seinen Pullover aus und stopfte ihn in den Rucksack. Die Sonne war warm. Love kam hinter ihm herauf, sein Bart bereits zerzaust. Als er sein Gesicht hob, sah er aus wie der junge Karl Marx.
Rand war zu Hause. Es schien, als wüßte er instinktiv, wo Griffe waren. Die Route war nicht schwer zu finden, vielerorts durch Haken markiert, die er, während er hinaufstieg, entfernte und seinem eigenen Bestand hinzufügte.
»Wir sollten sie eigentlich nicht rausnehmen«, sagte Love. »Sie lassen sie drin, um Zeit zu sparen.«
»Trau nie einem Haken, den du nicht selber eingeschlagen hast.«
»Ist das nicht ein wenig übertrieben?«
Rand zuckte die Achseln. »Gesichert?«
»Gesichert«, sagte Love.
»Hier ist ein Quergang. Das wird dir gefallen.«
Love begann psychisch an Boden zu verlieren. Stellen, an denen Rand kommentarlos vorbeizog, machten ihm Mühe. Er wußte, daß er seinen eigenen Rhythmus finden mußte,

aber er war sich bewußt, daß er langsamer war, daß Rand auf ihn wartete. Er lockerte die Finger, die Augen vor sich auf den Fels gerichtet, und versuchte, an nichts anderes als den nächsten Griff zu denken.
Die Sonne lag jetzt mit ihrem ganzen Gewicht auf ihnen. Love merkte, daß ihn eine Art Benommenheit überkam, ein Gefühl von Losgelöstheit. Das Weiß des Gletschers und der Schneefelder weit unten schien zu schimmern und aufzusteigen. Der Himmel war ein makelloses Blau.
Dreißig Minuten später hörten sie etwas über sich. Stimmen. Sie suchten die Wand ab.
»Da drüben.«
Zu ihrer Rechten, nahe eines Grats, auf den sie sich zubewegten, waren zwei Gestalten. Für Rand war die Freude, mit der er kletterte, verloren; sie waren nicht allein, sie folgten einem anderen Paar. Love horchte.
»Franzosen«, sagte er.
Der Seilerste trug einen roten Pullover, er redete mit seinem Hintermann, dann wandte er sich wieder nach vorn, um einen Haken einzuschlagen. Er traf ihn nicht voll, streifte ihn nur, und er sprang heraus. Der Stahl schlug weit unten klirrend gegen den Fels, schoß in die Luft, blitzte einen Moment auf und verschwand über der Ebene des Gletschers.
»*Merde.*« Sie lachten und riefen einander zu, ihre Stimmen trieben zu ihnen hinunter. Der Vordermann versuchte, noch einen Haken einzuschlagen. Der sprang auch heraus, aber er fing ihn auf. Plötzlich sackte er in gespielter Hilflosigkeit und Frustration in sich zusammen.
Nicht lange darauf hatten sie die beiden eingeholt. Rand war ungefähr fünf Meter unter dem zweiten Mann. Dort mußte er warten, endlos, konnte sich nicht weiterbewegen. Er wurde ungeduldig. Er sah hinauf.

»Hallo«, rief er.
Ein kurzer, nach unten geworfener Blick.
»Können wir vorbei?«
Sie riefen sich wieder etwas auf französisch zu, sie antworteten nicht.
Plötzlich löste sich etwas nahe dem Fuß des Vorsteigers, beschleunigte sich.
»Stein!« Rand schmiegte sich an die Wand. Der Felsbrocken sprang in Bögen die Felswand hinunter und über sie hinweg. Er hatte die Größe eines Schuhkartons. Er hörte, wie er an der Wand unten zerschellte.
»Verdammter Hurensohn!« rief er. »Du solltest lieber Golf spielen, statt zu klettern!«
Love stieg zu ihm herauf.
»Der hat mich fast getroffen«, sagte er besorgt.
»Das nächste Mal wird er einen größeren lostreten.«
»Versuch, etwas früher zu rufen.« Er lehnte resigniert, das Barthaar wirr, an der Wand. »Meine Reflexe sind nicht besonders. Egal. Ich hoffe nur, du meinst nicht wirklich größer. Einmal ist die ganze Wand der Blaitière runtergekommen.«
»Das war wahrscheinlich auch einer von denen hier.«
»Die Franzosen sind eigentlich gute Bergsteiger. Wirklich gut. Die Italiener auch. Ich mag die Deutschen nicht besonders. Aber die sind auch gut«, entschied er. Er blickte nach unten. Sie hatten ungefähr die Hälfte hinter sich. Der Gletscher unter ihnen war sehr klein geworden. Er hatte das Gefühl, an einem Ort zu sein – er hatte so etwas schon öfter empfunden –, an dem etwas Schreckliches, eine Aufhebung der physikalischen Gesetze, passieren könnte, und alles, was er wußte, dessen er sich sicher war, das er zu sein hoffte, sich in einem einzigen anarchischen Moment auflösen würde. Er sah sich selbst fallen.

Dieses Gefühl wechselte mit Selbstvertrauen. Eine Schicht der Schwäche war von ihm abgefallen, und ein stärkeres, geistigeres Wesen trat hervor. Er vergaß fast, wo er war oder was er sich vorgenommen hatte. Seine Augen wanderten über die stillen Gipfel. Ihre Unermeßlichkeit und Ruhe machten ihn demütig. Er war in gewissem Sinne Teil von ihnen. Was auch passieren mochte, ihre Erhabenheit würde es verstärken, sogar rechtfertigen. Er fühlte sich der Route gewachsen, seinem Begleiter unendlich nahe, dessen Charakter er mehr und mehr bewunderte.

»Da ist die Aiguille du Géant«, zeigte er. »Und da sind die Grandes Jorasses.«

Rand sah nach oben.

»Wir werden hier noch übernachten«, sagte er.

Schließlich war der Weg frei. Die Franzosen waren weit über ihnen. Love spürte, daß er müde wurde, daß seine Kraft nachließ. Der Fels war unerbittlich. Er konnte seine Feindseligkeit spüren.

Er beobachtete Rand über sich, noch im Einklang mit der Wand, noch immer unbeeindruckt – eine Bewegung in eine Richtung, nein, falsch, eine andere, leicht veränderte, diesmal erfolgreich. Es gab Momente, da schien es, als täte er nichts, als untersuchte er nicht einmal die Oberfläche, aber dann griff er nach oben, zog sich hinauf, versuchte, den Fuß auf eine Unebenheit im Fels zu stellen. Er bewegte sich in gleichmäßigen Zügen voran, mit Pausen, sogar Rückzügen, wie eine Schlange, die einen Frosch verschlingt, reglos, dann eine kurze Belebung, dann wieder Stille. Wenn eine Sache nicht gelang, ging er zurück, veränderte die Stellung, streckte die Finger, um sie zu lockern, und versuchte es wieder. Sich die einzelnen Bewegungen des Körpers jeweils vorzustellen, ist nicht schwer. Aber ihre endlose Folge, hoch in einer

Wand – das ist etwas ganz anderes. Und dann die Tiefe darunter.
Love raffte sich auf und folgte ihm. Es gab Momente, in denen er aufgeben wollte, in denen seine Beine zu zittern begannen. Wenn er fiel, würde ihn das Seil halten, aber mehr als alles andere, mehr als das Leben selbst, wollte er, wagte er nicht zu versagen.
Abschnitt um Abschnitt, manche leichter, andere schwierig, stiegen sie zum Gipfel hinauf. Die anderen waren nicht zu sehen. Es war vorbei. Als sie sich losseilten, verschwand alles, die Angst, die ihn überkommen hatte, die Scham über seine Schwäche, die Momente fehlender Willenskraft. Er empfand ein unaussprechliches Glück. In seinem ganzen Leben, so schien es, hatte er sich nie so bestätigt gefühlt.
»Keine schlechte Route«, sagte Rand.
»Wie die Frau im Bus sagte, als sie den Pazifik zum ersten Mal sah ...«
»Ja?«
»Ich hatte ihn mir größer vorgestellt.«
Sie stiegen an der Nordseite einen schneebedeckten Hang hinab. Er war steil, sie mußten Stufen austreten. Plötzlich rutschte Love aus, er hatte jeglichen Gedanken an die Gefahr verloren. Seine Füße glitten unter ihm weg. Er begann sich zu beschleunigen.
»Brems doch! Brems doch!«
Er unternahm nicht den geringsten Versuch, sich zu halten, er schlitterte wie eine Kleiderpuppe den Hang hinab, immer schneller, holperte, überschlug sich, als würde er gleich auseinanderfallen. Weiter unten war der Schnee zum Glück weich. Er kam zum Stillstand und lag regungslos da. Eisklumpen hingen in seinem Bart. Seine Fingerknöchel waren wund.

»Hast du mich nicht gehört?« rief Rand, als er zu ihm eilte.
»Doch, ich hab dich gehört«, sagte er, den Blick nach oben gewandt. »Ich hab dich gehört. Ich hab gedacht, er ist mein Freund.«
»Was?«
»Mein sehr guter Freund«, sagte Love.

Das Stadtbad befand sich im Kellergeschoß eines Gebäudes namens *La Résidence*. Ein von Unkraut fast überwucherter Pfad führte zu der schäbigen Eingangstür. Drinnen befand sich ein Schalter, an dem Seife und Handtücher ausgegeben wurden. Es war voll. Die Türen zu den Duschen gingen auf und zu. Man hörte das Rauschen herabstürzenden Wassers und Stimmen in fremden Sprachen, es roch nach Dampf. Eine Frau in Filzpantoffeln nahm jedem einen Franc ab.
Die Frau kannte Love. Wo war er klettern gewesen, fragte sie.
»Pointe Lachenal«, sagte er beiläufig.
»*Très bien*«, sagte sie. Sie hatte schwarzes Haar und Goldzähne. Sie warf einen kurzen Blick auf die Gestalt, die neben ihm saß.
»*Avec ce monsieur?*«
Love bejahte.
»Was machen die so lange da drin?« sagte Rand. Er beobachtete die Türen zu den Duschen.
»Die waschen ihre Kleider da drin. Das ist natürlich verboten.«
Noch mehr Leute kamen. Manche drehten wieder um, als sie die Schlange sahen. Plötzlich setzte Rand sich auf.
»Heh!« rief er.
Er sah den roten Pullover, den, der über ihnen gewesen war. Er sprang auf.

»Heh, du!« Er stieß gegen die Leute im Eingang. »Du da!« Er lief den Flur entlang. An der Tür griff er nach dem Pullover. Er hielt ihn fest.
»Hör mal. Das nächste Mal« – er sprach langsam, damit der andere ihn verstand – »werde ich dich den gottverdammten Berg runterschmeißen ...«
Ein Blick absoluten Erstaunens traf ihn.
»Verstehst du mich?«
Eine flache englische Stimme antwortete: »Nein. Nicht im geringsten. Worum geht's?«
»Warst du nicht auf der Pointe Lachenal?«
Als Rand ihn losließ, zog der Engländer seinen Pullover zurecht. Er wirkte jetzt noch kleiner und argwöhnischer, wie eine Schildkröte, die dabei war, den Kopf einzuziehen.
»Entschuldigung. Jemand am Berg hatte genau so einen Pullover an.«
»Scheint mir auch so«, sagte der andere.

7 John Bray hatte, neben dem roten Pullover, eine schmutzige Wildlederjacke und ein Gesicht wie ein Dieb. Er rauchte französische Zigaretten. Auf seiner Lippe war ein Fieberbläschen. Er war zweiundzwanzig.

»Die Bergführer suchen nach dem Idioten, der ihre Haken rausgezogen hat«, sagte er. Es regnete. Sie saßen im National, der Boden war von nassen Stiefeln verschmutzt. »Sie finden das gar nicht komisch.«

»Das tut mir aber leid.«

»Du versaust ihnen ihre Touren.«

»Also, komm. Ich war auch mal Bergführer«, sagte Rand.

»Wirklich? Wo?«

»In den Tetons.«

»Nie davon gehört. Die müssen wohl neu sein.«

»Hast du schon vom Himalaya gehört?«

»Dem Hima-was?« sagte Bray. Dann fügte er flüsternd hinzu: »Vorsicht, da kommen sie.«

Eine Gruppe von Japanern kam herein, sie sahen sich nach einem freien Tisch um.

»Hallo«, sagte Bray und winkte mit der Hand, als sie sich an ihrem Tisch vorbeizwängten. »Schönes Wetter, nicht?«

Sie nickten, leicht irritiert über die Bemerkung.

»Schon 'ne Rutschpartie gemacht?« fragte er.

Schließlich verstanden sie.

»Oh, jaha. Lutschpaltie«, sagten sie.

»Wo wart ihr? Auf dem Triolet? Dem Grépon?«

»Ja, ja«, pflichteten sie ihm bei.
»Viel Glück.« Er winkte ihnen lächelnd nach. »Nette kleine Burschen«, sagte er leise zu Rand. »Sie kommen hier zu Tausenden an.«
»Ich kenn die Geschichte schon.«
»Welche?«
»Na ja, die von den fliegenden Japsen.«
Bray hatte ein trockenes, ein wenig asthmatisches Lachen.
»Den hab ich noch gar nicht gehört«, sagte er.
Draußen trieb der Regen in kräftigen Böen. Der Boden auf den Zeltplätzen war aufgeweicht, die Wege glitschig vom Schlamm. Das National, auch als die englische Bar bekannt, war billig und schmucklos. Es gibt Engländer, deren Gesichter irgendwie roh aussehen, als lohnten sie nicht, fertiggestellt oder mit ein wenig Farbe versehen zu werden. Es waren diese mürrischen Gesichter, die den Raum beherrschten.
»Hier regnet es ständig«, sagte Bray. »Man muß auf einen *beau fixe* warten, wie man hier sagt. Eine Gutwetterperiode. Dann ist alles in Ordnung.«
»Und wo willst du dann hin?«
»Du meinst, welche Route? Ich weiß noch nicht.«
»Willst du mitkommen?«
»Woran denkst du?«
»Kennst du den Frêney?«
Bray sah ihn von der Seite an. »Ist das dein Ernst?«
»Interessiert?«
»Vielleicht. Ja.«
»Also, warum nicht?«
»Hm … würden wohl ein paar Tage oben sein, was?«
»Nehm ich an«, sagte Rand. Genaugenommen hatte er keine klare Vorstellung von der Route.
Der Frêney war eine Festung, unzugänglich und riesig an der

Flanke des Mont Blanc. Auf ihm hatten sich berühmte Tragödien abgespielt.

»Ist das nicht da, wo Bonatti in solche Schwierigkeiten geraten ist?«

»War das Bonatti?«

»Na klar bin ich interessiert«, sagte Bray.

Er hielt eine dicke Zigarette zwischen seinen kleinen Fingern und hatte den Kopf fast argwöhnisch nach vorne geneigt. Er war Stukkateur. Bergsteigen hatte sich in England seit dem Krieg verändert. Einst die Domäne der studierten Klasse, hatte sich die Arbeiterschicht seiner bemächtigt, Männer, die sich an den Bergen in Schottland und Wales versuchten und dann überallhin reisten, mißtrauisch und unfreundlich. Sie kamen aus Englands rußgeschwärzten Städten – Manchester, Leeds. Sie brachten dieselben Eigenschaften mit in die Berge – Härte und Zynismus –, die sie in den Slums überleben ließen. Sie hatten kein Credo, keinen Kodex. Sie hatten schlechte Zähne, schlechte Manieren und nur einen Ehrgeiz: zu erobern.

8 In der Stille der Dämmerung, zu der Stunde, wenn Fensterläden noch geschlossen sind und das einzige, was dieses Jahrhundert vom letzten unterscheidet, leere, den Rinnstein säumende Autos sind, ging Rand eine sich schlängelnde Straße hinunter. Er trug einen großen Rucksack und ein Seil. Er begegnete fast niemandem – einer einsamen Frau, die ihm entgegenkam, und einer weißen Katze ohne Schwanz, die in einem Garten jagte. Als er näherkam, verschwand die Katze in einem Gebüsch. Sie hatte doch einen Schwanz, der aber fast unsichtbar war, vollkommen schwarz.

An der Seilbahnstation warteten schon Leute. Sie standen schweigend da, manche kauten auf einem Stück Brot, und beobachteten, wie er auf sie zukam. Bray war noch nicht da. Mehrere Bergführer mit blau emailliertem Abzeichen standen bei ihren Gruppen. Er setzte den Rucksack ab. Zwei oder drei Nachzügler kamen die Straße herunter. Es war ein paar Minuten vor sechs. Er empfand eine gewisse Distanz. Als wäre er aus Pappe und wartete neben anderen Pappfiguren, von denen einige hin und wieder das eine oder andere Wort murmelten.

Bewegung kam auf – der Fahrkartenverkäufer war in das Häuschen getreten. Wie Tiere, die wissen, daß sie gleich gefüttert werden, begann die Menge sich an der Tür zu drängen.

Im letzten Moment kam eine Gestalt auf ihn zugeeilt. Es war einer der englischen Bergsteiger in einem dicken Pullover und Kordhosen.

»John kann nicht kommen«, sagte er. »Er hat sich irgend einen Virus eingefangen.«
»Wann?«
»Heute morgen. Er hat Halsschmerzen.«
Die Türen wurden entriegelt. Die Menge bewegte sich vorwärts. Es war ein langer Weg zurück zum Zeltplatz. Er hatte am Abend zuvor sorgfältig und nach einer bestimmten Ordnung gepackt.
»Wollt ihr euch morgen hier wieder treffen?«
»Nein«, sagte Rand.
»Du gehst doch nicht trotzdem?«
»Sag ihm, ich hoffe, es ist nichts Ernstes.«
Er war einer der letzten, der eine Fahrkarte löste. Die Seilbahn schaukelte leicht, als er einstieg. Einen Moment lang war er nervös, als hätte er einen schweren Fehler begangen, aber dann schwebten sie über die Kiefern in steilem Winkel nach oben. Die Stadt begann zu schrumpfen, sich zusammenzuziehen und wegzubewegen. Geräuschlos glitten sie hinauf.

Bray schlief in einem Schlafsack, seine Kleider lagen um ihn verstreut. Er stützte sich auf einen Ellbogen.
»Hast du ihn gefunden?« fragte er.
»Ja, er war da. Ich hab ihm gesagt, daß du krank bist.«
»Was hat er gesagt?«
»Er ist trotzdem raufgefahren.«
»Er ist hochgefahren?« sagte Bray.
Die Sonne war aufgegangen. Sie füllte die Bäume mit Licht. Bray empfand einen Moment lang Bedauern. Der Himmel war klar, die Berge warteten.
»Er kann das doch nicht allein machen«, sagte Bray.
»Vielleicht trifft er da oben jemand.«
»Klar, die stehen da nur so Schlange.«

»War das der, der dich vom Berg runterschmeißen wollte?«
»Nein, andersrum.«
»Du wolltest ihn runterschmeißen?«
»Nein.« Bray ging nicht weiter darauf ein. »Hast du ihm nicht gesagt, daß ich morgen kommen würde?«
»Ich glaub nicht, daß du noch viel von ihm sehen wirst.«
Der Himmel war vollkommen klar und von einer makellosen Farbe. Ideal zum Bergsteigen. Später am Tag wurde die Luft still. Der Wind drehte. Plötzlich tauchten aus dem Nichts graue Streifen in der Luft auf und, wie um sie anzukündigen, donnerte es. Bergsteiger beeilten sich, nach unten zu kommen. Regen, der in höheren Regionen Schnee sein konnte, begann zu fallen.
Bray, der unruhig geschlafen hatte, wurde von dem Geräusch geweckt. Er schreckte auf. Er konnte im Dunkeln nur noch wenig erkennen. Es war sehr kalt geworden. Das Gras der Wiese zuckte im Regen. Noch etwas verwirrt gingen seine Gedanken sofort zum Frêney. Er stellte sich vor, selber da oben zu sein. Wie ein großes Schiff segelte der Fels in diesem Moment durch Wolken und Dunkelheit. Ganz in der Nähe ging plötzlich ein Blitz nieder. Ein ohrenbetäubender Schlag. Gleich darauf wellte die Stille zurück und darin – wie eine Art endloses Treibgut – strömte der Schnee hinab.
Am nächsten Morgen stand er früh auf und ging in die Stadt. Die Rettungswacht befand sich in einem alten Gebäude neben einer Autowerkstatt. Es regnete noch immer. Im Eingang standen Fahrräder; oben schlug eine Tür zu. Zwei Männer mit Hüten und blauen Pullovern kamen die Treppe herunter. Sie gingen an ihm vorbei nach draußen.
Im zweiten Stock befand sich eine Tafel und das Büro. Ein Kurzwellenradio war eingeschaltet. Niemand sprach Englisch. Schließlich kam jemand an den Schalter, der ihn verstand.

»Ja?«
»Ich möchte jemanden als vermißt melden.«
»Wo?«
»Auf dem Frêney-Pfeiler.«
»Wie wollen Sie das wissen? Waren Sie mit ihm oben?« fragte der Bergführer.
»Nein, er ist allein«, sagte Bray.
»Allein?« Der Bergführer hörte mit halbem Ohr auf etwas im Radio, worüber er und die anderen plötzlich lachten. Bray wartete. »Wieso ist er allein? Wissen Sie, wir können nichts unternehmen, bis die Schlechtwetterfront vorbei ist.«
»Wann wär das voraussichtlich?« wollte Bray wissen.
Mit den Franzosen war es immer dasselbe. Sie beantworteten nie eine Frage, taten so, als verstünden sie nicht. Er wartete, bis der Bergführer, der ansonsten nichts zu tun hatte, ihm schließlich wieder seine Aufmerksamkeit schenkte und sagte: »Kommen Sie morgen wieder.«
»Ganz herzlichen Dank auch«, sagte er.
Sie hatten sich nichts aufgeschrieben, sie hatten nach keinem Namen gefragt. Er ging hinunter. Auf der anderen Straßenseite parkten zwei Polizeibusse. Es regnete wie im Winter in England, wenn auf dem Weg zur Arbeit Autos mit hochgekurbelten Fenstern – das Wageninnere trocken und warm – an einem vorbeispritzten. Er war es gewohnt, im Kalten zu arbeiten, in ungeheizten Häusern, und sich am Wochenende wiederum in die Kälte aufzumachen, um zu klettern. Er war keine Lichtgestalt wie Haston oder Brown – dafür mußte man schon Großes leisten, unglaubliche Touren machen –, aber er war dicht dahinter. Er hielt sich am Rand des Geschehens auf und wartete auf seine Chance. Er konnte so gut klettern wie jeder andere auch. Vielleicht war es das Selbstvertrauen, sich an vollkommen unmöglichen Routen zu ver-

suchen, das ihm fehlte, der Wagemut. Das konnte noch kommen. Wie auch immer – er wartete.
Er ging im Regen zurück. Je länger das Gewitter anhielt, desto geringer waren die Überlebenschancen. Dort oben war es kalt, Eis zog sich in riesigen, unüberwindbaren Lagen über den Fels. Alle Felsausprägungen würden zugefroren sein, ganze Routen verschwinden. Er hatte Glück, er könnte selbst dort oben sein. Ein Durchfall hatte ihn gerettet.
»Ich konnte nicht mitgehen«, sagte er später oft. »Ich war zu beschäftigt.«
Es war einer dieser Ironien, die das Leben im Risiko auszeichnen.

9 In der Stille der Gipfel und Täler näherte sich, zuweilen leiser werdend, dann zurücktreibend, das monotone, unverkennbare Pulsieren von Rotoren. Von weitem glich der Hubschrauber einem Insekt, er trieb schräg über die Schneefelder, verharrte, dann zog er weiter.

Der Regen hatte aufgehört. Durch die Wolken sah man blauen Himmel. In den höher gelegenen Regionen war alles schneebedeckt, jeder Vorsprung, jedes Band. Die Gipfel waren noch in Nebel gehüllt, die Kälte hielt an.

Ein Bergsteiger sitze auf dem Zentralpfeiler des Frêney fest, sagte man. Das Geräusch des hin und her fliegenden Rettungshubschraubers schien von Mal zu Mal unheilvoller, wie bei einer dieser Katastrophen, wo nichts bekanntgegeben wird, aber das Schweigen alles verrät. Unfälle waren alltäglich. Manchmal ragte einer heraus, weil er so unvermeidlich oder furchtbar schien. Wirklich grauenvolle Begebenheiten blieben für immer im Gedächtnis; sie wurden Teil des Bergsteigens, wie berühmte Verbrechen Teil einer Epoche werden.

Die Suche endete am späten Nachmittag. Eine einsame Gestalt war auf dem Gletscher gesichtet worden. Am Mittag des nächsten Tages, der Rucksack an einer Schulter hängend, kam Rand schmutzig und erschöpft den Pfad zum Zeltplatz herauf. Er sah nicht nach rechts noch links, als gäbe es auf Erden keine andere Menschenseele.

Love saß vor seinem Zelt und rief ihn an. Rand ging weiter.

Aus dem Innenfutter seines Parkas holte er eine Flasche Wein heraus. Der Korken war gezogen. Noch im Gehen begann er zu trinken.
Als er sein Zelt erreichte, sackte er einfach auf die Knie und verschwand im Innern, indem er nach vorne fiel, die Füße vor dem Eingang. Einen Moment später wurden sie nachgezogen.
Bray fand ihn im Zelt, die Augen noch geöffnet.
»Was ist passiert?« fragte er.
Rands Augen wanderten langsam zu ihm herüber.
»Ich dachte, sie würden eine Eisleiche runterbringen«, sagte Bray. Er wartete – es kam keine Antwort. Dann:
»Das war wirklich ein *beau fixe*.«
»Wie weit bist du gekommen? Wo warst du?«
Rand hatte, als er sich hinlegte, die Augen geschlossen, aber nur für eine Minute. Sie hatten sich von selber wieder geöffnet. Er lag da, angefüllt mit Worten, wie ein Sterbender, der nicht beichten konnte und sie mit ins Grab nehmen würde.
»Es hat mich überrascht«, sagte er schließlich. »Es kam so schnell. Ich hatte keine Zeit für irgendwas. Ich hab es auf ein kleines Felsband geschafft. Zuerst hat es nur geregnet ...«
»Und dann?«
»Ich bin dort geblieben. Die Nacht und den nächsten Tag.«
»Hattest du keine Angst?«
»Angst? Ich war wie gelähmt«, sagte er. »Ich dachte, wie dumm ich gewesen war. Daß ich aus dem falschen Grund raufgestiegen bin, ich hatte keine Ahnung. Kein Wunder, daß es passiert ist.«
Weitere Gesichter erschienen, versuchten hereinzusehen. Rands Stimme war zu leise, um verständlich zu sein.
»Schließlich beschloß ich, daß ich versuchen mußte, runterzukommen«, sagte er. »Ich seilte mich ab, das Seil war ge-

froren. Meine Hände waren taub. Ich schlug Griffe ins Eis. Ich hatte Angst, das Beil zu verlieren, daß es mir aus der Hand fällt. Das wär das Ende gewesen.«

»Haben sie dich gefunden? Ich hab die Bergwacht alarmiert.«

»Sie sind vorbeigeflogen. Ich weiß nicht, ob sie mich gesehen haben.«

Bray nickte. Er schämte sich, daß er jemanden so schnell aufgegeben hatte. Die erschöpfte, leise Stimme schien aus unbestimmbarer Tiefe zu kommen, aus einer inneren Person. Das müde Gesicht berührte ihn zutiefst. Er erkannte die Niederlage darin, den Verzicht. Er fühlte sich auf einmal eng mit Rand verbunden, er hätte es ihm gerne gezeigt, aber er schwieg. Statt dessen hob er die Flasche.

»Willst du etwas?« fragte er.

Rand schüttelte den Kopf.

»Nicht übel«, sagte Bray, als er einen Schluck nahm. »Woher hast du den?«

»Weiß nicht mehr.«

Er schlief ein. Er hatte die Stiefel noch an. Er lag im Durcheinander des Rückzugs, die Fingernägel schwarz vor Dreck. Er schlief achtzehn Stunden, Leute kamen den Pfad herauf, gingen wieder hinunter. In der Stadt erzählte man sich bereits seine Geschichte.

10 Im Herbst fand er ein Zimmer hinter der *papeterie*, auf dem Impasse des Moulins, in einem Haus am Fluß. Der Zeltplatz war verlassen, die Stadt still geworden. Septemberlicht lag auf allem. Eine träge, brennende Sonne erfüllte die Tage.

Kuhglocken, die kummervoll auf den Almwiesen läuteten, das abgeschiedene Leben der Einheimischen, die kühlen, grünen Wälder – all dies schien den Herbst anzukündigen. Die Gipfel wurden dunkler, verloren ihr Leben. Die Blaitière, die Verte, die Grandes Jorasses weit oben über dem Gletscher, er betrachtete sie mit anderen Augen, ohne Begehren oder Unruhe. Über ihnen lag ein anderer Himmel, ein ruhiger, geheimnisvoller Himmel, ein Blau wie das letzter Reisen.

Sein Haar war lang, er ließ sich einen Bart wachsen – er war schon voller geworden, breit und dicht wie der eines Propheten aus dem Alten Testament. Man kannte ihn in den Läden, wo er begonnen hatte, stockend Französisch zu sprechen. Er war sauber, er war trocken. Am Abend ging er mit einem langen, schmalen Laib Brot, der aus seinem Rucksack ragte, auf sein Zimmer.

Später wohnte er hinter einem kleinen Museum, dem Musée Loppe, am Ende einer Passage, und dann in einer Mansarde in der Nähe des Bahnhofs, in einem großen Haus mit grünen Fensterläden und verblichenen Wänden. Man betrat es durch ein verstecktes Gartentor im Schatten einer Gasse.

Neben der Tür rosteten zwei Tische. Innen kam einem der Geruch von Küchendünsten und Tabak entgegen, warm, drückend. Sein Zimmer hatte ein kleines Oberlicht und einen Balkon mit zwei Flügeltüren und Vorhängen, die früher einmal weiß gewesen waren. Auf der anderen Seite der Gasse befand sich eine Autowerkstatt und der Hintereingang des Hôtel des Étrangers. Regen fiel auf das Blechdach. Manchmal hörte man das weiche Rattern eines Zuges.
Er stand vor dem Sportgeschäft Giro und sah sich Stiefel im Schaufenster an. Jemand forderte ihn auf, doch einzutreten – es war der Besitzer, der an der Tür stand.
»Sie müssen nicht draußen im Regen stehen«, sagte er.
»*Merci.*«
»Sie sprechen Französisch?«
»Nicht wirklich.«
»Scheint mir aber doch so«, sagte Giro.
Die Verkäuferin blickte kaum auf. Wenn man so aussähe wie er, bräuchte man nicht zu reden, bemerkte sie auf französisch. Irgendwann muß man aber etwas außer »Danke schön« sagen, erwiderte Giro. Zum Beispiel? sagte sie.
In Giros einfachem Gesicht erschien ein Ausdruck von Resignation.
»Das hab ich nicht ganz verstanden«, sagte Rand.
»Unwichtig.«
Das Mädchen wandte sich ab. Sie besaß eine gewisse Zurückhaltung, fast Überheblichkeit, die ihn ärgerte. Gewöhnlich fiel ihm etwas ein, aber auf französisch war es schwierig.
Am nächsten Tag im Stadtbad dachte er an sie. Das Wasser floß über ihn, glänzte auf seinen Gliedern. Hier war er selbstbewußter, ungehemmt. Er stellte sich vor, sie zu besitzen, befriedigende Träume. Ihre Hände schlugen gegen die Wand, er watete in ihren Schreien …

Die Frau mit dem geblümten Umhängetuch fragte: »*Vous êtes anglais, monsieur?*«

Als er dies verneinte, vertraute sie sich ihm an. Die Engländer seien sehr dreckig, sagte sie. Sogar die Araber seien sauberer. Ob er schon mal in England gewesen sei?

»England? Nein«, sagte er.

Sie lächelte unerwartet.

Diese Frau in den Douches Municipales, Remy Giro, der eine oder andere Fremde – es gab nicht viele, mit denen er sprach. In der Banque Payot gab es eine Kassiererin, die ihn auf gewisse Weise ansah. Sie war ungefähr dreißig, hatte ein schmales Gesicht, das irgend etwas verbarg, wie eine Frau, die sich aus Liebe ruiniert hat. Er beobachtete ihre Langeweile, ihre Ausdruckslosigkeit, während sie für einen gutgekleideten Geschäftsmann Dickichte von Hundertfrancscheinen auszählte. Als Rand an den Schalter trat, hob sie einen Moment lang den Blick. Er war darauf vorbereitet. Es war, als hielte er sie am Arm fest. Manchmal sah er sie von der Straße aus durch die eisenvergitterten Fenster. Sie war verheiratet, das wußte er. Er hatte den goldenen Ring an ihrem Finger gesehen.

Die Tage wurden kälter, der erste Schnee fiel. Es war schön, fast verführerisch, die Dunkelheit kam, und der Schnee trieb herab. Er dachte, er würde den Winter leicht überstehen, aber mit den Wochen mußte er feststellen, wie sehr er sich getäuscht hatte. Er hatte sich zu weit vorgewagt. Es war wie eine Fahrt in einem kleinen Auto durch ein trostloses Land. Die Windschutzscheibe vereist, der Horizont weiß. Wenn der Motor kaputtginge, wenn er von der Straße abkäme …

Er hatte nicht mit der Einsamkeit gerechnet, der schrecklichen Kälte. Er hatte das Gefühl, einen furchtbaren Fehler gemacht zu haben. Er war gestrandet. Die Fensterläden der Häuser waren nachts geschlossen. Das Zimmer war ungeheizt, ihm wurde nie richtig warm. Im Radio wurden Vermißtenanzeigen von Mädchen durchgegeben, die von Zuhause verschwunden waren – sie zählten zu den ersten Dingen, die er verstehen konnte ... *Seize ans, mince, longeur un metre quatre-vingt, yeux verts, cheveux longs, châtains. Téléphonez* 53 36 39, und so weiter. Manchmal schnappte er ein paar Worte von den Nachrichten auf.

Es war, als wäre das Gefecht weitergezogen und er wäre irgendwie in einer fremden Stadt zurückgelassen worden. Alle waren fort, das Lager war verlassen, er überwinterte allein.

Er fand illegale Arbeit – er hatte keine Arbeitserlaubnis –, er putzte in einer Werkstatt auf der Straße nach Genf. Sie lag hinter dem Hôtel Roma; die erleuchteten Fenster und geparkten Autos verhöhnten ihn, wenn er abends an ihnen vorbei nach Hause ging.

Er dachte fast jeden Tag an Louise. *Ja, komm, komm sofort*, schrieb er in einem schmucklosen Café, füllte eine Seite nach der anderen. Er las sie langsam durch und schickte statt dessen eine Postkarte. Gewaltige Schneefälle brachen wieder und wieder herein, über der Stadt erhoben sich die schimmernden Berge, am Samstag ein zerknitterter Zehnfrancschein als Lohn. Es gab keinen einfachen Weg in diese Welt.

Eines Abends an einer Straßenecke sah er die Kassiererin der Bank, wie sie sich die Kinoplakate ansah. Sie war allein. Sein Herz schlug heftig. Er stand neben ihr.

»*Bonsoir.*«

Sie antwortete nicht. Sie drehte sich um und musterte ihn, wie es schien, kühl.

Als sie ihn das erste Mal gesehen hatte, spürte sie, wie sie zitterte. Sie war empfänglich für bestimmte Männer, sie lieferte

sich ihnen völlig aus. Seine Augen, sein sonnenverbranntes Gesicht – er war die Art von Mann, für die sie alles hinwarf, sie hatte es schon zweimal getan.
Er wußte das nicht. Er konnte wegen der Sprache kaum mit ihr reden, und sie schien auch nicht sprechen zu wollen. Sie hatte ein nacktes, trotziges Gesicht. Ihr Mann war irgendwo auf Reisen, zu Besuch bei seinen Eltern. Sie hatte ein Kind.
Sie gingen am Fluß entlang, das Wasser prasselte vorüber. In ihrer Nähe zu sein, verursachte ihm einen fast physischen Schmerz, so groß war sein Verlangen. Er wollte sie ansehen, sie offen betrachten, sie eine Zigarette rauchen sehen, ihr die Kleider ausziehen. Ihr Name war Nicole Vix.
In einem Hauseingang küßte er sie. Sie wollte ihm nicht sagen, wo sie wohnte. Sie stand da, als trügen sie ihre wunden Füße keinen Schritt weiter. Sie legte ihr Gesicht an seine Brust und ließ zu, daß er ihre Brüste berührte.
Er sah sie am nächsten Morgen in der Bank. Sie war nicht die Art von Frau, die lächelte. Er wußte nicht, wie er sich verhalten sollte – er konnte schlecht jeden Tag in die Bank kommen. Auch kehrte ihr Mann zurück. Sie hatten ein leidenschaftliches Zeichen ausgetauscht, aber wie sich herausstellte, war es nicht möglich, sie wiederzutreffen.
Der Winter ging vorüber. Es fiel ihm schwer, sich daran zu erinnern, was aus den Tagen wurde, sie verblaßten wie die der Schulzeit, das erste Jahr, das schwerste. Man sah ihm nicht an, daß er einsam gewesen war, daß er am Rand der Gesellschaft gestanden und andere um das Licht und die Wärme beneidet hatte, daß er gerne Teil davon gewesen wäre, zugleich aber entschlossen war, es nicht zu sein; nichts davon stand in seinem Gesicht.
Weit oben glitzerten die *aiguilles*. Die Berge schliefen, die Gletscher lagen verborgen im Schnee.

11 Auf der Wiese stand ein einsames Zelt. Von weitem betrachtet, sah es wie der erste Ankömmling aus, aus der Nähe wie der letzte Überlebende. Darin war es wohnlich, ein paar Bücher waren auf einen flachen Stein gelegt, eine Petroleumlampe, an der Mittelstange hingen ein paar gewellte Fotos.

Das Gras war bereits kniehoch, die ersten Blumen standen verstreut darin. Es war Mai. Fingergroße Schnecken bewegten sich langsam über die Steine. Unten lag die schmale Straße, die weiter oben in den Pfad nach Montenvers mündete, den zu dieser Jahreszeit niemand benutzte. Darüber der blaue Himmel Frankreichs. Ein Kleinbus hatte auf der Straße gehalten, ein wenig geneigt, als säße er in einer Spurrille fest.

Eine einsame Gestalt kam durchs Gras den Hügel herauf, ziellos, sich manchmal ganz umwendend. Rand beobachtete den Mann. Der Winter war vorüber, dennoch war er merkwürdig träge, seiner selbst müde und der Einsamkeit, die auf ihm gelastet hatte. Nichts schien dem ein Ende setzen zu können. Er lag allein zwischen seinen wenigen Habseligkeiten, wie ein Verletzter, als ihn plötzlich eine überwältigende Freude überkam, gleich einem Schiffbrüchigen, der einen Leutnant zur See in weißer Uniform an den Strand treten sieht. Das blonde Haar glänzte in der Sonne.

»Mein Gott«, sagte er.

»Hallo, Kumpel.« Es war Cabot.

»Ich kann's nicht glauben. Was machst du hier?«
»Dich suchen.«
»Hör schon auf. Wie hast du mich gefunden?«
»Das war nicht schwer.« Er sah sich nach einem Sitzplatz um. »Jeder im Ort scheint zu wissen, wo man dich findet.«
»Ja, ich hab 'ne Menge Freunde hier«, sagte Rand.
»Aber sicher.« Er betrachtete ihn genauer. »Wie geht's dir? Was hast du so gemacht?«
»Na ja, hier schneit es viel. Es kommen 'ne Menge Leute her. Vor allem Franzosen. Italiener. Weiß nicht, wer die sind. Bin ich froh, dich zu sehen. Bist du alleine hier?«
»Nein. Komm runter zum Auto.«
Rand stand auf. Er konnte es immer noch nicht glauben. »Sag, bleibst du 'ne Weile hier?« sagte er.
Von der Straße aus sah Carol Cabot sie herunterkommen, der Arm ihres Mannes war um die Schultern des anderen gelegt, sie gingen gemächlich, dann fingen sie plötzlich an zu laufen, nicht in gerader Linie, sondern in großen, trunkenen Kreisen. Sie konnte Rufe hören – es war Rand, er machte riesige Sätze und schleuderte die Arme wild in die Luft. Sie kamen auf sie zugerannt.
»Was ist los?« fragte sie.
»Da ist er«, sagte ihr Mann.
Sie hatte Rand kurz kennengelernt, erkannte ihn aber kaum wieder. Sie versuchte sich zu erinnern, wie er ausgesehen hatte. Sie hatte das Bild von jemand Großem, Selbstbewußtem bewahrt, jemandem mit dreckigem Haar und einer Art geheimer Energie. Jetzt sah er aus wie ein Landstreicher. Er roch nach Baumrinde und Rauch.
»Hallo«, sagte sie. »Als Jack mir gesagt hat, du wärst hier irgendwo in den Bergen, hab ich gedacht, daß wir dich nicht so leicht finden würden.«

Sie war ein Mädchen aus Arizona, unkompliziert und optimistisch, in mancher Hinsicht feiner als ihr Mann. Als sie in der Stadt die Straßen entlangspazierten, wirkte sie elegant, verträumt. Ihre bloßen Arme waren verschränkt, die Hände umklammerten die Schultern. Sie blieb vor einem Geschäft stehen, sah ins Schaufenster, ihr Mann und Rand gingen weiter, dann schlenderte sie ohne Hast hinterher. Cabot drehte sich nie nach ihr um, um zu sehen, wo sie geblieben war. Er legte manchmal, wenn sie neben ihm ging, den Arm um sie, redete weiter. Sie blieb dann bei ihm. Oft schien es, als hörte sie nicht zu.

Cabot war kräftiger geworden. Er hatte als Zimmermann gearbeitet, hatte mit schwerem Hammer Dachbalken zusammengefügt. Die Muskeln an seinen Unterarmen traten hervor.

»Wie ist dein Französisch?« fragte er Rand.

»Nicht besonders.«

»Was? Hast du keine französische Freundin gehabt?«

»Weder eine französische noch sonst eine.«

Cabot empfand plötzlich eine immense Bewunderung für ihn.

»Das glaube ich nicht«, sagte Carol ruhig.

»Nicht, daß ich nicht daran gedacht hätte.«

Es schien ihm trotz seines Äußeren – er sah aus, als trüge er die Kleider von zwei oder drei verstorbenen Kameraden – ausgesprochen gut zu gehen. Seine Augen leuchteten. Er war voller Leben. Sie sprachen später darüber.

»Er kommt mir wie eine Art Heiliger vor«, sagte Carol.

»Eher wie Natty Bumppo.«

»Wer?«

»Der Wildtöter«, sagte Cabot.

»Du weißt, daß ich dumm bin. Wer ist das?«

Sie luden ihn zum Abendessen im Le Choucas ein – vielleicht war es Carols Gesicht oder die Unbeschwertheit, die von ihnen ausging, aber auf der Straße drehten sich die Köpfe nach ihnen um.
Am nächsten Tag fuhren sie nach Saint-Gervais und weiter ins dahinterliegende Tal. Alte Bauernhäuser, die Dächer mit Steinen beschwert, standen zwischen den neueren Chalets. Die Berge waren riesig und weiß.
»Wie sind die Bedingungen da oben jetzt?«
»Es liegt noch immer viel Schnee«, sagte Rand, »aber er soll fest sein. Vor ein paar Tagen haben sich ein paar Leute darüber unterhalten. Es kommt nicht darauf an, wieviel Schnee liegt, sondern wie er beschaffen ist.«
»Es müßte doch ein paar Touren geben, die wir zusammen versuchen könnten. Ich würde gern langsam wieder in Form kommen.«
»Du siehst doch gut aus.«
»Ich bin ganz nervös geworden, als ich nicht hier war. Zum einen hab ich an dich denken müssen. Es gibt ein paar Wände, bei denen ich gern dabei wäre.«
»Jetzt bist du ja da.«
»Ja, sicher, aber trotzdem. Es gibt Wände, an die man ständig denken muß. Man kriegt sie einfach nicht aus dem Kopf. Kennst du das Gefühl?« Er machte eine Pause. »Das Problem ist, es gibt andere, die sie machen könnten. Manchmal krieg ich darüber kein Auge zu.«
»Sag. Woran denkst du?«
»Wir müßten wirklich in Form sein.«
»Komm schon«, sagte Rand.
Cabot war immer noch ausweichend. »Wir müßten sehr gut in Form sein.«
»Wofür?«

Cabot wartete.
»Den Dru«, sagte er.
»Machst du Witze? Aber auf die leichte Tour.«
»In der Mitte hoch.«
Eine einzelne Granitwand, grau und isoliert, schien sich vor Rand in Gedanken aufzutürmen, sich von der Umgebung zu lösen und noch klarer hervorzustechen. Dunkel mit schwarzen Linien, die an ihr heruntertränen, ein babylonischer Tempel, durch Jahrhunderte zerstört, Säulen und Gänge zerschlagen, die riesigen Bruchstücke schweben Tausende von Metern durch die Luft und zerbersten auf den unteren Platten, legendär, jahrzehntelang unbesteigbar: der Dru.
Rand sah zu Boden. »Der Dru ...« Er hatte ein schüchternes, fast verlegenes Lächeln.
»Was meinst du?«
»Jack, ich hab auf dich gewartet«, sagte er.

Der Berg gleicht einem gewaltigen Obelisk. Er wurde zunächst über die einfachsten Routen bestiegen. Die Nordwand wurde nach jahrelangen Versuchen erst im Jahr 1935 bewältigt. Die Westwand, die schwierigste von allen, widerstand bis nach dem Krieg. Schließlich wurde sie 1952 erklommen.
Die Westwand scheint spitz zuzulaufen. Sie ist wie ein Turm. Steht man davor, offenbart sie nicht ihre ganze Tiefe und Macht. Vom Tal aus – Les Tines – erkennt man hingegen, daß sie kein bloßer Finger ist, sondern ein drohender Kopf, der Kopf eines Gottes.
Die Normalroute beginnt an der rechten Seite, ein Couloir hinauf, eine Steinschlagrinne, in der viele Bergsteiger gestorben sind. Vom Ende des Couloirs gelangt man über eine Reihe von Terrassen zur Felsmitte, und von dort führt die

Route eine mehr als fünfhundert Meter hohe, unerbittliche Wand hinauf.
Diese Route war für sie von wenig Interesse.
Manche Art des Kletterns ist ermüdend und erfordert eine brutale Anstrengung; sie hat fast etwas Zerstörerisches. Ohne Griffe, ohne im Stein vorgegebene Linien, im Grunde gegen die Natur des Felsens zu arbeiten, ist häßlich, aber manchmal erforderlich. Die elegantere Weise ist seltener, sie ist wie eine Liebe. Bei ihr wird selbst der gefährlichste Versuch in seiner Folgerichtigkeit schön, auch wenn er bedeutet, in den eigenen Tod zu stürzen. Es gibt Schwachstellen im Fels, Makel, mit deren Hilfe man seine Glätte überwinden kann. Sie zu entdecken und zu verbinden ist der Weg zum Gipfel.
Es gibt Routen, die in ihrer Kühnheit und Logik überwältigend sind. Die reine Vertikale ist natürlich das Ideal. Könnte man auf demselben oder fast demselben Weg aufsteigen, den ein von oben herabfallender Kiesel beschreibt, und nur leicht nach rechts oder links ausweichend hinaufklettern – so unmöglich es auch scheinen mag, man würde etwas Unauslöschliches hinterlassen, eine Spur, die über den bloßen Gipfel hinausgeht.
Diese Route nennt man die Direkte.
Im Juni, nachdem sie drei Wochen leichte Kletterei betrieben hatten, gingen sie über einen steilen Pfad, der sich durch den Wald zog, nach Montenvers. Von hier konnte man die klassische Silhouette des Dru sehen, weitab, fern, ein wenig im Schatten der dahinterliegenden Berge. Sie stiegen zum Gletscher hinab, der wie ein gefrorener Fluß unterhalb des Bahnhofs und des Hotels lag.
Der Gletscher ist nur gefährlich, wenn er schneebedeckt ist. In diesem Jahr hatte es früh getaut. Die Oberfläche war grau

von Gesteinsstaub, darauf Granitblöcke jeglicher Größe. Sie gingen an zwei Personen vorbei, einem Mann und einer Frau, die beide taub waren – sie unterhielten sich in Zeichensprache, während sie schweigend weitergingen. Aus dem Blau der Gletscherspalten kam ein kühler Atem und das Geräusch rinnenden Wassers. Am anderen Ende des Gletschers stiegen sie eine steile Anhöhe hinauf und verfolgten einen kaum sichtbaren Pfad, der sich durch Unterholz und kleine Kiefern wand. Es war warm. Sie gingen wortlos. Der Dru, vom Gletscher aus sichtbar, war hinter vorgelagerten Bergkämmen verschwunden. Als sie jetzt aufblickten, sahen sie ihn wieder, nur die Spitze, wie den höchsten Mast eines Schiffes, dann tauchte langsam der Rest auf. Sie setzten den langen Fußmarsch bergauf fort. Sie waren schon drei Stunden unterwegs. Die Bäume und das Unterholz lagen hinter ihnen, es gab einzelne schneebedeckte Stellen. Schließlich erreichten sie die Felskuppe, die wie eine Insel in den Schneefeldern am Fuße des Dru lag, man nannte sie den *rognon*.

Es war Mittag. Der Himmel war klar, die Luft schien still. Über ihnen erhob sich die mythische Wand, als lehnte sie sich leicht zurück. Das Licht strömte über den Gipfel. Da war Schnee im großen Couloir, Schnee auf den hochgelegenen Felsbändern. An manchen Stellen war der Fels bleich, fast rostig. Es waren gewaltige Gesteinsschichten, vom Alter vergoldet. Von irgendwo hörte man ein leises Flüstern, dann ein Grollen. Es kam von weiter rechts. Sie beobachteten, wie eine Steinlawine im eleganten Fluß die Wand herunterkam, der Schnee strömte vorneweg und zerbarst wie Brandung. Langsam verhallte das Geräusch. Es herrschte Stille. Die Luft war kalt. Rand setzte seinen Rucksack ab. Er starrte hinauf.

»Das ist mir ein Stück Felsen.«
Cabot nickte. Im klammen Schatten war es, als wären sie hergeschwommen und hier aufgetaucht. Die Kühle der Luft war wie Sprühwasser, ihre Gesichter im Halbdunkel.
Sie setzten sich, um die Wand genauer zu studieren. Sie verwarfen das Couloir. Es lag an der Seite und war zudem der Einstiegspunkt der Normalroute, aber der Rest war eine riesige Schürze mit Überhängen und nach unten stehenden Platten. Fast unmittelbar vor ihnen schien sich allerdings ein Riß schräg nach unten zu ziehen, die zu einer Reihe von bogenartigen Formationen führte. Zweihundert Meter weiter oben würden sie auf einer Art Band herauskommen.
»Dann kommt eine Reihe von kleineren Rissen«, bemerkte Cabot. Es waren schwach erkennbare vertikale Linien; an manchen Stellen verloren sie sich fast. Es war schwer zu sagen, ob sie sich wirklich in Nichts auflösten. Vielleicht gab es eine Möglichkeit, sie zu verbinden.
Cabot sah durch das Fernglas – das Sichtfeld war klein, das Bild unruhig und ruckend. Hinauf zu einer überhängenden Wand, über der ein riesiger Felsblock eingeklemmt war, ein wohlbekanntes Merkmal, der *bloc coincé*. Daran vorbei und weiter hinauf. Das letzte Stück würden sie auf der herkömmlichen Route nach oben steigen.
Stundenlang untersuchten sie die Wand, notierten jedes Detail. Rand schrieb alles mit einem Bleistiftstumpen auf. Gerade als sie fertig waren, tauchte die Sonne zu ihrer Linken auf, fiel auf die Wand, überschwemmte sie mit einem immensen, fast überirdischen Licht.
»Ich denke, das war's«, sagte Cabot schließlich.
Rand sah eine Weile durchs Glas, bevor sie sich auf den Rückweg machten. Er schwieg. Er spürte eine gewisse Feierlichkeit.

Ein großer Berg ist ernst. Er verlangt alles von einem Kletterer, absolut alles. Er muß schwierig sein, aber auch schön, er muß im Gedächtnis bleiben wie die Erinnerung an ein unvergeßliches Jahr. Er muß unbefleckt sein.
»Wie lange, glaubst du, werden wir brauchen?«
»Zwei, vielleicht drei Tage«, sagte Cabot.
»Wie viele Haken?«
»Ich glaub, alle, die wir haben.«
»Das Gewicht wird ein Problem sein.«
Cabot antwortete nicht. »Was für eine wunderbare Linie«, sagte er und ließ die Augen ein letztes Mal hinaufwandern. »Sie könnte uns ganz bis nach oben führen, weißt du?«
»Oder weiter.«

12 Er schwamm, weit ins Meer hinaus. Etwas war dort draußen, ein Mensch, in der Luft hallten schwache, leiser werdende Rufe. Seine Arme waren schwer, die Dünung verstärkte sich. Er versuchte, selber zu rufen, seine Rufe verloren sich. Jemand ertrank, er hatte nicht den Mut, ihn zu erreichen. Er gab auf. Sein Herz war bleiern. Plötzlich wachte er auf. Er hatte geträumt. Es war zwei Uhr morgens.

Es folgten Stunden, in denen sich dieselben Gedanken ständig wiederholten. Das dunkle Gesicht des Berges beherrschte nicht nur seine Schlaflosigkeit, sondern die ganze Welt. Ihre Kälte, ihre verborgenen Schrecken würden sich nur in bestimmten Momenten zeigen. Er lag wach, lange vor Sonnenaufgang, Opfer dieser Ängste. Die eisernen Stunden vor dem Angriff. Seine Augen waren von den Bildern dessen, was kommen würde, bereits müde, der Zauber war aus seinen Handflächen gewichen.

Das Wetter war nicht gut gewesen. Die Verzögerung zehrte an seinen Nerven. Jeden Morgen erwachten sie unter bedecktem Himmel oder zum Geräusch von Regen. Alles war bereit, Seile, Haken, Verpflegung. Jeden Tag saßen sie untätig herum.

Das Wetter in den Alpen ist von entscheidender Bedeutung. Die plötzlichen Unwetter sind Ursache der meisten Katastrophen. Das beiläufige Aufkommen von Wolken, eine Drehung des Windes, Dinge, die scheinbar wenig bedeuten, können gefährlich sein. Überdies schmilzt die Sonne in hö-

heren Regionen das Eis und den Schnee, und Felsbrocken, manchmal von unglaublichen Ausmaßen, brechen los und stürzen herab. Das passiert gewöhnlich am Nachmittag.
Man muß die Berge kennen. Geschwindigkeit und Urteilskraft sind lebensnotwendig. Die klassische Entscheidung ist immer dieselbe: Umkehren oder weiterklettern? Es kommt ein Punkt, an dem es einfacher ist, weiter aufzusteigen, ein Punkt, an dem der Gipfel tatsächlich der einzige Ausweg ist. In einem solchen Moment muß man noch Kraft haben.
Schließlich klarte es auf. Sie gingen zum Bahnhof. Ihre Rucksäcke waren riesig, mindestens fünfzig Pfund. Die Seile hatten sie über die Schultern geworfen; wenn sie sich bewegten, hörte man ein gedämpftes Klirren wie von Rüstungen.
Seine Brust fühlte sich leer an, seine Hände schwerelos. Er spürte einen Mangel an Dichte, ein Nachlassen der Kraft, sich ans Leben zu klammern, auf der Erde zu bleiben, als wäre er bereits eine Art Hülse, die weggeweht werden könnte.
Er würde diesen Morgen, diesen großartigen Morgen nie vergessen. Carol stand zwischen den Touristen. Eine Gruppe Schulkinder war mit ihren Lehrern zu einem Ausflug zum Mer de Glace eingetroffen. Rand stand neben einem Pfosten, der das Dach stützte. Die Sonne lag warm auf seinen Beinen. Seine Kleidung, die so anders war, die Brotlaibe, die aus seinem Rucksack ragten, die Ausrüstung, hoben ihn hervor. Es umgab ihn etwas Besonderes; als wäre er für ein anderes Leben bestimmt. Dieser Unterschied bedeutete alles.
Sie stiegen in den Zug. Die Sitze neben ihnen waren leer. Inmitten der Rufe von Kindern, der leisen, gemurmelten Unterhaltung von Paaren, junger Männer mit um den Hals geschlungenen Kaschmirpullovern, schrillte eine Signalpfeife. Der Zug setzte sich in Bewegung. Carol ging bis zum Ende des Bahnsteigs neben ihnen her.

Das Tal fiel zurück. Auf der anderen Seite erhob sich der Brévent wie eine Mauer, ein schwach erkennbarer Pfad führte im Zickzack hinauf. Ein älterer englischer Herr und seine Frau saßen in ihrer Nähe. Er hatte die Hutkrempe nach unten geschlagen. Sein Gesicht war fleckig.

»Wunderschön, nicht?« sagte er.

»Mir gefällt der Cervin besser. Der Cervin ist doch viel schöner«, antwortete seine Frau.

»Findest du?« sagte er.

»Er ist majestätisch.«

»Na, das hier ist doch auch majestätisch.«

»Was?«

»Das hier.«

Sie sah einen Moment lang hinaus.

»Nein«, sagte sie. »Es ist nicht dasselbe.«

Der Zug schaukelte sanft. Die Unterhaltung schien wie Papierfetzen, die aus dem Fenster strömten, als sie hinauffuhren. In Montenvers wartete eine Menge Leute, die wieder nach unten wollte.

Um drei Uhr nachmittags hatten sie ihr Lager am Fuß des Dru aufgeschlagen. Am Abend aßen sie ein kräftiges Mahl, Suppe, dicke Scheiben Brot, getrocknete Früchte, Tee. Danach einen Riegel Schokolade. Sie beabsichtigten, bei Sonnenaufgang aufzubrechen. Die Wand über ihnen war still. Die schräg einfallenden Sonnenstrahlen legten sich auf ihre Schultern, auf den warmen, mit Flechten bewachsenen Fels und das trockene Gras. Sie sahen zu, wie die Sonne glühend hinter der Schulter des Charmoz versank. Cabot rauchte. Während er den Rauch ausblies, streckte er ihm die dünne Zigarette entgegen. Rand nahm sie ihm aus den Fingern.

»Woher hast du das Zeug?«

»Mitgebracht.« Er lehnte sich zurück, seine Gedanken

schweiften ab. »Und so«, sagte er, »warteten sie auf den Morgen. Ich liebe diese Stunde. Mehr als alles andere.«
»Hier ...«
Cabot griff danach. Er inhalierte tief, lächelte. Er schien hier oben ein anderer Mann, ruhiger; die Kraft war die gleiche, aber das Prahlerische, das ihn unten umgab, war fort. Die wohlhabende Familie, die Schulbildung, Sportmannschaften – was das alles für ihn getan hatte, hatten für Rand die Berge getan. Eine tiefe Kameradschaft, ein tiefes Verständnis verband sie. Sie waren ebenbürtig. Es schien, als hätten sie ohne ein Wort zu sagen einen feierlichen Pakt geschlossen. Sie würden ihn niemals brechen.
Das Licht war verblaßt. Es wurde kalt. Um halb zehn waren sie eingeschlafen. Eine Stunde später hörte man es donnern, weit entfernt, aber unverkennbar. Um Mitternacht fing es an zu regnen. In gewaltigen Regenschauern fuhren sie am nächsten Tag wieder hinunter, durchnäßt und elend. Sie schliefen hinten im Bus, zu dritt, zusammengekauert wie Hunde, während eisiger Regen auf das Dach prasselte.
Dreimal sollten sie zum Fuß des Dru marschieren. Das Wetter war gegen sie. Auch alle anderen saßen fest. Bray war wieder in der Stadt. Er hatte mit einem der Führer gesprochen, ein Mann aus der Gegend, der die alten Bergbauerregeln kannte.
»Sie sprechen hier vom Wind des Jahres«, erklärte er. »Am dreiundzwanzigsten Januar. Dieses Jahr war es Westwind.«
»Und was heißt das?«
»Einen Tag gutes Wetter, dann zwei oder drei Tage Regen, und so weiter. Eben unbeständig.«
»Das hätte ich dir auch sagen können«, sagte Cabot.
In der zweiten Juliwoche brachen sie erneut auf. Das Wetter war aufgeklart, Bergsteiger strömten in die Berge. Auf dem

Gletscher sahen sie nicht weit entfernt zwei Personen, eine davon ein junges Mädchen mit einem großen Rucksack. Ihr Freund ging ein gutes Stück voraus.
»Wozu nimmt er sie mit rauf?«
»Um sie zu melken«, sagte Cabot.
Sie trug eine Brille. Ihr Gesicht war feucht. Etwas später, nachdem sie zwei- oder dreimal aufs Eis gefallen war, rief sie verzweifelt nach ihm und blieb sitzen. Der Junge ging weiter, ohne sich umzublicken.
Auf dem *rognon* hatte bereits eine andere Gruppe ihr Lager aufgeschlagen – zwei Österreicher, die aussahen wie Brüder. Cabot war sofort alarmiert.
»Laß uns rüber ans andere Ende gehen«, sagte er.
Am Abend konnten sie von der anderen Seite des Tals das Pfeifsignal des letzten Zuges ins Tal hören. Später kam von irgendwoher Gesang. Es waren die Österreicher.
»Was, meinst du, haben sie vor? Glaubst du, dasselbe wie wir?«
»Ich weiß nicht«, sagte Rand. »Wo waren sie, als es regnete?«
»Wir sollten besser früh aufbrechen«, beschloß Cabot.
Um fünf Uhr morgens brachen sie in aller Stille das Lager ab und stiegen hinunter auf den Gletscher, der sie vom Fuß des Felsens trennte. Es war bereits hell. Ihre Hände waren kalt. Ihre Schritte schienen auf der gefrorenen Oberfläche zu bellen.
»Wenn sie noch nicht wach waren, sind sie's jetzt«, sagte Rand.
»Sie nehmen sowieso die Normalroute.«
»Woher weißt du das?«
»Da sind sie.«
Weit zu ihrer Rechten sah man zwei kleine Gestalten, die in Richtung Couloir gingen.

»Nichts mehr, worüber wir uns Sorgen machen müssen.«
»So ist es.«
Zwischen dem Gletscher und dem Felsen lag eine tiefe Spalte, der Bergschrund; sie überquerten sie ohne Schwierigkeiten. Der Granit war dunkel und eisig. Rand legte seine Hand darauf. Es schien, als berührte er keine Felswand, sondern etwas in der Größenordnung eines Planeten, zu immens, um es sich vorzustellen, und gleichzeitig seiner Gegenwart irgendwie bewußt.
Es war kurz vor sechs, als sie zu klettern begannen.
»Ich übernehm das erste Stück, in Ordnung?« sagte Cabot.
Er griff hinauf, fand einen Tritt und begann den Aufstieg.

## 13

»Stand!«

Nach kurzer Zeit schlängelte sich ein Seil herab. Mit steifen Fingern band er Cabots Rucksack daran fest und sah zu, wie er am Felsen entlangstreifend hochgezogen wurde. Das Seil kam wieder herunter. Er befestigte seinen eigenen Rucksack daran. Ein paar Minuten später begann er zu klettern.

Zuerst hat man Angst, besonders die ersten sechs, sieben Meter, aber bald verschwindet sie. Der Fels war kalt, er schien ihm in die Hände zu beißen. Als er einen Moment Halt machte, konnte er hinter sich im Tal weit unten leise das Geräusch von Lastwagen vernehmen.

Er erreichte die Stelle, an der Cabot sicherte. Sie wechselten ein paar Worte. Rand ging voraus. Er kletterte selbstsicher, der Abgrund unter ihm wuchs. Der Körper ist wie eine Maschine, die nur langsam anspringt, aber wenn sie einmal in Gang kommt, scheinbar endlos weiterlaufen kann. Er suchte nach Griffen, klemmte sich in den Riß, fühlte, verwarf, arbeitete sich höher.

Gegen Mittag waren sie weit oben – sie hatten ein schneebedecktes Band erreicht, das die Oberfläche der Schürze bildete. Ab hier begann die Hauptwand. Weit über ihnen strömten Sonnenstrahlen über den unsichtbaren Gipfel hinweg. Sie saßen auf einem schmalen Vorsprung und aßen etwas.

»Soweit nicht schlecht. Kann ich mal das Wasser haben?« sagte Cabot.

Als er die Plastikflasche entgegennahm, rutschte sie ihm aus der Hand. Er versuchte, sie aufzufangen, aber sie war schon weg, prallte ein-, zwei-, dreimal auf den Felsen unter ihnen auf und verlor sich im Weiß des Gletschers, auf den sie nach einer langen Zeit aufschlug.

»Tut mir leid«, sagte er ruhig.

Rand sagte nichts dazu. Sie hatten noch eine zweite Flasche, aber jetzt blieb ihnen nur noch die Hälfte des Vorrats. Der Berg vergrößert alles. Die kleinste Begebenheit ist unwiderruflich, das geringste Wort.

Eine Folge von vertikalen Rissen begann hier. Rand bewegte sich hinauf. Am Ende des ersten mußte man ein Stück nach links, um den nächsten zu erreichen. Dazwischen lag fast blanke Wand. Die Griffe waren abschüssig. Er versuchte es, mußte zurück, versuchte es wieder. Er mußte eine Unregelmäßigkeit erreichen, die zwanzig Zentimeter weiter außen lag. Die Glätte bedrohte ihn, die Verlockung einer letzten Handbreite. Sein Gesicht war feucht. Sein Bein fing an zu zittern. Jetzt, sagte er sich. Er lehnte sich hinaus. Erreicht. Seine Finger berührten den Griff. Er zog sich hinüber. Von unten schien es mühelos, so als würde er über den Fels gleiten und Griffe kaum benötigen. Cabot sah nur, wie er einen Haken einschlug und sich dann weiterbewegte. Genau in dem Moment trat die Sonne hinter der Wand hervor und blendete ihn. Er schirmte die Augen ab. Er war sich nicht sicher, aber er glaubte, weit oben den *bloc coincé* zu sehen.

Von Montenvers aus konnte man sie an dem Nachmittag durch das Teleskop sehen. Weite Teile des Berges lagen bleich in der Sonne. Ein Stück weit unterhalb des großen, überhängenden Blocks waren zwei Punkte auszumachen, regungslos. Ein weißer Helm schimmerte.

Der Nachmittag war vorüber, sie waren noch in der Sonne.

Die Wärme war angenehm. Es gibt immer eine lange Warterei, den Blick nach oben gerichtet, mit steifem Nacken, während der Vorsteiger den Weg findet. Die Stille der Felswand umgab sie, die unglaublichen Ausmaße.
Plötzlich, aus dem Nichts, ein furchterregendes Geräusch. Das Schwirren eines Geschosses; Rand drückte sich an die Wand. Etwas kam herab, er sah es nicht, schlug mehrmals dumpf auf, sprang weg und war verschwunden. Er sah nach oben. Über ihm ein ehrfurchtgebietender Anblick. Ein gewaltiger Flügel schien Cabot gestreift zu haben. Wie aus Gehorsam neigte er sich langsam. Seine Beine gaben nach, seine Arme rutschten ab. Lautlos vollzog er einen heiligen Akt – er begann zu fallen.
»Jack!«
Das Seil spannte sich mit einem Ruck. Cabot hing ein wenig seitlich über ihm.
»Jack! Bist du in Ordnung?«
Cabots Kopf war nach vorne gefallen, seine Beine baumelten herab. Er gab keine Antwort.
Ein Mann kann einen anderen nicht am Seil hochziehen, er kann ihn nur halten. Rand hatte einen guten Stand, aber das, was folgen würde, bemächtigte sich bereits seiner Gedanken. Er ließ ein wenig Seil durch die Hände laufen. Cabots Fuß bewegte sich leicht. Er berührte einen Tritt, vielleicht, um sich abzustützen, rutschte aber ab. Sein Kopf schlug gegen den Fels.
»Jack! Bist du okay?«
Stille.
»Jack, unter dir!« rief er.
Weiter unten war eine bessere Stelle. Während er mit ihm redete, gab Rand langsam mehr Seil aus. So wie ein Kleidungsstück an einem Splitter hängenbleiben kann, schien

irgend etwas Cabot festzuhalten, und er blieb mit leerem Blick am Felsen hängen.
Rand schaffte es schließlich, sich zu ihm hochzuarbeiten. In dem Moment drehte sich Cabots Kopf ein wenig. Sein Kinn, die eine Gesichtshälfte war blutüberströmt. Er hatte die Augen geschlossen wie jemand, der gegen Trunkenheit ankämpft. Sein Hemd war blutdurchtränkt. Rand wurde plötzlich übel.
»Wie schlimm ist es? Laß mich mal sehen.«
Er erwartete halb den feuchten Glanz von Gehirnmasse, als er den Helm abnahm. Blut quoll heraus. Es tropfte vom Kiefer.
»Hast du Verbandszeug?«
»Nein«, murmelte Cabot kaum hörbar.
Er benutzte statt dessen ein Taschentuch, das sich dunkel färbte, als er es festband. Er wischte den Kiefer ab, um zu sehen, ob die Blutung aufhörte. Sein Herz hämmerte. Er versuchte zu sehen, ob Blut aus dem Ohr trat, was schwere Gehirnerschütterung oder Schädelbruch bedeutete.
Eines schien selbst in diesem Moment sicher zu sein: Cabot würde sterben.
»Tut es weh?«
Ein langsames Nicken. Die Blutung hörte nicht auf. Rand wischte sich die Finger am Felsen ab und versuchte, seine sich überstürzenden Gedanken zu ordnen. Er schlug einen Haken ein und klinkte sich und ihn ein. Cabots Kopf fiel nach vorne, als schliefe er. Dreihundert Meter lagen unter ihnen. Es blieben ihnen noch zwei oder drei Stunden Tageslicht. Hier konnten sie auf keinen Fall bleiben.
Etwas weiter oben war ein Überhang, hinter dem sich vielleicht ein Felsband verbarg. Das war momentan die einzige Hoffnung. Vielleicht könnte er es hinaufschaffen.

»Ich werd hochklettern, um zu sehen, ob da oben ein Band ist«, erklärte er.

Cabot war unheilverkündend still.

»Wenn ja, dann krieg ich dich schon rauf. Bist du fürs erste in Ordnung? Ich hol dich dann.«

Cabot hob wie zum Lebewohl leicht den Kopf. Seine Augen waren trübe, er schaffte es, die Lippen zu einem schwachen, erschreckenden Lächeln zu verziehen, das Lächeln eines Toten. Seine Zähne waren blutumrandet.

»Halt durch«, sagte Rand zu ihm.

Eine Übelkeit erregende Angst durchlief ihn, als er zu klettern begann, und sie ließ auch nicht nach. Er war allein, kletterte ungesichert. Es war schlimmer als allein. Er suchte sich seinen Weg nach oben, die Feindseligkeit der Wand war eisig, und er stellte sich vor, wie sie sich seiner ganz entledigen könnte, indem sie einfach die gesamte Platte abwarf, an der er hing.

Der letzte Zug ins Tal hatte Montenvers längst verlassen. Die einzigen Blicke durchs Teleskop waren jene neugieriger Hotelgäste, die vor dem Abendessen noch auf einen Spaziergang hinausgegangen waren. Was sie sahen, waren Ausschnitte einer großartigen Landschaft, rosig und still. Das Licht war rein, der Himmel klar. Wie der gesamte Rest der Schöpfung wußten sie nichts von dem eisigen Schatten unterhalb des Überhangs und der einsamen Gestalt, die sich mit leerem Herzen darin verbarg.

Er arbeitete sich langsam seitwärts, schlug Haken in einen schmaler werdenden Riß, stand in seinen *étriers* – Schlingen, die sein ganzes Gewicht trugen. Der Riß hörte auf. Er suchte verzweifelt, es gab keine Stelle, an die er einen Haken hätte setzen können. Er lehnte sich hinaus, faßte um die Felskante und suchte nach Griffen. Seine Hand fand einen. Er könnte sich vielleicht hochziehen, sich mit einem Fuß auf den letzten Haken stützen und etwas weiter oben einen weiteren Griff finden. Seine Finger tasteten immer wieder den ungesehenen Fels ab. Er hatte noch die Kraft für eine letzte große Anstrengung. Er holte Luft und schwang sich hinauf, den Oberkörper zurückgelehnt, suchte er mit der freien Hand den Felsen ab. Nichts. Er schaffte es, noch ein wenig höher zu kommen. Nichts. Panik erfaßte ihn. Er tastete wild da oben herum. Ganz oben, gerade noch in Reichweite, fand er einen Griff. In Anerkennung seines Kampfes hatte der Felsen ein Einsehen. Er zog sich hinauf und lag keuchend da. Das Band war etwas über einen halben Meter breit, uneben, aber es war ein Band. Er machte sich daran, Cabot heraufzubringen.

14 Die Sonne war hinter dem Mont Blanc untergegangen. Es war kälter geworden. Der Himmel war noch hell, Rand machte Tee auf dem kleinen Bleuet-Kocher.
Cabot saß zusammengesackt und regungslos da. Das Blut auf seinem Kopf und Gesicht war getrocknet, aber seine Augen, die nach unten starrten, waren leer.
Die Tasse wanderte von einer zerschundenen Hand zur anderen.
»Wie geht's deinem Kopf? Scheint nicht mehr zu bluten.«
Cabot entblößte seine schwarzumrandeten Zähne. Er nickte leicht.
»Ich glaub, hier sind wir erst mal sicher«, sagte Rand.
Cabot schwieg. Nach einer Weile murmelte er: »Wie ist das Wetter?«
Der Himmel war klar. Der erste blasse Stern war am Himmel erschienen.
»Hauptsache, das Wetter macht keinen Quatsch«, brummte er. Das schien ihn zu erschöpfen. Er versank in Gedanken. Rand nahm ihm die Tasse aus der Hand.
In der Ferne sah man die Lichter von Chamonix. Als es dämmerte, wurden sie zahlreicher, klarer. Sie bedeuteten warme Mahlzeiten, Gespräche, behagliche Zimmer, alles unerreichbar wie die Sterne. Die Kälte war jetzt schneidend, sie war schnell gekommen, hatte die Gipfel überzogen. Die lange Nachtwache begann.
Cabot war zugedeckt, die Hände in den Taschen, die Schnür-

senkel gelockert. Die Wand lag im Schatten, ein Braun wie das antiker Denkmäler. Ein Gefühl tiefster Isolation, eine Art Klaustrophobie, überkam Rand. Es war, als bekäme er keine Luft, als erdrückte ihn der Raum. Er kämpfte dagegen an. Er dachte daran, wo er war und was passieren könnte. Die drei kalten Sterne im Gürtel des Orion leuchteten über ihm. Seine Gedanken schweiften. Er dachte an die letzten Stunden des Wartens zum Tode verurteilter Männer, an Tage in Kalifornien, seine Jugend. Seine Füße waren kalt, er versuchte, die Zehen zu bewegen. Stunden vergingen, Momente der Selbstvergessenheit, in denen er zu den Sternen hinaufsah. Er hatte noch nie so viele gesehen. Die Kälte der Nacht vermehrte sie. Sie zitterten in der dünnen Luft. Die ganze Nacht hindurch sah man am dunklen Horizont unverändert das Glühen von Genf. Eine Sternschnuppe kam herunter wie ein weißer Klumpen weißen Feuers. Ein Flugzeug zog in Richtung Norden über ihn hinweg. Er fühlte Bitterkeit, Verzweiflung. Seine Augen glitten die Wand hinunter, dreihundert Meter. Er fiel, fiel. Cabot bewegte sich kein einziges Mal; von Zeit zu Zeit stöhnte er.

Anfangs nur mit einer ganz leichten Veränderung in der Tönung des Himmels, kam die Morgendämmerung. Das Blau wurde bleicher. Die Sterne begannen zu verblassen. Rand war steif, müde. Die riesige Kuppel des Mont Blanc hob sich ins Licht.

»Jack. Wach auf.« Er mußte ihn rütteln. Cabots Augen flakkerten schwach. Es waren die Augen eines Mannes, der nichts tun konnte, willenlos, erschöpft. »Es ist Tag.«

»Wieviel Uhr?«

»Halb sechs. Ein wunderschöner Morgen in Frankreich.« Mit tauben Fingern schaffte er es irgendwie, den Spirituskocher zu entzünden, und holte Essen aus dem Rucksack.

Unauffällig versuchte er, die regungslose Gestalt zu mustern.
»Ich fühl mich besser«, sagte Cabot unerwartet.
Rand sah ihn an.
»Glaubst du, du schaffst es nach unten?«
»Was?« Es folgte eine Pause. »Nein.« Er war wie ein mächtiges Tier, das nach einem Kampf blutig und verwundet daliegt, scheinbar tot, aber plötzlich wieder auf die Beine kommt. »Nicht nach unten«, sagte er. »Mir geht's gut. Ich kann es schaffen.«
»Ich glaube nicht.«
»Ich kann es schaffen«, beharrte er.
»Der schwerste Teil liegt noch vor uns.«
»Ich weiß.«
Rand sagte nichts mehr. Während er Sachen verstaute und die Ausrüstung ordnete, versuchte er nachzudenken. Cabot war stark, ohne Zweifel. Er schien für den Moment Gewalt über sich zu haben. Sie hatten viel hinter sich.
»Bist du sicher?« sagte er schließlich.
»Ja, Mann. Laß uns weitermachen.«
Zuerst konnte er es nicht genau sagen, der Anfang war mühsam. Sie waren durch die langen Nachtstunden und die Kälte steif geworden. Rand stieg vor. Bald sah er, daß Cabot kaum fähig war zu klettern. Immer wieder blieb er einfach an einer Stelle, als schliefe er.
»Alles in Ordnung bei dir?«
»Ich ruh mich nur kurz aus.«
Sie kletterten mit furchterregender Langsamkeit, es war wie mit einem Anfänger. Von Zeit zu Zeit gab ihm Cabot ein Zeichen: alles in Ordnung, ich brauch nur eine Minute, aber es waren fast immer fünf oder zehn. Rand mußte ihn mit dem Seil hochziehen.
Sie hatten den *bloc coincé* passiert und begonnen, in einer

Verschneidung hochzusteigen, an der zwei Felsplatten wie ein aufgeschlagenes Buch aufeinandertrafen. Es schien, als wären sie nicht wirklich hier, sie waren Figuren in einer Art Spiel. Sie taten so, als kletterten sie, das war alles. Aber sie konnten nicht mehr zurück. Der Zeitpunkt dafür wäre früher gewesen, nicht, nachdem sie sich weitere einhundertfünfzig Meter hochgekämpft hatten. Sie waren nahe der Stelle, an der sich die Seilschaft, die die Wand als erste bestiegen hatte, zurückzog, zur Nordseite kletterte und von dort abgestiegen war. Wo genau das war, wußte Rand nicht. Er suchte nach den vor Jahren gesetzten Bohrhaken, konnte sie aber nicht finden.

Sie kamen an eine breite, bedrohlich exponierte Platte. Es gab kaum Griffe, nicht mehr als angerissene Linien. Es gab keine Stelle, an der er einen Haken setzen konnte. Als er sie bestieg, überkam Rand eine Vorahnung, eine immer größer werdende Verzweiflung, die ihn überschwemmte. Es ist vor allem der Glaube, der einen an einer Wand bestehen läßt. Dreißig Minuten brauchte er, um zehn Meter seitwärts zu überwinden, immer in der Gewißheit, daß es vergebens war.

»Es ist nicht so schlimm, wie es aussieht«, rief er.

Cabot begann ihm zu folgen. Er bewegte sich sehr langsam, kam nur zentimeterweise voran. Nach einem Drittel der Strecke sagte er einfach: »Ich schaff es nicht.«

»Natürlich schaffst du das«, sagte Rand.

»Vielleicht gibt es einen anderen Weg.«

»Du schaffst es.«

Cabot machte eine Pause, dann versuchte er es erneut. Fast im selben Moment rutschte sein Fuß ab. Er konnte sich gerade noch halten.

»Ich kann nicht«, sagte er. Er war am Ende. »Du mußt ohne mich weiter.«

Schweigen.
»Nein, komm schon«, sagte Rand zu ihm.
»Ich geh zurück. Kletter du weiter. Hol mich später ab.«
»Ich kann nicht«, sagte Rand. »Also, komm jetzt«, sagte er leichthin. Er hatte Angst, daß Panik in seiner Stimme lag. Er schaute nicht nach unten, er wollte nichts sehen. Es gibt eine entscheidende Stelle, technisch gesehen nicht immer die schwierigste Hürde, an dem der Berg einem nichts mehr zugesteht, nicht die kleinste Bewegung, nicht die geringste Hoffnung. Es ist nur eine hauchdünne Linie, feiner als ein Haar, die man überschreiten muß.
Die Leere des Raums zog alle Kraft aus ihm, bereitete ihn auf das Ende vor. Er war nichts in dieser Unermeßlichkeit, ohne Gefühl, ohne Angst, und wurde doch gequält von einem überwältigenden Haß auf Cabot, der dort hing und sich nicht bewegen wollte. Gib nicht auf, dachte er, nicht hier. Er versuchte, stumm seinen Willen auf ihn zu übertragen: Gib nicht auf!
Als er zu ihm hinübersah, hatte Cabot einen weiteren Schritt getan.

An diesem Abend waren sie auf einem Felsband weit oben in der Wand. Die Überhänge, die letzte Barriere vor dem Gipfel, lagen über ihnen. Sie hatten das Aufkommen von Wolken erst spät bemerkt.
Die ersten Böen waren beinahe sanft, aber man spürte die Kälte, eine Warnung dessen, was kommen würde. In der Ferne das Krachen und Knacken des Donners. Rand wartete. Er versuchte, es zu ignorieren, hoffte, daß es aufhören würde. Es donnerte erneut. Es war wie ein Luftangriff, es kam näher – aber noch konnte es an ihnen vorüberziehen. Die Wolken waren dichter geworden. Der Charmoz verschwand,

wurde dunkel. Ein Blitz strahlte in der Dämmerung auf und schlug auf dem Brévent ein. Die Wand des Dru war noch klar zu sehen, ihre Linien weich im abendlichen Licht. Das Donnern brach nicht ab.

Rand fühlte sich hilflos. Er sah das Gewitter herankommen, wie eine blaue Welle das Tal heraufziehen und weiße Schwaden vor sich her treiben. Er saß da und beobachtete es furchtsam, als könnte es ihn bemerken und in seine Richtung drehen.

Dann hörte er es, ein merkwürdiges, surrendes Geräusch überall um sie herum. Er erkannte es sofort, wie das Summen von Bienen.

»Was ist das?« sagte Cabot.

»Halt dich fest«, warnte er.

Sie waren jetzt in den Wolken. Innerhalb von Sekunden war der Dru verschwunden. Sie konnten nichts mehr sehen. Das Geräusch schien direkt über ihnen zu sein und dann noch dichter, fast in ihren Ohren.

»Es wird lauter.«

Rand antwortete nicht. Er wartete, kaum atmend. Der Nebel, die Kälte waren wie eine Augenbinde. Er lauschte dem unheimlichen, lauter werdenden Brummen.

Plötzlich färbte sich die Dämmerung in einer ohrenbetäubenden Explosion weiß. Blauweiße Schlangen elektrischer Ladung wanden sich die Felsspalten hinab.

Der Blitz schlug erneut ein. Dieses Mal zuckten seine Arme und Beine aus einem Schlag, der das Felsband erreichte. Es roch nach verbranntem Stein, Schwefel. Es begann zu hageln. Er klammerte sich an seinen Mut, der aber nichts bedeutete. Er konnte den Tod in seinem Mund schmecken.

Cabot kauerte neben ihm; am Ende des Tages hatte er sich sogar noch langsamer fortbewegt als zuvor. Wie eine Leiche

saß er in der Dunkelheit, die ohrenzerreißenden Donnerschläge, wie das Ende der Welt selbst, rührten ihn nicht, er war eine leblose Masse, die Rand in die Tiefe zog. Ein weiterer Blitz. Die erbärmliche Gestalt war klar zu sehen. Rand starrte sie an. Was er sah, vergaß er nie. Es war ein Spuk, der ihn für immer verfolgen sollte. Halb versteckt unter dem Verband, sah er ein Auge, es stand offen, es sah ihn direkt an, ein ruhiges, beständiges Auge, fast wie das einer Frau, voller Geduld, voller Verständnis für seine Verzweiflung. Lebt er noch, fragte sich Rand? Das Auge bewegte sich, senkte ein wenig den Blick.
Eine ungeheure Explosion. Er zitterte. Es waren noch neun Stunden bis Sonnenaufgang.

15 Das Gewitter hörte gegen Mitternacht auf. Danach fror es. Ihre Kleider waren naß; der Hagel war zu Schnee geworden. Von Zeit zu Zeit riß die Wolke um sie auf, und man konnte etwas, wenn auch wenig, sehen, sogar im Dunkeln, doch dann kehrte in absoluter Stille die dichte Welle zurück, fegte herein, wie um sie zu begraben, um sie auszulöschen.

Schließlich wurde es hell am Himmel. In der Luft hingen noch immer Gewitter. Ihre Ausrüstung war gefroren, die Seile hart wie Draht.

Es gelang ihnen, ein wenig Tee zu machen. Wie feindliche Truppen bewegte sich in der Ferne eine endlose Reihe schwarzer Wolken. Wenn sich das Wetter hielt, konnten sie versuchen, den Gipfel zu erreichen. Rand nippte an der lauwarmen, metallisch schmeckenden Flüssigkeit. Er fühlte sich leer. Er hatte keine Entschlossenheit, keinen Plan.

Eine Stunde lang bewegten sie sich benommen zwischen den Haufen ihrer Ausrüstung. Sie in Ordnung zu bringen, erforderte die größte Anstrengung. Die Versuchung, sich hinzusetzen und auszuruhen, war überwältigend. Auf jedem Stückchen Fels, in jeder Spalte war Schnee. Die Sonne fiel auf die westlichen Kämme. Rand zitterte noch immer. Es schien ihm, als sei es noch kälter geworden.

Der Fels, als er ihn berührte, war wie der Rumpf eines tief versunkenen Schiffswracks. Er hauchte auf seine Fingerkuppen, um sie zu wärmen. Seine Arme und Beine wirkten entkräftet. Er hörte Vögel in der Nähe hin und her fliegen. Einen Moment lang träumte er davon, mit ihnen aufzusteigen und wie sie mit ausgestreckten Armen an der Felswand entlangzustreifen.

Cabot erschien ihm jetzt kräftiger, er kletterte müheloser als zuvor. Über ihnen hatte der Berg seine letzten Hindernisse aufgetürmt. Alles lehnte sich nach außen, Wände, Blöcke, dunkle, gebrochene Dächer.

»Wir müssen das hier hinter uns bringen, solange sich das Wetter hält.«

»Sag bloß«, brummte Rand. Er spürte eine merkwürdige Umkehr der Dinge. Anstatt ermutigt zu sein, fühlte er sich ausgelaugt, als würde man auf der Zielgeraden – nachdem man alles gegeben hat – überholt. Nur eines gab ihm Kraft: der Gipfel war nicht mehr weit.

»Wir schaffen es«, sagte Cabot. Er war wie ein Kapitän, der auf die Brücke zurückkehrt, eine blutige Gestalt, die vor die Mannschaft getragen wird, damit alle sie sehen.

Ein letzter Überhang, die letzten Seillängen, und sie waren da. Es war fast Mittag. Grüne Täler, Gletscher strahlten unter ihnen. Sie befanden sich weit über allem, über ihnen nur die höchsten Gipfel. Sie standen schweigend da, zu tief bewegt, um zu sprechen. Das Biwak am Fuß des Berges schien Wochen, wenn nicht Jahre zurückzuliegen. Sie mußten noch zu einer Scharte hinabsteigen und ein wenig klettern, um weiter hinunterzukommen, aber das war nicht wichtig. Die Westwand lag unter ihnen.

Cabot drängte voran. Er blieb an der Spitze. Er bewegte sich schnell, fast zu hastig, vor allem beim Abseilen. Der Abstieg ist immer gefährlich, das Schlimmste scheint vorüber.

»Warum die Eile?« Rand griff nach ihm, um ihn zurückzuhalten.

»Laß mich.«
»Du trittst lauter Zeug los.«
»Hör auf, dir Sorgen zu machen«, war alles, was er sagte.

Am Abend taumelten sie in die Charpouahütte und schliefen achtzehn Stunden. Als sie Montenvers erreichten, kam ihnen ein großer Mann aus dem Hotel entgegen. Er war Journalist bei einer Genfer Zeitung.
»Was ist passiert?« fragte er. Cabot sah aus wie das Opfer einer Schlägerei. »Hat Sie Steinschlag getroffen? Wann? Wie weit oben waren Sie?«
Er sprach ruhig, vertraulich. Er schrieb sich nichts auf. Er kannte die Berge gut, da er selber geklettert war. Ihn umgab eine gewisse Leichtigkeit, die eines Aristokraten, der im Garten gearbeitet hat und abgetragene Kleidung trägt. Er kannte die gesamte Geschichte des Dru und auf welche Weise er bestiegen worden war. Er hatte ein gutes Auge und eine noch bessere Nase.
*Ils livraient leurs vies à la montagne* – sie überantworteten dem Berg ihr Leben, schrieb er, *les étalant à son pied.* Sie legten es ihm zu Füßen.
Die Besteigung war eine Sache, ihre Bestätigung durch einen Mann wie ihn eine andere.
An dem Abend in Chamonix saß Cabot in einem gelben offenen Hemd beim Essen. Der Verband hob sich weiß gegen sein dunkles Gesicht ab. Er hatte um einen Tisch im hinteren Teil gebeten. Er hatte leichte Kopfschmerzen, gestand er, aber er war in Hochstimmung.
»Der beste Journalist in Europa, was das Bergsteigen angeht«, sagte er. »Hätte nie gedacht, daß er hier oben ist.«
»Und wieso ist er gekommen?« fragte Rand.
Cabot zuckte die Achseln: »Die hören irgendwie von so was.«

Er schenkte Wein nach. »Er kennt den Dru. Wenn er über einen schreibt – mehr kann man nicht verlangen.« Er wurde durch den Handschlag eines bekannten Bergführers unterbrochen, der selber viele Erstbesteigungen gemacht hatte. Rands Hand wurde auch gedrückt. »Danke, *Merci.*«
»Wer war das?« fragte Carol.
Ruhm legte sich sanft auf sie wie die Kühle des Abends.
Carols Blick ruhte auf ihrem Mann. »Ich dachte, du würdest besser auf ihn aufpassen«, sagte sie.
»Ich hab nicht mehr geglaubt, daß wir es schaffen«, gestand Rand.
»Das mußt du doch geglaubt haben.«
»Es war verrückt.«
»Nein, war es nicht«, sagte Cabot. Eine Gesichtshälfte war wächsern und blau, die andere strahlend, wie zwei Seiten einer Persönlichkeit. »Es wäre verrückt gewesen, wenn wir gestorben wären.«
»Ja, ich weiß. Es war großartig«, murmelte Rand.
»Wart's ab.«
»Er hatte Glück, daß es ihn am Kopf getroffen hat«, bemerkte Carol. »Es hätte ihn verletzen können.«
Sie aßen ein ausgiebiges Dinner, saßen noch lange danach am Tisch. Cabot erzählte alles, woran er sich erinnern konnte: nichts von dem Moment an, als er getroffen wurde, bis zu dem Punkt, als er sagte: kletter du weiter, hol mich später ab, und Rand ihm einfach geantwortet hatte: Ich kann nicht. Dann kam das Gewitter. Carol hörte vage zu, ihr Glas war leer. Es gibt eine Trunkenheit, die wie Weisheit wirkt.
»Was erzählst du da?«
»Von dem Gewitter.«
»Dem selben?«
»Unterbrich mich nicht«, sagte er.

Trübselig lehnte sie den Kopf an Rands Schulter. Er konnte ihr Haar riechen, ihre Wärme spüren, ruhig, endlos, wie Felder, die sich bis zum Horizont erstrecken. Sie hatte vier Tage und Nächte auf ihren Mann gewartet.
»Das Gewitter«, murmelte sie. »Ist es noch nicht vorbei?«
»Ach, das hat doch keinen Zweck«, sagte er.
»Was macht dein Kopf? Sieht schrecklich aus.«
Er schien sie nicht zu hören.
»Hast du gesehen, daß Noyer rübergekommen ist, um uns die Hand zu schütteln?« sagte er.
»War das der Typ von vorhin?«
»War, ist und wird es immer sein.« Noyer war berühmt, wie Lachenal und Terray.
»Laß uns nach Haus«, sagte sie. »Ich bin müde.«
»Ja. Laßt uns gehen«, stimmte Rand zu. Sein Glück hatte seine Grenze überschritten. Er war müde. Er wollte unter den Sternen liegen, zu ihnen hinaufsehen, nicht näher oder weiter entfernt als zwei Nächte zuvor. Als er aufstand, fiel sein Stuhl um. Der Kellner, der selber Bergsteiger war, beeilte sich, ihn aufzuheben.
»Gute Nacht«, sagte er auf englisch zu ihnen.
An der Tür drehte sich Rand um. Er war groß, exzentrisch, hager. In diesem Moment, obwohl es ihm nicht bewußt war, wurde ihm eine Rolle zugeteilt, die er im Laufe der Zeit nicht mehr ablegen können würde. Auf seinem Gesicht lag Erschöpfung und der Schatten der Qualen am Berg. Er winkte mit einem Arm.
»Ja, gute Nacht«, sagte er. »Der Rest ist für Sie.«

16 Er war berühmt oder fast berühmt. Die Leute wußten, daß sich irgendwo am Waldrand zwischen den Bäumen ein Zelt befand, in dem er sich wie ein Flüchtling mit ein paar Habseligkeiten umgab, die er brauchte; zu seinen Füßen lagen eng aufgerollte Seile, Haufen von Haken, Stiefel. Man wußte von ihm fast weniger als zuvor. Es gab Geschichten, die ihn vollständig verfehlten, wie wahllos in der Dunkelheit abgegebene Schüsse.

Er zog sich noch mehr zurück, zumindest eine Zeitlang. Das schürte nur die Gerüchte. Man glaubte ihn in jedem großen, ungepflegten Amerikaner zu erkennen. Man sah und sprach mit ihm an Orten, an denen er nie gewesen war.

Eine Leidenschaft für das Klettern war über ihn gekommen. Sobald er eine Tour beendet hatte, war er bereit für eine neue. Er bestieg mit Cabot die Blaitière und kehrte danach mit Bray zum Dru zurück und erklomm ihn über die Normalroute. Er war entweder unersättlich oder völlig erschöpft, aber dann stand er am nächsten Morgen wieder in aller Frische auf. Es riß ihn mit wie beim ersten Mal. Wenn er kletterte, wellte in ihm das Leben hoch, quoll in ihm über. Sein Ehrgeiz war nicht hoch gesteckt gewesen, aber mit dem Dru änderte sich alles. Eine große, eine unzerstörbare Freude erfüllte ihn. Er hatte sein Leben gefunden.

Die schmalen Nebenstraßen der Stadt gehörten ihm, die Almen, die lichten Gipfel. Es war das Jahr, in dem alles ruft, in dem man endlich geliebt wird. Die Zeitungsausschnitte waren zusammengefaltet und weggepackt. Er gab vor, sie zu verachten. Er behielt sie sich selbst zum Trotz. Die wahre Form der Legende war, wie er glaubte, die gesprochene. Er wollte nicht katalogisiert werden, sagte er, gelesen und abgehakt wie Sportergebnisse und Verbrechen.

»Alle haben über ihre Besteigungen geschrieben«, warf Cabot ein. »Whymper, Hillary, Terray. Wie sollten wir sonst davon wissen?«

»Was ist mit denen, über die wir nichts wissen?«

»Zum Beispiel?«

»Hast du je gehört, wie der Walker bestiegen wurde? Drei der Männer kamen aus Italien, sie wußten nicht mal, wo er war. Sie fragten den Aufseher in einer der Hütten: Wo sind die Grandes Jorasses? Da oben, sagte er. So haben sie sie gefunden. Ich weiß nicht, ob es stimmt; man erzählt sich das so.«

»Und es steht nur in ungefähr zehn Büchern. Das war Ricardo Cassin«, sagte Cabot.

»Ich kann es nicht erklären. Es wär nicht dasselbe, wenn ich es gelesen hätte.«

»Woher willst du das wissen?«

Sie saßen beisammen, es war Morgen, das Licht war noch neu. Unbekannte Wächter standen bleich in der Ferne. Sie könnten ihm gehören, er mußte nur aufbrechen. Er war wie die Sonne, er berührte entlegene Gipfel, und sie erwachten durch seine Gegenwart zum Leben. Der Gedanke ließ ihn übermütig werden. Er fühlte eine enorme Kraft. Er sah sich wie ein unsterbliches Bild hoch oben zwischen den Kämmen – um ihm zu entsprechen, war er gewillt zu sterben.

»Ich will nicht, daß irgend jemand weiß, wie wir den Dru bestiegen haben, nur, daß wir es getan haben. Den Rest sollen sie sich vorstellen.«

»Das ist ja ganz nett, aber es gibt Tausende von Bergsteigern da draußen.« Cabot machte eine vage Geste.

»Und?«

»Bleiben werden nur eine Handvoll Namen.«

»Das hört sich zu sehr wie alles andere an«, sagte Rand. Seine Gefühle gingen wirr durcheinander, er konnte nicht weiterreden. Das, was er getan hatte, was er tun würde, wollte er nicht erklärt wissen. Etwas ging dadurch verloren. Die Dinge, die am wertvollsten waren, für die er so viel gegeben hatte, gehörten nur ihm allein.

Er fühlte sich einsam, tief im Wasser wie ein Fisch im Fluß, das Maul geschlossen, ungefangen, schimmernd gegen die Strömung stehend. Er sah sich mit vierzig einer geregelten Arbeit nachgehen, in der Dämmerung auf dem Nachhauseweg. Restaurantfenster, Autoscheinwerfer, Geschäfte, die am Abend schlossen, alles Teil einer Welt, der er sich nie unterworfen hatte, der er bis zum Schluß trotzen würde.

Gegen Ende der Saison nahm Remy Giro ihn zum Haus eines Mannes namens Vigan mit. Es lag in einem alten, vornehmen Viertel mit Blick auf die Stadt. Henri Vigan war über vierzig, in Bergsteigerkreisen bekannt, obwohl selbst nur ein mittelmäßiger Kletterer. Er hatte von seinem Vater einige Fabriken geerbt; sie standen in der Nähe von Grenoble. Er begrüßte Rand herzlich.

»Ich freue mich so, Sie kennenzulernen«, sagte er. Er hatte eine offene, großzügige Art, ein Mann, den man auf Anhieb mochte. »Sie sind in Chamonix, glaube ich, mehr zu Hause als ich. *Vous parlez français?* «

»Er spricht nicht. Er ist ein Wolf«, sagte Remy. »Er führt ein geheimes Leben, er zieht allein herum.«

»Um so besser«, bemerkte Vigan.

»Ein Alphatier. Der Leitwolf.«

»Das dachte ich mir schon. Was kann ich Ihnen zu trinken anbieten?« fragte Vigan.
Rands Bart war an den Spitzen durch die Sonne ausgebleicht. Sie umgaben seine Lippen wie ein Heiligenschein. Er nahm ein Glas Wein.
»Lassen Sie mich Ihnen ein paar meiner Freunde vorstellen«, sagte Vigan.
Selbstbewußte Gesichter, Namen, die man sich nicht merken konnte. Die Gäste waren grüppchenweise über das ganze Haus verteilt. Manche schienen ihn zu kennen, zumindest seinen Namen, andere waren gleichgültig. Sie unterhielten sich, lachten, waren entspannt. All das hatte existiert, während er hinter dem Hôtel Roma den Fußboden fegte, als er Weihnachten nach einer Flasche Wein betrunken ins Bett fiel. Er wollte sich rächen. Er war nicht so billig zu haben. Er war nicht für einen Handschlag und ein Kompliment zu bekommen. Dann hörte er jemanden sagen: »Catherin, ich glaube, du kennst …«
»Ja«, sagte sie, »doch.« Sie gab ihm die Hand. Sie entschuldigte sich mit einer unbeholfenen Geste. »Schrecklich französisch«, erklärte sie.
Eine kühle, anmutige Gestalt, die Verkäuferin aus Remys Geschäft. Er war auf einmal sehr nervös, ohne zu wissen, warum.
»Ich wußte nicht, daß Sie Englisch sprechen«, war alles, was er sagen konnte.
»Ja. Ein wenig. Etwas.« Sie hatte dicht stehende, weiße Zähne. Ihre Schüchternheit, die er anfangs nicht bemerkt hatte, die nicht da gewesen war, schien extrem. »Das war ein ziemliches Abenteuer auf dem Dru. Ihr Freund hat sehr viel Glück gehabt.«
»Oh, Sie haben davon gehört?«

Sie antwortete nicht. Es war, als mißbillige sie seine nichtssagende Antwort.

»Ist er noch hier?« sagte sie schließlich. »Ich hab ihn lange nicht gesehen.«

»Er ist in Zermatt. Er will das Matterhorn machen.«

»Und Sie?«

»Ich?«

»Sie sind nicht mitgegangen?«

»Ich wollte lieber hierbleiben.«

Sie wurden von Vigan unterbrochen, der kam, um ihm jemanden vorzustellen. Sie unterhielten sich ein wenig, hauptsächlich über die hervorragende Saison und bestimmte Routen, die so oft bestiegen worden waren, daß die Exkremente auf ihnen zu einem Problem wurden, eine neue, objektive Gefahr, wie sie heiter übereinstimmten.

Catherin war, wie er sah, in den Garten hinausgegangen. Es war die Stunde am Abend, in der von Les Tines aus gesehen der Dru in ein immenses, fast rosafarbenes Licht getaucht ist. Die Schwalben kreisten. Die letzten melancholischen Töne eines Tennisspiels drangen vom Hôtel Mont Blanc durch die Kiefern zu ihnen herauf. Die schlendernde Art, in der sie fortgegangen war, die Möglichkeit, daß jemand sie begleitete, jemand, zu dem sie zurückgekehrt war, füllte Rand mit Unruhe, fast Trauer.

Er war erleichtert, sie allein vorzufinden. Sie blickte über die Stadt, deren Lichter aufzutauchen begannen.

»Sagen Sie mir eins«, sagte er. »Warum haben Sie so getan, als könnten Sie kein Englisch?«

»Ich hab nicht so getan.« Sie war zurückhaltend, höflich. Sie war an bestimmten Dingen interessiert, und nur an diesen.

»Warum haben Sie sich entschlossen, hierzubleiben, anstatt mit Ihrem Freund zu gehen?«

»Ich hatte keine Pläne.«

»Genau das ist es. Ich auch nicht.« Sie hatte ein langsames Lächeln, eines, das nur zögernd verschenkt wurde. Er hatte nicht die geringste Ahnung, was sie von ihm hielt, oder was sie überhaupt dachte.

17 Sie wohnte in der Nähe der Seilbahnstation in einem Haus mit steinernen Torpfosten und einem schmiedeeisernen Zaun. Es war einmal eine große Villa gewesen, aber sie wirkte ein wenig heruntergekommen, wie die Paläste, die in Revolutionszeiten von Truppen beschlagnahmt werden. Darin befand sich jetzt eine Reihe schlecht unterteilter Wohnungen. Die Wände waren kahl, der Putz verblichen.

Sie fuhren von Argentière zurück, es war ihr erster Abend. Er wußte jetzt viel mehr über sie. Ihr Vater war Engländer. Sie hatte viel Humor. Gleichzeitig bewahrte sie eine gewisse Distanz – es war wie ein Tanz. Er durfte sie berühren, sie wehrte sich nicht, aber sie tat auch nichts weiter, als es geduldig hinzunehmen.

»Du bist sehr merkwürdig«, sagte er zu ihr.

»Nein, ich bin nicht merkwürdig«, sagte sie. »Ich bin ziemlich gewöhnlich.«

»Das glaub ich nicht.«

»Zu gewöhnlich.«

»Und was bin ich dann?«

»Ich weiß nicht.«

»Du mußt doch eine Meinung haben.«

»Noch nicht«, sagte sie einfach.

»Hast du schon immer in Chamonix gelebt?«

»O nein. Ich bin aus einer Laune hierhergekommen. Mir hat es gefallen, ich mochte die Leute.« Sie hielt das Auto an. »Hier wohn ich«, bemerkte sie.

Er sah hinüber. Etwas von der Straße zurückgesetzt stand da ein gespenstisches Haus.
»Das ist ein großes Haus.«
»Drei Familien wohnen hier.«
»Dann muß es ja groß sein. Kann ich mit reinkommen?«
»Oh … ich glaube nicht.«
»Warum nicht?«
»Es ist wirklich nicht besonders interessant.«
»Das Haus?«
»Ich«, sagte sie.
»Nur auf ein paar Minuten.«
Sie gingen zur Tür. Sie war schwer, der obere Teil war aus Glas und mit Eisenstäben vergittert. Sie hantierte mit ein paar Schlüsseln.
»Laß mich vorangehen.«
Die Tür schloß sich hinter ihnen. Sie ging die Treppen hinauf. Im Zimmer machte sie Licht an.
»Da. Du siehst, viel ist es nicht.«
Er versuchte, sie zu umarmen, aber sie wandte sich ab.
»Was ist?« fragte er.
»Willst du wirklich?«
»Nein, ich mach nur Spaß.«
»Ich bin hier oben sehr flach«, sagte sie einfach. »Praktisch ein Mann.«
»Das ist mir egal.«
Nach ein paar Momenten begann sie sich das Hemd auszuziehen. In ihren Bewegungen lag Resignation. Sie drehte das Licht aus und stieg aus dem Rest ihrer Kleider. Auf der Hauptstraße vor dem Fenster floß der Verkehr. Sie lagen in ihrem schmalen Bett.
Er schien ihr drängend, übermächtig. Sie hatte keine eigenen Begierden. Sie hatte sie abgelegt, sie ergab sich seinen.

Seine Intensität war fast beängstigend, seine Abruptheit. Sowie es vorbei war, schlief er ein.
Am Morgen strömte die Sonne wie ein Suchscheinwerfer ins Zimmer. Sie kehrte von irgendwoher mit einer kleinen weißen Tasse in jeder Hand zurück. Er saß aufrecht im Bett, nackt bis zur Taille, über die ein Laken gezogen war. Sein Oberkörper schien sie zu verhöhnen. Er war fast so glatt wie ihrer.
Vertraute Geräusche des Morgens, Tassen und langsam bewegte Löffel. Er war, wie sie sah, an diesem Morgen weniger interessiert an ihr. Ihr Herz schlug traurig. Um den Hals trug er eine Kette aus kleinen hellgrünen Glasperlen; sie sah sie im Spiegel, als sie sich anzog.
»Du kannst hierbleiben, wenn du willst«, sagte sie.
Er beobachtete sie schweigend.
»Ich muß zur Arbeit«, sagte sie. Sie schenkte ihm ein flüchtiges Lächeln, als würde es von ihr verlangt.
Er lag im Bett. Ein weiblicher Duft haftete noch daran. Er konnte im Haus Schritte hören, sie schienen ziellos. Türen wurden geöffnet und geschlossen. Die leeren Tassen standen auf dem Boden. Als hätte es eben erst eingesetzt, bemerkte er das Ticken ihrer Uhr. Er hatte ein wohliges Gefühl. Alles erschien ihm wie an seinen Platz gefallen, sein Körper, seine sexuelle Kraft, sein Schicksal. Ein Bewußtsein, das verblaßt war, erwachte wieder zu Leben. Es war wie in einem Film, der zuerst verschwommen und unruhig ist und dann plötzlich scharf gestellt wird; ein verborgenes Bild springt einem in aller Klarheit entgegen, unkorrumpierbar, strahlend.
Er ging im Geschäft vorbei und flüsterte ihr ein paar Worte zu. Ihr Ausdruck wurde weicher, sie antwortete nicht. Was sie verriet, war eine unerwartete, kindliche Geste. Nachdem er gegangen war, hielt sie sich, glücklich über seinen Besuch,

an der Kante des Ladentischs fest, lehnte sich zurück und zog sich verträumt nach vorn, lehnte sich zurück und zog sich noch einmal nach vorn.

»*Vous êtes bien?*« erkundigte sich Remy.

»*Très bien.*«

18 Der Vorhang war gefallen. Der September war ein Monat guten Wetters und schönen Lichts, aber die Stadt war fast leer, alle waren fort.

»Ich würd ja gerne bleiben«, klagte Bray, »aber Audrey kommt nach Genf. Ich hab versprochen, sie da zu treffen.« Sie war seine Freundin. »Sie konnte nur jetzt frei bekommen. Außerdem ist mein Geld alle. Ich bin nicht wie du, ich kann nicht von Frauen leben.«

Rand war mit Catherins kleinem Wagen in der Stadt herumgefahren.

»Das war's dann wohl für mich«, sagte Bray. Er hatte etwas von einem kleinen Ganoven, er war unverfroren, kleidete sich mit billiger Auffälligkeit. Nach dem Essen rauchte er dicke Zigarren, trank Martell. Die Berge hatten ihn gerettet. Er besaß nicht die Phantasie, die für wahre Größe unverzichtbar ist. Extreme Touren verlangen mehr als nur Mut, sie verlangen Inspiration. Im Grunde war er ein Feldwebel, der es in unruhigen Zeiten vielleicht zum Oberst bringen konnte, einer, der die Uniformjacke offen trägt und sich mit den Jungs betrinkt.

Audrey war Krankenschwester. Sie besaß die typischen Eigenschaften einer Krankenschwester, sie war spöttisch, geradeheraus. Sie haßte ordinäre Ausdrücke und die ausländische Küche, und sie interessierte sich nicht für Sport. Ihre Jugend milderte diese Dinge zum Teil. Viele englische Frauen sind ihrem Ruf zum Trotz sehr sinnlich, auch wenn sie das unterdrücken. Ihr Gesichtsausdruck war meist mürrisch, aber Bray träumte von ihrer schönen Haut, die ihren Körper strahlen ließ. Seine Briefe waren mit einer erotischen Bildersprache angefüllt, die man von ihm nicht erwartet hätte.

»Warum kommst du nicht mit nach England? Reiß dich los. Da gibt's Arbeit. Wir könnten zusammen arbeiten.«

»Als was?«

»Stukkateur. Das hat Tradition. O'Casey war Stukkateur.«

»Wer?«

»O'Casey. Er hat Stücke geschrieben. Du hast bestimmt von ihm gehört. Egal. Wir können ja ein bißchen Kultur einstreuen.«

»Vielleicht komm ich.«

»Im Dezember sind wir sowieso wieder hier«, sagte Bray.

»Wofür?«

»Für den Eiger. Cabot hat mich gefragt, ob ich mitkomme.« Er war offensichtlich stolz. »Hat er dir nichts gesagt?«

»Nein.« Nach einer Pause fügte er hinzu: »Was ist mit dem Eiger?«

Plötzlich fühlte sich Bray unwohl. Er merkte, daß etwas nicht stimmte.

»Also, ich dachte … ich dachte, du wüßtest davon. Er will eine Winterbesteigung machen.«

»Ach ja?« brachte Rand heraus.

»Ich dachte, du wüßtest Bescheid.«

Rand hatte ein Gefühl, als hätte ihn jemand geohrfeigt.

»Nein«, sagte er.

»Tut mir leid.«

»Schon gut«, sagte Rand. »Erzähl mir davon.«

Er hörte die Worte kaum, sie glitten an ihm vorüber. Es würde so sein wie bei Scott … sein Vorstoß zum Südpol … im voraus eingerichtete Biwaks, Bunker mit Essensvorräten für

zwei oder drei Wochen, damit sie jedes Unwetter überstehen konnten. Die BBC würde filmen.
»Verstehe.« Plötzlich haßte er Bray. Das Gefühl, daß ihm etwas gestohlen worden war, erstickte sein Herz.
»Ich nehm an, es gibt niemanden, der ihn nicht besteigen will«, sagte Bray zögernd.
»Sie wollen ihn nicht besteigen, sie wollen ihn bestiegen haben.« Er suchte in seinen Taschen nach Geld. »Hier«, sagte er und legte etwas auf den Tisch. »Zahl für mich mit.«
Er ging hinaus in den leeren Nachmittag. Die Sonne warf ihr Licht an die Hauswände. Er fühlte sich verlassen, krank.
»Was ist los?« rief Catherin aus.
Verzweiflung glänzte auf ihm. Er kauerte auf dem Bett.
»Ist dir nicht gut?« sagte sie.
»Doch.« Er legte sich zurück.
»Was ist los?« sagte sie.
»Es ist nichts. Cabot macht eine Tour, das ist alles.«
»Das kann er doch. Ist das so schlimm?«
»Er besteigt den Eiger.«
»Bitte, sag mir, was los ist. Du siehst aus, als würdest du sterben.«
In dieser Nacht lag er wach, während in seinem Kopf immer wieder dieselben bitteren Gedanken kreisten. Das Zimmer schien klein. Er sehnte sich danach, oben in den Wäldern zu sein, allein. Der Himmel würde ihn beruhigen, die eisigen Sternenbilder. Er fühlte sich, als wäre er fern von zu Hause gefangen worden. Er wollte irgendwo untertauchen.
Er erinnerte sich an das Mädchen von Kauai, die ihm in die Hand geschnitten hatte. Sie glaubte an das Okkulte. Sie war ernsthaft, intensiv. Schreib die Namen deiner drei besten Freunde auf, sagte sie, und ich werde den Namen deines tödlichsten Feindes einkreisen.

19 Herbsttage sind wie Fieber. Die Sonne nimmt Abschied, sie gibt alles, was sie hat. Die Wärme ist geheimnisvoll, sie trägt eine Botschaft: Lebwohl.

Catherin rettete ihn. Sie fuhren in ihrem kleinen Auto am Wochenende hinaus, einmal nach Aix-les Bains, dann nach Chambéry. Auf dem Land hielten sie am Straßenrand und stiegen, halb schlitternd, eine steile Böschung hinab. Der Hang lag der Sonne zugewandt, kein Haus, kein Mensch war zu sehen. Das gefallene Laub war tief, es reichte bis ans Knie. Sie aßen aus einem Korb, den sie vorbereitet hatte, und lagen danach ausgestreckt auf dem Boden, Bienen setzten sich auf die Reste.

Eine Stunde verging, anderthalb Stunden. Rand richtete sich langsam auf. Catherins Augenlider schwammen einen Moment lang auf.

»O Gott«, hauchte sie.

»Was ist?«

»Ich schlafe noch.«

»Wach auf.«

»Es ist so schwer«, sagte sie schwach. »Wenn ich sterbe, hoffe ich nur, nicht wieder aufwachen zu müssen. Ich würd es kaum schaffen.«

Er kniete neben ihr. Sie lehnte sich an ihn. Vor ihnen plumpste etwas sacht herab – zwei Nachtfalter, holzgrau mit leuchtendblauem Punkt, waren heruntergefallen, sie hingen aneinander. Sie bewegten sich nicht.

»Siehst du?« sagte sie.
Unter ihnen war ein Bach. Sie gingen hinunter, durch blaue und violette Blumen, sie standen verstreut, vom Sommer zurückgelassen. Dann durch einen abgeernteten Obstgarten. Am hinteren Ende stakste eine ganz weiße Ziege auf den Hinterbeinen herum, um die Zweige abzunagen. Der Winter würde kalt werden. Die Mäuse hatten die Felder verlassen. Die Blätter waren bereits gefallen.
Sie sahen zurück. Halb versteckt im Erdhang befanden sich lange Steinmauern, um ihn zu stützen. Die Sonne verblaßte. Weit oben schimmerte das Weiß des Autos.
Die letzten Riten des Herbstes. Sie gingen langsam hinauf. Sie war außer Atem; sie mußte stehenbleiben. Er trug sie den Rest des Weges, nicht auf den Armen, sondern über der Schulter, die Wange an ihrer Hüfte. Sie wehrte sich nicht. Sie hing ruhig an seiner Seite, berührte ihn, als wäre er ein Pferd.
In Annecy gingen sie am See spazieren. Ein leerer Pier lief weit ins Wasser hinaus. Die lackierten Boote knarrten. Er lebte ein ganzes Leben in Annecy, in einem Hotel mit gußeisernem Balkon und den daran angebrachten Buchstaben H-O-T-E-L. Das Fernsehen kostete einen Franc. Eine Flasche Perrier stand draußen vor dem Fenster. Sie gingen um Mitternacht schlafen. Ihre Armbänder stürzten auf den Glastisch. »Zuviel getrunken«, brachte sie noch heraus. Die Fenster standen offen. Vereinzelt schoß ein zu schnell fahrendes Auto die Straße entlang.
Die Dämmerung färbte die Berge dunkel. Der Himmel war blaß, die Stunde ungewiß. Er ging auf den Balkon hinaus. Annecy war blau. Die Gebäude waren wie Schattengebilde, es schien, als erhöben sie sich aus dem Meer. Ein einzelnes Auge sah von den Bettüchern zu ihm herauf, ein Auge, das

noch mit Schminke verschmiert war. Eine benommene Stimme sagte: »Wieso stehst du mitten in der Nacht auf?«
Ein ganzes Leben und mehr. Er begann, Frankreich wirklich zu sehen, nicht nur ein Bergdorf voller Touristen, sondern den tiefen, unsichtbaren Kern, der einem ins Blut geht, wenn man in ihn eintritt. Natürlich wußte er nichts von der Bedeutung all der Avenues Carnot oder Boulevards Jean Jaurès, der Straßen mit Namen Gambetta, Hugo, oder gar Pasteur. Das Gepränge der Könige und Republiken bedeutete ihm nichts, aber was er unbewußt wahrnahm, war die Art, in der sich eine große Zivilisation bewahrte. Denn Frankreich ist sich seines Glanzes bewußt. Ihn zu erfassen heißt, an seinem Tisch zu sitzen, unter seinem Dach zu schlafen, seine Kinder zu heiraten.
Unsterbliche Morgen. Seine Genitalien waren schwer wie der dunkle glatte Stein, den die Eskimos bearbeiteten. Sie hatten eine Schwerkraft, eine Dichte, die er nicht fassen konnte. Er zog das Laken zur Seite. Sie war nackt. Ihr Haar lag über dem Kissen. Sie war wie eine ertrunkene Frau, versank im Bett wie ein zur See bestatteter Leichnam. Er legte die Hand auf sie, besitzergreifend, ruhig. Die ersten Autos fuhren vorbei. Irgend jemandes Schritte hallten durch die Straße.
Diese Liebe war der Akt einer Person, sie wurde nicht geteilt. Er war wie ein Mann in einem Boot auf einem weiten See, einem vollkommen stillen See in der Morgendämmerung. Kein Laut außer den Rudern in den Dollen, sie knarrten, knarrten, ein Mann allein in einem Boot, das langsam anfängt zu schaudern, Dinge auszurufen. Danach lagen sie beisammen wie Kameraden.
Sein Haar war wie ihres. Sein Arm lag an ihrer Seite, der Muskel entspannt, das Licht zeichnete ihn kaum.

»Fahren wir zurück nach Chamonix?« fragte sie.
»Laß uns weiter. Dann holt uns keiner ein.«
»Ich würd dich gerne nach Paris mitnehmen.« Sie streichelte seinen Arm mit den Fingern. »Ich möchte mit dir angeben.«
»Wo würden wir wohnen?« Er war von einer köstlichen Mattigkeit erfüllt, als wäre er gerade nach einer unvergeßlichen Party ins Bett gesunken. »Was ist mit deiner Arbeit?«
»Ach, Remy ist es egal. Momentan ist sowieso nicht viel los.« Sie schien einzunicken. »Ich hab etwas Geld«, sagte sie nach einer Pause. »Es wird wunderbar werden.«
Sie standen mittags auf, um ein Restaurant zu finden. Sie waren halb verhungert.

Das Apartment lag in einer kleinen Nebenstraße der Avenue du Maine. Sie kamen am Abend an, einem blauen gewitterfarbenen Abend, fuhren im Strom des Verkehrs am Fluß entlang und weiter durch enge Wohnviertel. Schaufenster leuchteten in der frühen Dunkelheit. Die Busse dröhnten vorüber. Die Stadt war zu dieser Stunde und zum ersten Mal betrachtet von einem einzigen elektrischen Zauber. Er war berauscht. Die Bäume trugen noch ihre riesigen Blätter. Austern wurden vor Restaurants an Ständen verkauft, die Körbe waren nach vorne geneigt, damit Kunden hineinsehen konnten. Die Straßen waren voller Menschen. Die Stadt sang für ihn, strömte dahin wie ein großer, ungeahnter Traum.
Es gab nur zwei Zimmer, darin merkwürdig wenig Möbel, als wäre gerade jemand ausgezogen. Eine Küche, ein langes schmales Bad mit roten Wänden. Das Wasser tröpfelte in die Wanne, ein Gasboiler flammte dröhnend auf, wenn der Heißwasserhahn aufgedreht wurde. Fotografien und Einladungskarten waren in den Rahmen des Spiegels gesteckt. Der

Kühlschrank befand sich aus Platzmangel im vorderen Zimmer.

Die Besitzerin, Madame Roberts, kam am nächsten Tag vorbei. Sie hatte langes, volles Haar und trug schöne Schuhe. Sie gestand, fünfundvierzig zu sein. Ihre Tochter wohnte ansonsten in der Wohnung, war aber momentan fort.

»In Rom«, erklärte sie. »Sie hat beschlossen zu studieren. Sie hat viele Sachen mitgenommen. Ich hoffe, Sie haben es trotzdem bequem.« Sie hatte einen sehr offenen Blick. »Aber Sie sind ja daran gewöhnt, an weit schlimmeren Orten zu schlafen, nicht wahr?« sagte sie zu Rand. »Catherin hat mir von Ihnen erzählt, Ihrem abenteuerlichen Leben. Sie sind doch kein Intellektueller, oder?«

»Ein Intellektueller?« sagte er.

»Gut, ich kann die nicht mehr ertragen.« Sie hatte kräftige, weiße Zähne, sie bürstete sie mit Salz. Sie besaß ein Geschäft auf der anderen Seite des Flusses: importierte Kleider, Accessoires, solche Dinge – sie hatte es selbst eröffnet.

»Es ist sehr schön. Ich habe eine bestimmte Klientel. Catherin weiß das. Ich behandle sie sehr zuvorkommend. Ich verkauf nur gute Sachen.« Sie hatte eine starke Ausstrahlung, voller Leben. Sie kramte in ihrer Tasche nach einer Zigarette. Ihre Beine, die in Strümpfen mit metallischem Glanz steckten, waren oberhalb des Knies übereinandergeschlagen. Sie war Mannequin gewesen, so hatte sie angefangen.

»Das erste Mal war ich schrecklich unsicher. Im Umkleideraum war eine Frau, die schon Erfahrung hatte. Sie sah, wie verängstigt ich war. Sie nahm mich beiseite. Sie sagte, wenn du da rausgehst, denk nur an eins: du bist jung und schön, und die sind Dreck. Alles, was ich gemacht habe, hab ich allein gemacht«, sagte sie. »Niemand hat mir etwas geschenkt. Mein Mann hat mir bei der Scheidung die Hälfte des Apartments gegeben. Er hat eine Mauer gezogen. Er hat das Wohnzimmer und die Küche behalten und ich das Schlafzimmer und das Bad.«

Die Geschäfte führte sie wie eine der berühmten Kurtisanen. Die Männer, die sie besuchten, unterschied sie in *payeurs*, *martyrs* oder *favoris*. »Solange sie sich nicht zusammensetzen und ihre Notizen vergleichen, ist alles gut. Als Mannequin zu arbeiten hat mir sehr geholfen; ich hab dadurch Geschmack an luxuriösen Dingen gefunden.« Ihre Stimme war kräftig und fließend. Sie benutzte sie wie eine Strömung. Ihr Lachen war heiser, das Lachen einer unabhängigen Frau. »Ich hab Geschmack daran gefunden, aber ich hab nicht zugelassen, daß es mich ruiniert«, sagte sie.

Paris war voll von Frauen wie sie, er sah sie auf der Straße, im Bus, überall. Studentinnen, verheiratete Frauen, extravagante Gesichter in Bars und Cafés. In den Schaufenstern von *parfumeries* hingen leuchtende, verführerische Plakate, die für die Pflege des Busens und der Haut warben. Seine Augen blieben daran hängen wie die eines jungen Ehemanns, der Huren ansieht.

In einer Bar in der Nähe des Boulevard St. Michel saß ein Mädchen mit schwarz umrandeten Augen und einem mehrfach um den langen, schlanken Hals gewickelten leuchtenden Seidenschal.

»Wer ist das, kennst du die?« fragte Catherin – sie blätterte in einer Zeitschrift. Er las über ihre Schulter gebeugt mit. Es war November. Die Nächte waren kalt, die Tage aber noch schön. Paris öffnete sich ihm, dachte er.

Es kamen Bekannte von Catherin. »*Bonsoir*«, sagte eine von ihnen und streckte die Hand aus. Ihr Name war Françoise. Hinter ihr stand ein dunkelhaariger Mann, er gab Rand gleichgültig die Hand.

»Das ist Michel«, sagte sie, als sie sich setzten. »Michel hat in England gelebt. Sind Sie Engländer?« fragte sie Rand.
»Nein«, sagte er.
»*Américain*«, bemerkte Michel teilnahmslos. »*C'est vrai?*«
»Stimmt.«
Michel nickte. Es war zu einfach. »*Vous êtes grimpeur?*« sagte er nebenbei. Françoise hatte es ihm erzählt.
»Sprich Englisch«, sagte sie.
»*Je ne parle pas anglais.*«
»Natürlich sprichst du Englisch.«
»Es ist zu schwierig«, sagte er. Dann erzählte er eine Geschichte auf französisch von einer Party, auf der er in London gewesen war. Ein Mädchen war auf ihn zugekommen und hatte ihn gefragt, warum er so abseits stehe. Er erzählte ihr, er sei Franzose, er spreche kein Englisch. Oh, sagte sie, in zwei Monaten würde er es fließend sprechen. Er sei bereits zwei Jahre hier, sagte er ihr. Danach habe sie nicht mehr mit ihm gesprochen.
»*Oh, tu m'énerves*«, sagte Françoise.
Sie saßen schweigend da.
»Was haben Sie bestiegen?« fragte er auf französisch. »Ich hatte einen guten Freund, der Bergsteiger war.«
»Wer?« sagte Françoise.
Michel sagte: »Du kennst ihn nicht. Er war bei der Armee. Er war einer von denen, die gerne bei der Armee waren, aber er hat Ärger bekommen und mußte gehen. Danach begann er ernsthaft mit dem Bergsteigen. Zuerst nicht weit von Paris, dann unten bei Marseilles und in den Alpen. Er war sehr stark, sehr rein. In mancher Hinsicht war er wie ein Kind.«
Rand beobachtete ihn mißtrauisch. Michel war sich dessen bewußt. Er sprach langsamer, ungekünstelt, wandte sich an alle.

»Er begann, die schwierigsten Gipfel Europas zu besteigen. Das Klettern ist mehr als nur ein Sport. Das stimmt doch? *Ça dure toujours* – es ist für die Ewigkeit.«
Sie hörten schweigend zu. Ein Gefühl von Panik war über Rand gekommen. Er konnte nicht glauben, daß ein Satz dem anderen folgte. Michels Augen sahen genau in die seinen.
Rand lächelte. Er wollte den Bann brechen, zeigen, daß er sich davon befreien konnte.
»Wer ist dieser Freund?«
»Ich kann Ihnen nur sagen«, fuhr Michel fort, »daß es sein Traum war, einer der größten Bergsteiger aller Zeiten zu werden.«
»Ist das wahr?« Verwirrung stieg in ihm auf. Ihn überkam plötzlich ein merkwürdiges Gefühl von Isolation, als wären alle Leute um ihn herum, an den umliegenden Tischen, wie sie redeten, lachten, an dem, was gerade stattfand, beteiligt, als wären sie sich sogar dessen bewußt.
»Ich weiß nichts vom Bergsteigen«, sagte Michel in dem Moment. Er sprach vertraulich, er wollte Rands Freund werden. »Ich habe ihn vor kurzem wiedergetroffen. Irgendwas war mit ihm passiert. Ich weiß nicht. Ich hatte ihn mindestens ein Jahr nicht gesehen. Er hatte seine Frau verlassen, er arbeitete nicht. Trotzdem war er davon überzeugt, daß alles in Ordnung käme, wenn er nur noch einen Berg bestiege, daß sich dann auch alles andere ergäbe. Es war wie eine Droge. Er brauchte ständig mehr, und in immer höheren Dosen.«
Rand sagte nichts. Er starrte ihn kalt an.
»Er war immer ein Idealist gewesen. Er besaß eine enorme innere Kraft, mehr als sonst jemand. Aber etwas hatte sich in ihm verändert, ich konnte es seinem Gesicht ansehen. Er

hatte alles erreicht, und er war immer noch unglücklich. Vor zwei Wochen ...«

Rands Herz hämmerte. Wie Glas glitten die Illusionen aus seinem Leben. Ihm war, als würde er sich in Nichts auflösen.

»Ich mag die Geschichte nicht«, unterbrach ihn Catherin.

»Ich mag sie auch nicht. Außerdem glaube ich sie nicht«, sagte Françoise.

»Aber sie ist wahr«, sagte Michel.

»Bestimmt nicht.«

»Dann erzähl ich sie eben nicht.«

»Nein. Erzählen Sie zu Ende«, sagte Rand.

Michel lächelte.

»Was ist passiert?«

»Vor zwei Wochen ist er an einem einfachen Hang zu Tode gestürzt.«

»Warum redest du nicht von Dingen, von denen du etwas verstehst?« sagte Françoise.

»Ich hab gesagt, daß ich nichts davon versteh. Das macht es so faszinierend. Ich bin an der psychologischen Seite interessiert. Es ist die Geschichte von jemandem, der vollkommen anders ist als ich. Ich habe nicht den Mut. Nicht das geringste bißchen. Intelligenz, das ist alles.«

»Zuviel Intelligenz und zuwenig von manchem anderen«, sagte sie.

»Hier hingegen ist ein Mann, der Mut hat.« Er wies auf Rand. »Er mag mich nicht. Siehst du?«

»Du bist wirklich entsetzlich langweilig!« rief Françoise.

»Sieh nur, er will sich schlagen. Er will die Fäuste nehmen und alles, was er nicht mag, zerschlagen. Das ist der amerikanische Geist.«

»Würdest du jetzt aufhören?«

»Warum schlagen Sie mich nicht?« forderte er ihn heraus.

Rand starrte ihn an.
»Was ist? Können Sie nicht sprechen?«
»Ich gehe. Komm jetzt«, sagte Françoise.
»Aber die Geschichte ist wahr!« rief er, als sie aufstanden. »Sie wissen das, nicht wahr? Siehst du? Er weiß es.«

20 »Michel! Michel ist ein *pédé* und ein Säufer. Sie hätten ihn auf die Straße werfen sollen«, sagte Colette Roberts. Sie trank einen eiligen Kaffee, bevor sie ihr Geschäft öffnete. Am Morgen war ihr Gesicht von einer sichtbaren Mattigkeit gezeichnet wie die Stadt selbst. Dasselbe stumpfe, winterliche Licht, ohne Glanz.

»Michel ist nicht mal Franzose«, sagte sie. »Er ist polnischer Jude. Wissen Sie, Ihr Haar sieht wie ein zerzauster Hahnenschweif aus.«

Er fühlte sich gut in ihrer Gegenwart, lebendig. Sie war wie ein Spiegel, in dem er sich genau sah. Sie wußte, wie Dinge zu regeln waren; sie war kein Amateur im Leben.

»Wo ist Catherin?« fragte sie.

»Sie mußte zur Bank.«

»Kommt doch heut abend auf einen Drink vorbei. Ich bekomme Besuch von einem Freund aus Nizza.« Jemand betrat die Bar, grüßte sie. Sie nickte, lächelte. »Ich bin spät dran«, bemerkte sie plötzlich. »Kommen Sie so um sechs.« Sie ließ ein paar Münzen auf die Theke fallen. Sie war unbesiegbar.

Morgens las er, am Fenster sitzend, eine ein oder zwei Tage alte Ausgabe der *Tribune*. Nachmittags gingen sie aus.

Die Wände der Metro waren voller Graffiti. Die Gespräche in den Cafés waren immer politischer Natur, hitzig. An den Zeitungsständen hingen Schlagzeilen von Skandalen, Enthüllungen. Frankreich war wie eine große streitende Familie, die Algerier, die alten Frauen mit ihren Hunden, die Men-

schen in den Restaurants, die Polizei – eine riesige, zänkische Familie, auf ewig durch Haß und Blut vereint.
Es gab Nachmittage, an denen sie mit sanftem Blick aus dem Kino traten und an den großen Grabgewölben des Friedhofs von Montparnasse vorbeigingen, mit kalten Füßen, auf dem Nachhauseweg. Nachmittage, wenn aus dem Nichts leichter Schnee herabfiel und die Stadt blau wie Eis war, das Rauschen des Verkehrs weit entfernt. Oder sie saßen in Cafés, unterhielten sich, beobachteten die Menge. Eine Frau mit einer grünen Seidenbluse saß allein an einem Nebentisch. Sie las etwas, das sie aus der Handtasche genommen hatte. Einen Fahrplan. Plötzlich riß sie die Augen auf. Sie sprach zu sich selbst, erstaunt. Sie stand auf, zog sich den Mantel an und lief hinaus.
Geheime Nachmittage, im verborgenen verbracht. Schweigen versiegelte die Fenster. In dem durchsickernden Licht schien sie ihm wie eine mythische Gestalt, leuchtend, als würde sich zum ersten Mal das Wunder eines Körpers offenbaren. Sie hatte nur ihren Schlüpfer an. Das Blut pulsierte langsam in seinem Hals. Samuraistunden. Der Verschluß einer Kamera klickte.
»Ob sie die wohl entwickeln?«
»Natürlich«, sagte sie.
»Das bezweifle ich. Sie werden sie stehlen.«
Sie saß mit gekreuzten Beinen auf dem Bett, als er aus dem Bad kam, und legte abwesend Patience. Auf den Karten der Könige und Damen waren Namen gedruckt, die Buben hießen Hector, Lahire. Er legte sich neben sie und sah ihr zu.
»Ist das, was man mit ›sein Leben vergeuden‹ meint?«
»Du machst Witze«, sagte sie.
So großartig sie auch war, die Stadt konnte ihm keinen Halt geben. In ihren Straßen, ihren kühlen winterlichen Passa-

gen ertönte ein einsames Geräusch, leise, unaufhörlich, wie ein Meißel, der nach und nach etwas wegschlug. Der bleiche Himmel machte es nur lauter. Es war ein Eispickel, der Cabots. Es wollte nicht aufhören.

Um vier Uhr morgens wachte er auf. Der Himmel, die Straßen waren vollkommen still. Er konnte nicht schlafen. Irgendwo, halb im Traum, ragte der dunkle Zacken des Eiger in einen leeren Himmel. In den Bergen hatte es geschneit. Die Straßen waren weiß, die Täler bedeckt. Es ging ein starker Wind. Schnee trieb in Strömen die Wand herab.

Er war in ein Zimmer getreten, in dem Cabot im Sterben lag. Er konnte es nicht glauben, er fühlte sich benommen, aber als er den Sarg und das Gesicht darin sah, die versiegelten Augen, das feine Haar, riß ihn der Schmerz in die Knie. Er weinte ungehemmt.

Catherin versuchte, ihn zu wecken.

»Was ist?« sagte sie. Er konnte nicht antworten. »Was ist passiert? Du hast aufgeschrien.«

Er lag da, die Arme um sie geschlungen. Keiner von beiden konnte schlafen.

21 Der Eiger ist die große Wand Europas. Sie ist eine Klasse für sich. Zweitausend Meter hoch, zweimal so hoch wie der Dru, und heimtückischer. Sie ist schwarz, abgesehen vom Schnee, der sie im Winter bedeckt und die Eisfelder unter sich verbirgt. Der Anstieg ist schwierig, die Gefahr durch schlechtes Wetter und Steinschlag extrem.

Die ersten Versuche endeten alle tödlich, obwohl sie den Weg öffneten. Männer stürzten in den Tod oder erfroren, ihre Leichname blieben über lange Zeit grotesk in der Wand hängen. 1932 wurde der Eiger schließlich bezwungen.

Es gibt ein altes Hotel, das Kleine Scheidegg, nicht weit vom Fuß des Berges. Die Zimmer sind komfortabel, in den Räumen im Erdgeschoß hängen überall Fotos der Leute, die den Eiger bestiegen haben. Darüber, so gewaltig, daß man ihn nicht mit einem Blick erfassen kann, erhebt sich der Berg.

Sie wohnten alle in dem Hotel – Cabot hatte fünf Bergsteiger um sich gesammelt, er versuchte, einen sechsten zu finden. Jeden Morgen vor Sonnenaufgang machten sie sich zum Fuß der Steilwand auf, stapften über gefrorene Felder. Abends kehrten sie erschöpft zurück.

»Kennst du irgend jemand, den wir fragen könnten?« fragte er Bray.

»Ich kenn jemand in Paris.«

Cabot sah ihn von der Seite an. »Kennst du irgend jemand in England?«

Bray sagte: »Nicht hierfür.«

Es war wie Krieg in einer belagerten Stadt. Den ganzen Tag kämpften sie verbissen. Nachts schliefen sie in ihren Betten. Carol war da; sie spielte die Hauptrolle. Audrey, die im Januar kam, wirkte blaß neben ihr. Am Abend, wenn noch niemand zurück war, aßen sie zusammen, manchmal mit dem Fernsehteam. Ein Mann namens Peter Barrington, ein Kettenraucher, war der Produzent.

»Puh! Verdammt kalt heute«, sagte er und schlug die Hände, noch in Handschuhen, gegeneinander. »Bin ich froh, daß ich nicht da oben sein muß. Wo ist unser Pilot heut morgen?«

Er hatte Filme über Architektur und englische Dichter gedreht. Dann war er nach Nepal gegangen, wodurch er zu *dem* Experten fürs Bergsteigen geworden war, sagte er leicht ironisch. Er kannte allerdings den Fachjargon. Und machte reichlich Gebrauch davon. Cabot nannte er heimlich »den Würger«. Er verbrachte viel Zeit in der Bar an einem Tisch mit überquellendem Aschenbecher – er wartete auf irgendwelches Gerät, darauf, daß das Wetter besser würde, auf einen Anruf aus London.

»Guten Morgen, Peter«, sagten sie immer.

»Wunderschöner Morgen, nicht wahr? Was sollten wir eurer Meinung nach heute machen? Noch ein paar Aufnahmen vom Berg?«

»Warum nicht?«

»Was haben die heute vor?«

Es war alles sehr mühsam. Cabot hatte sich bei einem Sieben-Meter-Sturz den Daumen gebrochen. Das hatte ihn nicht gestoppt. Er machte weiter, arbeitete so viel wie jeder andere, sogar mehr. Er war der einzige, der glaubte, daß sie den Gipfel erreichen würden. Die anderen waren bloße Soldaten, Automaten.

Die Wand war vollkommen vereist. Das verhinderte nennenswerte Steinschläge, aber die Kälte war extrem. Es gab häufig Schneelawinen. Langsam, mit unbeirrbarer Entschlossenheit, wurde eine vollkommen neue Route nach oben gelegt. Sie ließen Fixseile stehen, damit man schneller hinauf- und hinunterkommen konnte. Im Zentrum aller Mühen stand immer der höchste Punkt.
Mitte Januar hatten sie die Hälfte der Wand hinter sich gebracht. Zwei gut ausgestattete Biwaks waren in den Schnee gegraben worden. Sie mußten ein drittes anlegen. Dann würden die Fixseile abgenommen werden, und vom Fuße aus würde ein Mann allein den Anstieg versuchen. Das war nicht die ursprüngliche Idee gewesen – sie war ihm im Laufe der Zeit gekommen. Vom dritten Biwak aus wäre es dann ein letzter Vorstoß nach oben, Essen und Ausrüstung mußte getragen werden. Er würde allein zum Gipfel steigen.
Aber der dritte Biwak sperrte sich. Sie befanden sich in einem sehr steilen Abschnitt der Wand. Es gab keinen Schnee, nur massives Eis, das zentimeterweise weggeschlagen werden mußte. Ihre Hände waren halb erfroren, ihre Füße. Hundert Meter darüber war eine Stelle, die etwas besser aussah.
Es wird nie ein drittes verdammtes Biwak geben, dachte Bray. Es wird überhaupt nichts geben. Er war erschöpft, seine Finger brannten vor Kälte. Er hatte kein Gefühl mehr in den Füßen. Er hatte Angst, seine Zehen zu verlieren, aber es hatte keinen Sinn, darüber nachzudenken. Er haßte das kalte klare Wetter, das zwei Tage zuvor eingesetzt hatte. Er haßte Cabot. Noch mal zehn, brummte er vor sich hin, als er auf das Eis einschlug. Kleine Eissplitter schossen ihm wie Sprühregen entgegen. Jeder zweite Hieb brachte gar nichts. Neun. Zehn. Er machte eine Pause. Gut, noch zehn, sagte er sich.
»Wie läuft es da oben?«

Cabot war fast direkt unter ihm. Bray konnte seinen Kopf sehen. Er antwortete nicht.
»Kommst du vorwärts?« rief Cabot.
»Ich schaff es nicht«, brummte Bray.
»Was?«
»Meine Hände frieren mir ab.«
Nach einer Weile stieg er zu ihm hinunter.
»Wie weit bist du gekommen?«
»Nirgendwohin. Das Eis ist hart wie Stahl.«
»Laß mich mal versuchen.«
Cabot arbeitete sich mit den Jumars nach oben – Steighilfen mit Ratschen. Man schob sie abwechselnd hoch, und sie hatten lange Schlingen aus Nylon, in denen man stand. Er kam glatt hinauf, drehte sich langsam an dem straffen Seil. Bald darauf hörte man das ferne rhythmische Schlagen seines Eisbeils. Es war zehn Uhr morgens. Sie arbeiteten seit Sonnenaufgang.
»Sie sagen gutes Wetter voraus. Soll die ganze nächste Woche andauern«, sagte Barrington. »Es kommt aus dem Osten.«
Sie waren zum Hotel zurückgekehrt. Es war zu kalt, um in der Wand zu bleiben, und es dauerte nicht allzu lange, an den Seilen hochzusteigen. Man konnte es auch im Dunkeln schaffen.
»Unglaublich die Kälte. Ich weiß nicht, wie ihr das aushaltet«, sagte Barrington. »Habt ihr schon einen Platz für das letzte Biwak?«
»Noch nicht«, sagte Cabot. »Aber wir finden einen.«
Carol war nach München gefahren, um mit ein paar Leuten vom Fernsehen zu sprechen. Der Vorhang zum letzten Akt hatte sich noch nicht gehoben, aber es würde nicht mehr lange dauern. Durch die Art, in der alles geplant wurde, war etwas geopfert worden. Es war keine klassische Besteigung –

es war in gewisser Weise korrumpiert. Die Bewältigung von Höhen wird fragwürdig, wenn jedes Mittel eingesetzt und jeder Zweck akzeptiert wird. Natürlich wurde das nie angesprochen. Sie waren schon zu tief drin, und Cabot war eine zu beherrschende Figur. Er war die Sorte Mann, die sich keiner Norm anpaßte, er schuf sie.

»Ich mein nur ... wir sollten möglichst das gute Wetter ausnutzen ...«, sagte Barrington.

»Wir tun, was wir können.«

»Nur, weil es danach ... schwierig werden könnte.«

»Hör mal, warum gehst du nicht selber rauf?« sagte Cabot.

Barrington wurde rot. »Das würde, glaub ich, nicht viel bringen.«

»Nein.« Cabot wechselte plötzlich den Tonfall – die Suppe wurde aufgetragen, er zog den Teller zu sich heran. »Keine Angst«, sagte er. »Wir kriegen das schon hin. Es ist nur noch ein kleines Stück.«

Bray saß zwei Stühle weiter, er war nach vorne gebeugt und aß schweigend.

»Da sitzt der Mann, der es schaffen wird.« Der Satz drang in die Ohren eines mürrischen Anhängers mit aufgesprungenen Lippen, der all dessen müde war. »Er wird es schaffen. Und manch englischer Gentleman, der jetzt in seinem Bett liegt, wird sich verfluchen, daß er nicht hier war, stimmt's?«

Bray aß weiter, als hätte er nichts gehört. Später kam Audrey herunter. Sie hatten im Herbst geheiratet. Sie hatten keine Hochzeitsreise gemacht, zwei Tage Brighton, das war alles.

»Du hast schon gegessen«, sagte sie. »Ich dachte, du würdest auf mich warten.« Sie setzte sich. »Was hast du gehabt?«

»Ich glaub, es war Kotelett.«

»Gott, was ist denn mit deinem Gesicht passiert?«

»Was, das hier?« Er berührte seine Lippe.

»Geht ihr morgen wieder rauf?«
»Nehm ich an. Frag ihn.«
Sie wandte sich Cabot zu. »Was ist mit morgen?« Sie war sich nicht sicher, warum sie ihn nicht mochte – die kalte Entschlossenheit, sie alle hatten etwas davon.
Cabot war auch müde. Sein Gesicht war wund von der Kälte. Seine Augen rot. Im Flur draußen hielt er sie kurz an.
»Entmutige ihn nicht«, sagte er. »Es ist hart da oben.«
Aus der Bar kam Musik. Über ihnen hörte man jemanden den Flur entlanglaufen. Dann Lachen, wieder aus der Bar. Köche mit weißen Schürzen arbeiteten in der Wärme der Küche. Gäste saßen vor dem Fernseher. Im Büro machte jemand die Abrechnung. An der Eigernordwand waren sogar die Seile gefroren. Sie baumelten in der Dunkelheit wie Holzstücke.
»Ist John wirklich müde?« sagte Cabot.
»Na, du weißt doch, wie verrückt er ist. Er beschwert sich nicht«, sagte sie.
»Ich weiß.«
Sie saßen eine Weile in der Bar. Cabots blondes, strähniges Haar sah im gedämpften Licht stumpf aus. Er wirkte wie eine verkommene Gestalt, die man irgendwo im Dunkel sieht, er hatte etwas Hilfloses an sich. Vielleicht schlief er.
Am nächsten Morgen gingen sie wieder hinauf. Sie hatten beschlossen, solange in der Wand zu bleiben, bis sie die Schneefelder erreicht hatten, die über ihnen zu liegen schienen.
Bray stieg vor. Sie hatten das Hotel im Dunkeln verlassen, und auf dem gesamten Weg über vereiste Felder – ein Weg, den sie oft gegangen waren – wurde kein Wort gesprochen. Einmal rutschte Cabot aus und fiel. Bray hatte sich nicht umgedreht.

Den ganzen Tag trug er die Hauptlast. Sie schlugen sich einen eisgefüllten Riß hinauf. Es kostete zwanzig Minuten, einen Fuß weiterzubewegen. Der Riß verbreiterte sich langsam, er stemmte sich gegen die Seiten. Bray kam es vor, als wäre er allein da oben. Ein merkwürdiges Gefühl überkam ihn, von Losgelöstheit, fast Euphorie, als wäre er nichts als eine bloße Fotografie. Die Stille unter ihm verschwand, die Angst fiel von ihm ab. Er arbeitete sich weiter hinauf. Er hatte kaum einen Halt, er balancierte da irgendwie. Er spürte, wie sein Fuß abglitt. Er versuchte, sich zu halten.

»Zug!« schrie er.

Das Seil straffte sich. Es reichte nicht.

»Ich verlier den Halt!« Tausend Meter über dem Tal begann er zu fallen. Er sah es deutlich, er bedauerte es, es war ihm fast egal.

Das Seil fing ihn abrupt ein. Irgendwie hatte sich sein Bein darin verfangen. Er hing kopfüber, drei Meter von Cabot entfernt.

»Bist du in Ordnung?«

»Ich hab meinen Handschuh verloren«, sagte er.

Cabot ließ ihn herab.

»Was ist passiert?«

»Ich konnte nicht mehr.« Er atmete schwer, die bloße Hand hatte er in die Jacke geschoben. »Konnte mich einfach nicht mehr halten.« Es war spät am Nachmittag. Die Sonne hatte den höchsten Punkt überschritten. Der Himmel schien weiß.

»Nächstes Jahr arbeite ich wieder als Stukkateur«, sagte er.

»Ist wirklich alles in Ordnung?«

Bray nickte. Er sah nach unten. Plötzlich hatte er Angst. Sein Mut war verschwunden. Nach einer Weile fragte er: »Willst du hoch, es versuchen?«

»Du hast nur noch einen Handschuh.«

»Ja. Und das Wetter«, sagte Bray. In der Ferne waren Wolken aufgetaucht.

Er war am Ende, soviel war sicher. Spät am Tage begannen die beiden Gestalten, die stundenlang regungslos in der Wand gehangen hatten, den Abstieg. Vielleicht war das Seil am Eis durchgescheuert worden. Vielleicht hatte ein Stein es durchschlagen. Niemand würde es je erfahren. Denen, die zusahen, schien sich ein Fleckchen Farbe loszulösen und sich langsam, fast schwebend, die Wand hinunterzubewegen. Und mit ihm der Ruf: »Jemand ist abgestürzt!«

Audrey verbrachte ihre Zeit oft in einem Salon, in dem die Hotelgäste Tee tranken. Es war warm und bequem dort. Sie unterhielt sich mit den Leuten, schrieb Postkarten und las. Es war angenehm, dort zu sitzen, Tee zu trinken, auf die neugierigen Blicke der Touristen und ihre immer gleichen Fragen zu antworten. Wo sind sie? fragten sie, und sie zeigte sie ihnen, so gut sie konnte.

»Mein Gott.«

»Wie weit oben sind sie?«

»Ziemlich weit.«

»Macht Sie das nicht nervös?«

»Ich denke nicht darüber nach«, erklärte sie ihnen.

Sie hatte nichts gehört. Sie sah etwas, das ihr Angst machte, plötzlich erhoben sich überall auf der Veranda Leute. Am Teleskop hatte sich eine Traube gebildet.

»Was ist? Was ist passiert?« fragte sie. Sie hatte gelesen. Das Buch lag mit dem Rücken nach oben neben ihr. Als sie aufstand, wurde ihr schwindlig. Sie hörte nicht, was sie sagten, sie konnte überhaupt nichts hören. Es war wie ein Vakuum. Im nächsten Moment würden sich die Augen der Leute auf sie richten. Sie war sich dessen sicher. »Bitte. Was ist passiert?« sagte sie.

22 Am Abend begann es zu schneien. Der Schnee fiel weich in der Dämmerung. Leute unterhielten sich beim Essen. Kellner glitten durchs Zimmer. Irgendwann nach sieben klopfte Cabot, der stundenlang draußen am Fuß der Wand gewesen war, an die halb geöffnete Tür.

»Herein.« Es war Barringtons Stimme. Audrey saß in einem Sessel, eine Strickjacke um die Schultern gelegt.

»Hallo, Jack. Sind alle zurück?« fragte Barrington.

Überall lagen Teile von Brays Ausrüstung herum, hinter der Tür standen Stiefel, Socken trockneten auf der Heizung. Cabot setzte sich. Ihm fiel es schwer zu sprechen.

»Wir sind vor kurzem zurückgekommen«, sagte er.

»Schneit es sehr?«

»Ganz schön. Eins ist aber ziemlich sicher«, sagte er, ohne Audrey anzusehen. »Er war die ganze Zeit bewußtlos.«

»Woher weißt du das?«

»Ich war dabei. Ich hab es gesehen. Ich hab gesehen, wie er gleich zu Anfang mit dem Kopf aufschlug.«

»Das hast du gesehen?«

»Ja, wahrscheinlich hat er recht«, bestätigte Barrington. »Es ist sehr zerklüftet dort oben.«

Das Wort irritierte sie. »Zerklüftet ...«

»Viele Felsvorsprünge.«

»Ich hoffe, du hast recht«, sagte sie.

Sie schwiegen. Die ungeheure Länge des Sturzes und die Hilflosigkeit des Mannes, während er fiel, erfüllten den Raum.

Nach einer Weile stand Barrington auf und verließ das Zimmer. Er würde später noch mal vorbeisehen, sagte er.
»Ich weiß nicht, was ich sagen soll«, brach Cabot schließlich das Schweigen – es war für ihn ein großer Schock gewesen. »Das Seil … es muß irgendwo hängengeblieben sein. Ich kann es mir nicht erklären. Es ist … es hätte jedem passieren können.«
»Red keinen Unsinn«, sagte sie.
»Es war einfach einer dieser Unfälle.«
»Nein, war es nicht. Es war kein Unfall. Ich wußte, daß du ihn umbringen würdest«, sagte sie. »Ich wußte es, als ich dich das erste Mal sah.«
»Das glaubst du doch nicht wirklich.«
»Oh, doch.«
»Das ist nicht wahr.«
»Ach nein?« sagte sie. »Oh, doch. Er war nur ein kleiner Mann, verglichen mit dir, mein ich, aber er war loyal, er hatte ein gutes Herz. Er hätte alles getan, was du wolltest. Du mußtest nur sagen, du glaubst nicht, daß er dies oder das schaffen kann, und schon hat er es versucht, schon hat er es gemacht. Aber das weißt du ja. Ich hab dich beobachtet, wie du es machst. Das Seil ist also gerissen, und jetzt ist er nicht mehr da. Gestern abend war er noch hier. Er stand genau vor dem Spiegel da. Er war todmüde, aber du hast nie gesagt, er soll aufhören, weil er müde war. Und wo ist er jetzt? Ich weiß nicht mal, wo er ist.« Sie hatte angefangen zu weinen. »Du wirst weitermachen«, sagte sie. »Du wirst schon nach oben kommen. Du wirst dich nicht mal an ihn erinnern.«
»Das stimmt nicht.«
»Oh, doch«, sagte sie bitter.
»Hör zu, Audrey, es ist schwer zu erklären.« Er machte eine kurze Pause. »Ich hab ihn zu nichts getrieben, er hat es aus

dem gleichen Grund getan wie ich. Niemand kann dich dazu bringen. Du tust es aus dir heraus.«
Sie stand am Fenster und starrte in den Schnee hinaus. Sie hielt sich umklammert, die Arme unter der Brust verschränkt.
»Es tut mir leid, aber ich glaub dir einfach nicht«, sagte sie erschöpft. Die Art, wie sie dastand, so als erwartete sie nichts mehr vom Leben, die Kleider und die Schminksachen auf der Kommode, das bleiche reflektierende Viereck des Betts, all dies schien statt ihrer zu sprechen. Das Zimmer war warm. Das Schweigen wurde länger, wie eine Rechnung, die bezahlt werden müßte.
»Komm, laß uns runtergehen, was essen. Du solltest heute abend nicht alleine sein«, sagte er. »Wenn du willst, können wir in die Bar gehen. Ich frag, ob sie uns dort was zu essen geben.«
»Ich will nicht in die Bar.«
»Es wird dir guttun.«
»Laß mich in Ruhe.«
Er legte den Arm um sie.
»Audrey ...« Er versuchte, noch etwas zu sagen, aber es kam nichts.
Sie nickte, sie wußte nicht, warum. Sie hatte wieder zu weinen begonnen, die Tränen liefen ihr über die Wangen.
»Was wird aus mir werden?« sagte sie.
»Du wirst nach England zurückgehen.«
Sie sah ihn an.
»Ist das alles?« fragte sie fordernd.
Er machte eine vage Geste.
»Ist das alles?«
»Ich seh dich in fünf Minuten«, sagte er.
Sie antwortete nicht.

»Kommst du runter?«
»Ja«, sagte sie schließlich.
»In ein paar Minuten?«
»Ja.«
Er bewegte sich nicht. Er sah, daß es nicht nötig war. Statt dessen legte er ihr die Hand auf die Brust, er hatte seit Wochen darauf gestarrt.
»Nicht«, sagte sie. Er fühlte, wie sie zitterte, aber sie bewegte sich nicht. »Nicht.«
Er drehte sie zu sich herum.
Es war, als hätten sie es abgesprochen, als wären sie sich immer einig gewesen. Carol war noch in München. Der Schnee fiel die ganze Nacht hindurch.

Unten auf der Seite war eine kleine Notiz, BERGSTEIGER BEI ABSTURZ UMS LEBEN GEKOMMEN. Seine Augen hasteten durch die Zeilen. Das Blut wich ihm aus dem Gesicht, er versuchte ruhig zu lesen. *Wengen, 24. Jan. Die örtlichen Behörden identifizierten heute einen 23 Jahre alten englischen Bergsteiger, der gestern auf dem Eiger aus 1000 Meter Höhe in den Tod stürzte ...*
Es war Sonntag in Paris und kalt. Um ihn herum unterhielten sich Menschen, der Fernseher lief. Er fühlte sich so ausgelaugt und farblos wie der Tag. Plötzlich war alles öde. Das Französisch um ihn herum machte ihn nervös, die fremden Menschen, die Ignoranz der Welt. Er dachte an Bray, ein kleiner grinsender Mann mit dreckiger Jacke, kleinen Händen. Kommst du mit nach England? Wir können zusammen arbeiten, sagte er. Wir beide. Seite an Seite.

## 23

Catherin kam die Treppe herunter, sie knöpfte sich den Mantel zu. Er hatte draußen auf sie gewartet. Sie gingen in Richtung Stadtmitte. Überall waren Leute; Chamonix war voll vom letzten Strom der Wintergäste. Autos fuhren vorbei, schlammbespritzt.
»Und? Was hat er gesagt?«
»Es ist ganz sicher«, sagte sie.
»Ganz sicher?«
»Der Test war positiv.«
»Ich versteh das nicht. Wie konnte das passieren?«
»Es ist eben passiert«, sagte sie.
Er schwieg. Er starrte dumpf in Schaufenster, an denen sie vorbeigingen.
»Willst du einen Kaffee trinken?« fragte sie.
Sie saßen im hinteren Teil, Rand auf dem Stuhl zusammengesunken.
»Die Nachricht scheint dich ja wirklich zu begeistern«, bemerkte sie.
»Das ist es nicht. Es ist nur ...«
»Was?«
»Es kommt einfach so überraschend.«
»Ja. Für mich auch.«
»Es ist nicht gerade das, was ich mir vorgestellt habe.«
»Das sehe ich.«
Die Kellnerin kam mit dem Kaffee.
»Und was genau *hast* du dir vorgestellt?« fragte Catherin. Sie

nahm sich drei Würfel Zucker und ließ sie in die kleine Tasse fallen.
»Kein Familienleben.«
Sie sagte nichts.
»Ich will nicht Vater werden.«
»Woher willst du das wissen?« Sie rührte langsam den Kaffee um. »Du wärst ein sehr guter Vater.«
»Mach es nicht«, sagte er schließlich.
»Dafür ist es zu spät.«
»Was meinst du mit zu spät?«
»Ich bin in der sechzehnten Woche.«
Die Zahl sagte ihm nichts. Er war sich sicher, daß sie log.
»Ich möchte wissen, wie das passieren konnte«, beharrte er.
»Wie nur?«
»Ich weiß nicht. Irgendwas ist schiefgelaufen.«
»Was?«
»Ist das ein Verhör? Warum hast du mich nicht verhört, bevor wir angefangen haben?«
»Ich kann kein Vater sein«, sagte er.
Sie schwieg.
»Vielleicht willst du nur nicht heiraten. Das meinst du doch.«
»Vielleicht.«
»Ja. Verstehe.«
Eine schreckliche Schwere lastete auf ihm. Er ließ den Blick vage durch den Raum schweifen, als suchte er nach einem neuen Gedanken.
»Ich weiß nicht, was ich tun soll. *Merde*«, sagte sie.
»Catherin, du weißt doch, wie mein Leben ist.«
»*Ça veut dire quoi?*« Nach einer Weile fügte sie hinzu: »Was willst du? So weitermachen wie bisher?«
»Man macht nie so weiter wie bisher. In einem Jahr, in zwei Jahren wird alles anders sein.«

»Und wie?«
»Woher soll ich das wissen? Ich will nicht angebunden sein.«
»Das wirst du nicht«, sagte sie. »Ich versprech es. Du kannst tun und lassen, was du willst.«
Die Worte beruhigten ihn. Er hätte vielleicht sofort zugestimmt, wenn sie nicht so demütig gewesen wäre. Außerdem würde sie vergessen, was sie gerade gesagt hatte, ihr Instinkt als Frau würde durchkommen. Das war immer so.
»Du willst, daß ich es wegmache«, sagte sie schließlich.
Ja, dachte er, aber aus irgendeinem Grund sagte er nichts. Es gibt einen Moment, in dem man das Messer kalt hineinstoßen muß, ansonsten triumphiert das Opfer. Er sah sie an, spürte, daß der Moment vorüberging.
»Zur Hölle«, murmelte er.
Sie wußte, daß sie ihn enttäuscht hatte. Sie fühlte sich hilflos, verzweifelt. Sie saßen schweigend da.
»Sprich mit mir«, flehte sie.
Er sagte nichts.

In dem Frühling war er selten in Chamonix. Er verbrachte seine Zeit oben in der einen oder anderen Schutzhütte, manchmal ganze Tage hintereinander. Es war früh in der Saison. Die Schlafräume waren leer, die Matratzen lagen dicht nebeneinander. *Nach 21 Uhr Nachtruhe*, befahlen die Schilder.
Hin und wieder trafen andere Bergsteiger ein. Sie sprachen selten. Die Hütten waren noch kalt vom Winter, an der Wand hingen veraltete Tarife. Es war schwierig, wenn er ins Tal zurückkehrte. Er sah seltener im Geschäft vorbei.
»*Ça va?*« murmelte er unbeholfen. Ihre Figur schien sich nicht verändert zu haben.
»Wie war's oben?«

»Es liegt immer noch viel Schnee.«
»Da hat er sich also versteckt.«
Er fand kein Lächeln. Er ging, sobald er konnte, er hatte Angst vor dem, was sie sagen könnte. Er haßte Abschiedsworte. Es herrschte eine gewisse Übereinkunft, daß sie irgendwie noch zusammen waren, zumindest wurde der Schein gewahrt. In einer kleinen Stadt wie Chamonix sprachen sich Dinge allerdings schnell herum, obwohl sie strenggenommen Außenseiter waren.
»Ich gehe nach Argentière rauf«, sagte er eines Tages. »Wenn die Wetterverhältnisse nicht so gut sind, bleib ich vielleicht und wart dort oben ab.«
»Laß dir Zeit«, sagte sie. »Ich werd sowieso nicht mehr hier sein.«
Es war, als hätte ihn ein Schlag getroffen.
»Ja? Wo willst du denn hin?«
Es kommt ein Moment, in dem man sagt: Ich liebe dich mehr als das Leben selbst, ich geb dir alles. Irgendwie flackerte dieses Gefühl vor ihr auf – sie würde fortgehen, sie hatte es bereits entschieden –, es war wie ein letzter Blick zurück.
»Ich geh nach Paris«, sagte sie.
»Gut, dann seh ich dich, wenn du zurückkommst.«
Sie antwortete nicht. Sie prägte sich sein Gesicht zum letzten Mal ein. Ihr Schweigen machte ihm angst.
»Oder nicht?« sagte er.
»Nein, ich glaube nicht.«
Plötzlich überkam ihn Verzweiflung. Sie quälte ihn. Er liebte sie, und diese Liebe erstickte ihn. Er wollte sie, und sie ging fort.
»Was wirst du in Paris machen?«
»Ich werd bei einem Freund wohnen«, erklärte sie.
»Bei wem?«

»Ob du's nun weißt oder nicht, was macht das schon aus?«
Was das schon ausmachte? Es war zum Verrücktwerden. Alles machte es aus, alles. Er versuchte, sie dazu zu bringen, ihm den Namen zu sagen, aber sie tat es nicht.

Der Freund war Henri Vigan. Catherin war einmal seine Geliebte gewesen – zwei Jahre lang – und hatte ihn verlassen, weil er sie nicht heiraten wollte. Sie ging zu ihm zurück. Er nahm sie nur zu bereitwillig wieder auf. Wenn sie wollte, würde er das Kind als sein eigenes betrachten.
Sie zog nach Izeaux – Vigans Kistenfabriken befanden sich dort in der Nähe – in ein altes Haus, direkt an der Straße, erbaut zu einer Zeit, als nur vereinzelte Kutschen oder Karren daran vorbeifuhren. Die Außenwände waren einfach, wirkten fast düster, aber innen war es warm und gemütlich, wie es nur französische Landhäuser sein können, mit vielen Türen, die auf den Garten hinausgingen. Dort war sie glücklich oder zumindest von dem Problem befreit, den falschen Menschen zu lieben. Es wäre falsch zu sagen, daß sie nicht mehr an ihn dachte, aber sie tat es immer seltener.
Vigan war sanft und verständnisvoll. Auch schmeichelte es ihm, sie zurückzuhaben, um so mehr, als sie aus den Armen eines jüngeren Mannes kam, eines Abenteurers. Als sie nach Chamonix zurückfahren wollte, um ihre Kleider zu holen, erlaubte er es nicht.
»Ich werd jemanden schicken, der sie in mein Haus bringt. Du kannst sie jetzt sowieso nicht tragen.«
Er fand sie schöner als zuvor, wie es schwangere Frauen oft sind. Ihr Appetit, ihr Bedürfnis nach Ruhe und ihre wiederkehrende Heiterkeit erfüllten ihn mit tiefer Genugtuung. Sie war strahlend, durchdrungen von einer Zufriedenheit, die sonst nur direkt nach dem Liebesakt zu spüren ist. Das

war das Besondere, und ihm floß diese Wärme zu. Die Tage, bevor sie nach Izeaux gekommen war, verblaßten und wurden vergessen.

»Mir ging es wirklich schlecht«, gestand sie. »Ich kam auf schreckliche Gedanken. Ich wollte mich umbringen und einen Grabstein wie Dumas' Geliebte haben, mit nichts darauf außer vier Jahrestagen, in jeder Ecke einen; der Tag, an dem ich ihn kennenlernte, der Tag, an dem wir uns zum ersten Mal liebten …«

Es war Anfang Sommer. Die Türen zum Garten standen offen.

»Soweit ich mich erinnere, war das der gleiche Tag.«

»Nein.«

»Ich dachte, das war an dem denkwürdigen Abend, als ihr zusammen die Party verlassen habt.«

»War das so klar?«

»Es war vollkommen offensichtlich.«

»Bitte«, sagte sie.

»Ich hab euch beneidet.«

Er verspürte ein tiefes Wohlbehagen. Im späten Tageslicht, das durch die Fenster fiel, dachte er, sah er nicht älter aus als fünfunddreißig. Die Kleider in seinem Schrank und den Schubfächern der Kommode waren immer sorgfältig geordnet, sogar die kleine glänzende Schere und die verschiedenen Fläschchen auf der Ablage im Badezimmer. *Le Monde* lag auf dem Tisch im Eingang, zusammen mit den Briefen, die Bettücher waren frisch, die Köchin, eine Frau aus dem Dorf, hatte ein freundliches und ruhiges Wesen. Mit seinen politischen Ansichten stimmte Catherin nicht überein, er war heimlichtuerisch, was Geld betraf, sie hätte einen jüngeren Mann bevorzugt, aber im großen und ganzen fühlte sie sich sehr zu ihm hingezogen, sie spürte, daß sie auf eine Art verbunden waren, die Bestand haben würde. Sie mochte die abgenutzten Flächen, die Behaglichkeit des Hauses. Sie bewunderte die Art, wie er sein Leben eingerichtet hatte.

An Rand dachte sie nur selten. Sie erhielt keine Briefe von ihm, nicht einmal, als die Geburt ihres Kindes näherrückte, aber er wußte ja auch nicht, wohin er hätte schreiben sollen.

24 Er durchstieg die Nordwand des Triolet und den *éperon*-Grat der Droites, alleine. Er hätte einen Begleiter finden können, fast jeder hätte die Chance ergriffen, aber er verließ Chamonix alleine, und aus dem einen oder anderen Grund begann er, auf diese Weise zu klettern.
Der Triolet ist steil, das Eis, das ihn bedeckt, schmilzt nie. Man benutzt Steigeisen zum Klettern, die an den Stiefeln befestigt werden. Sie haben zwei Frontzacken, die man ins Eis stoßen kann. Sie halten das ganze Körpergewicht.
Er machte sich früh auf den Weg. Die Wand war wie ein gewaltiger, abwärtsströmender Fluß, der mit zunehmender Höhe immer steiler wird. Sein Atem war kalt. Seine Steigeisen knackten in der Stille. Er arbeitete sich methodisch voran, in jeder Hand einen Pickel. Er verlor sich im Rhythmus. Der Gedanke, abzurutschen – er wäre den Hang hinuntergeschossen, als wäre der aus Glas –, kam ihm erst, als er weit oben war, und auf merkwürdige Weise. Er hatte einen Moment innegehalten, um sich auszuruhen. Die Frontzacken seiner Steigeisen waren nur ein kurzes Stück ins Eis gerammt, kaum mehr als einen Zentimeter – dieser Zentimeter würde nicht versagen. Eine Art Glücksseligkeit überkam ihn, als er dies begriff, ein Gefühl der Unverwundbarkeit, mit nichts zu vergleichen, was er je erlebt hatte. Es war, als hätte ihn der Berg geweiht; er wies das nicht zurück.
Er war glücklich, gehalten durch die kleinste Spitze Stahl, über alle Schwierigkeiten erhaben, jenseits aller Ängste. So

muß sich das Ende anfühlen, dachte er beklommen, ein berauschendes Gefühl der Freude vor dem allerletzten Moment. Er sah an seinen Füßen vorbei nach unten. Die Tiefe war blendend. Weit über ihm lag ein großer Eisblock. Es gab zwei Wege daran vorbei, nur zwei Wege.

Jeder Schritt, jeder Tritt ins Eis, methodisch, sicher, brachte ihn weiter hinauf. Er dachte an Bray. Einen Moment war es, als wäre er da. Diese einsamen Wände, diese Tage waren noch die seinen, er lebte in ihnen. Zerschmettert und tot, war er dennoch nicht fort. Er war nicht verschwunden, nur von der Bühne abgetreten. Der Tag brachte Erinnerungen an ihn zurück und ein Gefühl des Triumphs, als er an dem Überhang vorbeikletterte, in Erwartung des Ausblicks am Gipfel.

Man sah ihn oft, das Seil über der Schulter, den Rucksack auf dem Rücken, auf dem Weg hinaus. Er mache nur einen Spaziergang, sagte er. Am Morgen erwachte er zwischen Bergspitzen, unglaublich weiß vor dem stummen Himmel. Es gibt etwas, das größer ist als das Leben der Städte, größer als Geld und Besitz; es gibt eine Männlichkeit, die einem nie genommen werden kann. Dafür gibt man alles.

*Etwas Merkwürdiges ist mir passiert*, schrieb er Cabot, *ich habe jede Angst vor dem Tod verloren. Ich klettere momentan allein. Ich habe die Nordwand des Triolet und den Coutrier auf der Verte bestiegen. Fantastisch. Ich kann es nicht erklären. Was passiert in den Staaten? Was hast Du gemacht?*

Es war nicht nur die Einsamkeit, die ihn verändert hatte, sondern ein neues Verständnis. Worauf es ankam, war, Teil des Lebens zu sein, und nicht, es zu besitzen. Er kannte noch immer die Qual gefährlicher Klettertouren, aber er nahm sie anders wahr. Es war ein Tribut; er war gewillt, ihn zu zahlen. Eine geheime Freude erfüllte ihn. Er beneidete niemanden. Er war weder arrogant noch schüchtern.

Anfang August traf er in der kleinen Schutzhütte auf der Fourche ein. Es war Abend. Auf dem langen Treck über den Gletscher hatte er die Pointe Lachenal passiert, den Grand Capucin. Die Sonne war hinter dem Mont Blanc verschwunden. Er ging den Weg im Zwielicht.

Die Hütte war fast belegt. Die gewaltige Wand des Mont Blanc direkt gegenüber war in der Dunkelheit versunken. Wenn gesprochen wurde, waren die Stimmen leise. Die meisten Bergsteiger schliefen schon.

»*Bonsoir*«, sagte jemand im Flüsterton. Es war ein Bergführer, einer der jüngeren. Rand kannte ihn vom Sehen.

»*Bonsoir.*«

»*Beau temps, eh?*«

»*Incomparable.*«

Der Bergführer drehte die Hand hin und her – wer weiß, wie lange es halten würde – und warf einen Blick auf Rands Eintragung im Buch: »Brenva, eh?«

Rand antwortete nicht.

Er machte etwas Suppe und fand einen Platz auf den hölzernen Schlafbänken. Als er die Decke um sich zog, hörte er im Dunkeln ein Husten, das Husten einer Frau. Er wandte den Kopf ein wenig. Er konnte sie nicht sehen. Plötzlich wurde er von Einsamkeit überschwemmt. Die Stärke des Gefühls machte ihm angst. Er lag da und verfiel ins Träumen. Catherin kam auf ihn zu, sie sah aus wie beim ersten Mal, als sie sich trafen. Ihre Neuheit betäubte ihn, genau wie damals. Der kleine Renault, der hinter dem Geschäft parkte, der Geruch ihres Atems, ihr plötzliches Lächeln. Ihr Duft, das Weiß ihrer Unterwäsche, ihr Haar – unmöglich, ihrer je überdrüssig zu werden. Ihr Gesicht zwischen den Kissen, ihr nackter Rücken, das wäßrige Licht des Morgens, in dem ihre Haut schimmerte. Ihre schlanke Hand, die ihn berührte – er konnte diese Dinge spüren, die Bilder in seinem Kopf überstürzten sich. Sie wurde zu einem Harem, einer Herde, seine Gedanken trieben weiter, vervielfältigten sie, als sie aufschrie, als sie heulte wie ein Hund. Die Erinnerung überwältigte ihn. Er lag in der Dunkelheit wie ein Stein.

Bei Sonnenaufgang war der Himmel bedeckt. Es hatte angefangen zu schneien. Niemand würde an diesem Tag klettern. Ein paar Gruppen waren bereits ins Tal aufgebrochen. Er sah die Frau, die gehustet hatte, er hörte, wie sie sich beklagte. Sie war Engländerin, trug einen dicken Pullover und Kletterhosen, die am Knie geöffnet waren. Er sah, wie sie sich das Haar kämmte. Sie drehte sich zu ihm um, fragte: »Was meinen Sie? Wird es aufklaren?«

»Schwer zu sagen.«

»Ich weiß nicht, ob ich ins Tal runtergehen soll oder nicht.« Ihre Stimme schien freundlich. »Wie schaffen Sie es, so ruhig zu bleiben?«

Rand kochte Wasser.

»Kann ich etwas Tee haben?« fragte sie. Sie beobachtete, wie er ihr einschenkte. »Wollen Sie wirklich den Brenva besteigen?«

»Kommt drauf an.«

»Und Sie machen's allein?« Sie nahm sich drei Löffel Zukker. »Legt man es dann nicht geradezu darauf an, daß was passiert?«

»Nicht wirklich«, sagte er.

Sie hatte graue Augen, sah ihn offen an. Sie war Engländerin, aber nicht wie Audrey. Sie war von einem anderen Schlag.

»Aber ein Fehler, und es ist aus. Oder nicht?« Eine Pause. »Mein Führer scheint Sie für eine Art Outlaw zu halten«, sagte sie.

»Na ja. Bergführer schlafen in warmen Betten.«

»Und Sie?«
»Manchmal«, sagte er.
»Das hoffe ich doch.«
»Sind Sie die Saison über hier?«
»Nur für zwei Wochen. Ich bin mit meinem Mann hier, er ist ein sehr guter Bergsteiger, er klettert schon seit Jahren. Momentan ist er allerdings ein wenig gereizt. Er hat sich das Bein verletzt. Er ist auf der Blaitière gestürzt, also bin ich mit einem Führer hier raufgekommen, aber ich glaube, das alles ist ein bißchen viel für mich. Sie sind doch der Amerikaner, der immer alleine klettert, oder? Ich glaub, ich weiß gar nicht, wie Sie heißen.«
»Rand.«
»Ja, genau. Rand ...?«
»Vernon Rand.«
»Ich hab Sie gestern abend reinkommen sehen. Ehrlich gesagt, hat es mir angst gemacht. Ich war mir nicht sicher, ob es richtig war, überhaupt hier rauf zu kommen. Als ich Sie gesehen habe, wußte ich, daß es falsch war.«
»Sie sind doch mit einem Führer hier.«
Er beobachtete sie vom anderen Ende des Zimmers.
»Selbst wenn ich mit dreien hier wär«, sagte sie.
Ihr Name war Kay Hammer, sie wohnte im Hôtel des Alpes. Sie brach gegen Mittag auf. Bis dahin war der Schneefall stärker geworden. In dieser Nacht waren sie nur zu viert, und zwei von ihnen gingen am nächsten Tag ins Tal zurück.
Es gab jetzt viele Decken. Er lag eingemummt da, schlief immer wieder ein, wachte auf und sah, daß es immer noch schneite. Die Blechwände knarrten im Wind. Außer ihm war nur noch ein Mann da. Sie wechselten kein Wort.
Der Sturm dauerte drei Tage. Danach bedeckten tiefe Wolken die Gipfel.

Am sechsten Tag öffnete sich gegen Mittag die Tür und ein Mann kam herein, trat sich den Schnee von den Füßen. Es war Remy Giro.

»*Salut*«, sagte er.

»Sie sind seit einer Woche der erste, der durch diese Tür tritt.«

»Das glaub ich gern. Es ist furchtbar da draußen. Haben Sie etwas Suppe?«

»Nein, wollen Sie Tee?«

»Irgendwas«, sagte Giro. Er sah zu, wie der Ofen angezündet wurde. »Was haben Sie hier oben gemacht?«

»Nicht viel.«

Giro sah zu dem jungen Mann hinüber, der am anderen Ende der Hütte saß.

»Es war voll, als ich herkam«, erklärte Rand. »Es ist interessant, wie sie alle nacheinander verschwinden. Zuerst die Führer und ihre Kunden, dann die, die eigentlich sowieso nicht klettern wollten. Dann die Engländer, weil sie kein Essen mehr haben. Zum Schluß gibt's nur noch mich und« – er machte eine Geste nach hinten – »das Phantom.«

»Glauben Sie nicht, daß es in der Stadt bequemer wäre?«

»Bequemlichkeit tötet«, sagte Rand leichthin.

»Haben Sie gehört, was passiert ist?«

»Nein, was?«

»Haben Sie die Hubschrauber nicht gehört?«

»Was ist passiert? Ein Unfall?«

»Zwei Italiener sitzen auf dem Dru fest.«

»Wo?«

»Einer ist schwer verletzt.«

»Kein Wunder. Wo auf dem Dru?«

»In der Westwand, weit oben. Über der neunzig Meter-Verschneidung. Die Wand ist ein einziger Eisblock.«

Sie hatten dreiviertel der Strecke zurückgelegt und waren dann von schlechtem Wetter überrascht worden. Sie hatten alles Erdenkliche versucht, um abzusteigen; aber das Eis war zu gefährlich. Am zweiten Tag, als ihnen klar wurde, daß sie etwas unternehmen mußten, begannen sie, wieder aufzusteigen, um den Gipfel zu erreichen. Dann war einer von ihnen gestürzt. Sie befanden sich kurz unterhalb der Überhänge.

»Sie sind jetzt eine Woche da oben.«

»Leben sie noch?«

»Heute morgen schon. Sie haben alles versucht, um an die beiden ran zu kommen. Sie haben sogar ein Drahtseil von oben herabgelassen, aber es hing zu weit hinaus. Jetzt versuchen sie, an der Nordwand hochzusteigen und zu ihnen rüberzuklettern.«

»Wer versucht das?«

»Alle. Die Gendarmen, die Gebirgsjäger.«

»Was ist mit den Führern?«

»Ja, natürlich. Die Bergführer.«

»Die geben Ratschläge.«

»Nein, nein. Sie versuchen es auch. Zweihundert Mann sind beteiligt.«

»Warum steigen sie nicht die Westwand hoch?«

»Ahh«, sagte er.

»Haben sie es versucht?«

»Ich glaub nicht«, sagte Remy.

»Nicht mal die Führer?«

»Die Führer versuchen es an der Nordwand.«

»Natürlich. Vielleicht finden sie da ja noch jemanden«, bemerkte Rand.

»Sie tun, was sie können«, verteidigte sie Remy.

Rand nickte. Er begann, Sachen in seinem Rucksack zu verstauen. »Fünf Tage?«

»Viel länger wird es nicht mehr dauern«, sagte Remy ruhig.
»Wer ist das da drüben? Kennst du ihn?« fragte Rand.
»Ich hab ihn in der Stadt gesehen.«
»Kann er klettern?«
»Wahrscheinlich. Warum sollte er sonst hier sein?«
Rand rief ihn. Der junge Mann sah ohne Eile herüber.
»Lust auf 'ne Tour?« fragte Rand. Als Antwort kam eine kleine, fast gleichgültige Geste. »Los, komm«, sagte er.

## 25

In Chamonix hatten die Anstrengungen ihr letztes Stadium erreicht. Es bestand wenig Hoffnung. Die vielen Versuche der Rettungsmannschaften machten es nur noch schmerzlicher, eindeutiger. Ruhig, wissend – denn Chamonix kannte seine Berge –, beobachteten die Menschen das Unabwendbare. Die zwei Italiener, die auf dem höchsten Teil des Dru festsaßen und es bisher irgendwie geschafft hatten, am Leben zu bleiben, waren verloren.

Es stimmte, daß sie versucht hatten, von oben ein Drahtseil herabzulassen. Es hing zu weit von der Wand entfernt in der Luft. Die Verhältnisse waren unvorstellbar. Ein Rettungsmann war bereits ums Leben gekommen.

Rand, der durch die Straßen ging und Leute suchte, die er kannte, stieß auf einen Freund von Bray.

»Hast du Lust, es zu versuchen?«

»Sind nicht schon Hunderte da oben?«

»Nicht da, wo wir hingehen«, sagte Rand.

»Ich war noch nie auf dem Dru.« Er war Lehrer, ernst, etwas schüchtern. Er hatte sehr rote, fast fiebrige Lippen und kräftiges Haar. Sein Name war Dennis Hart. »In Ordnung«, sagte er.

Sie konnten sich von der Armee zusätzliche Ausrüstung borgen, ein Funkgerät, sogar etwas Proviant. Auf dem Weg zurück in die Stadt warben sie noch einen weiteren Bergsteiger an, einen Franzosen, Paul Cuver.

»Wir werden um sieben abends oben sein«, erklärte ihm

Rand. »Sie bringen uns mit dem Hubschrauber zum Fuß des Dru.«

»Mit dem Hubschrauber?«

»Genau.«

Sein Plan war einfach. Alle anderen Rettungsmannschaften hatten ihn von vornherein verworfen. Er wollte es nicht auf der günstigsten, sondern der direktesten Route versuchen. Er wußte nicht, wie schlecht die Bedingungen da oben sein würden, aber er kannte die Route. Sie würden Fixseile stehen lassen, um den Abstieg zu erleichtern. Wenn sie am Abend am Fuß des Dru einträfen, könnten sie die Italiener mit viel Glück am zweiten Tag erreichen.

Sie warteten an jenem Abend bis acht Uhr. Der Hubschrauber tauchte nicht auf. Schließlich gaben sie die Hoffnung auf und nahmen den Zug nach Montenvers, kurz vor Dunkelheit ging noch ein Sonderzug. Ein Mädchen aus der Hotelküche dort gab ihnen Kaffee. Sie saßen auf dem Boden neben dem Eingang. Die Fenster des Speisesaals waren erleuchtet, und Leute aßen zu Abend.

Es war nach zehn, als sie die Stahlleitern hinunterkletterten, die zum Gletscher führten. Der Himmel war schwarz. Sie konnten weder über noch unter sich etwas sehen. Der kalte Atem der Eiszeit stieg ihnen entgegen. Zum ruckhaften Schein der Stirnlampen machten sie sich auf den Weg. Auch in den trostlosesten Stunden der Nacht knarzte der Gletscher unter ihren Füßen. Von unten hörte man das Geräusch des verborgenen Wassers.

Auf der anderen Seite begann der Pfad bergauf. Die Rucksäcke waren schwer. Von Zeit zu Zeit rutschte jemand aus und fiel im Dunkeln hin. Es wurde kälter, ob aufgrund der späten Stunde oder der Höhe konnte man nicht sagen.

Um zwei Uhr morgens erreichten sie den *rognon*. Sie krochen in ihre Schlafsäcke und legten sich hin, wo Platz war. Der junge Bergsteiger aus der Schutzhütte, Hilm, hatte keinen dabei. Er schlief im Sitzen, gegen seinen Rucksack gelehnt, eine abgetragene Jacke über den Kopf gezogen.

Tageslicht weckte sie. Es war nach sechs. Am Himmel zeigten sich blaue Flecken. Die Wolken sahen dünn aus. Der Dru war dunkel und drohend, von Schnee bestäubt. Gleich einer riesigen Orgel in einer Kathedrale, schien er tiefer, beklemmender Klänge mächtig.

Auf dem unteren Teil schien wenig Eis zu sein. Ob es weiter oben schlimmer wurde, war es schwer zu sagen. Das Gipfelstück, an dem sich die Felsdächer stauten, lag hinter Wolken verborgen.

»Kannst du da oben irgendwas erkennen?«

Rand hatte das Fernglas.

»Nein«, sagte er.

»Wo genau sind sie?«

»Ich bin mir nicht sicher«, sagte Rand.

»Es liegt schrecklich viel Schnee da oben.«

»Trinken wir etwas Tee.« Er holte bereits die Sachen heraus, um ihn zu bereiten. Seine Augen brannten vor Übermüdung. Seine Glieder fühlten sich steif an. »Sieht nicht schlecht aus. Scheint sich aufzuklären.«

Kurz darauf kam das schwache, zaudernde Geräusch eines Hubschraubers. Er war noch weit entfernt. Schließlich sahen sie ihn das Tal hinaufkommen. Er drehte in Richtung Dru ab.

»Warum funkst du ihnen nicht und fragst, was los ist? Vielleicht ist was passiert«, sagte Dennis.

»Was soll passiert sein?«

»Ich weiß nicht. Vielleicht sind sie schon tot.«

Sobald sie es anstellten, hörte man aus dem Funkgerät ein

undurchdringliches statisches Rauschen. Es war schwer, irgend etwas zu verstehen. »*Allô, allô*«, rief Rand. Der Hubschrauber war fast direkt über ihnen. »*Les italiens*«, wiederholte er, »*comment vont-ils?*«
Der Hubschrauber legte sich nahe der Wand in die Kurve. Rand hielt sich das Gerät ans Ohr. Er hörte Stimmen, die er nicht verstand. Dann, schwach: »*Ils agitent leurs mains ...*«
»Was hat er gesagt?«
»Sie winken. Sie leben.«
»Oh. Gut«, brummte Dennis.
Sie aßen mit schmutzigen Fingern Brot und Marmelade, sortierten die Ausrüstung. Rand und Dennis würden vorsteigen, die anderen beiden folgen. Das Couloir sah sicher aus. Sie würden es versuchen. Sie stiegen zu den Schneefeldern hinab.
Am Fuß des Berges blickte Rand hinauf. Von hier gesehen hatte er seine Form verloren. Kalt wie Stahl schien er immer weiter in den Himmel zu ragen. Hatte er ihn wirklich bestiegen? Hatte er ihn zweimal bestiegen?
»Na, du Hurensohn«, murmelte er.
Es war sieben Uhr. Sie hatten mindestens zwölf Stunden Tageslicht. Er stand dort, er war größer als die anderen, fast linkisch, storchenhaft. Er trug eine Strumpfmütze unter dem Helm. Cuver bekreuzigte sich mit kaum sichtbarer Handbewegung. Sie machten sich nicht die Mühe, sich anzuseilen, und begannen zu klettern.

# 26

Dennis war seit drei Wochen in Chamonix. Er war zum ersten Mal da. Er hatte niemals zuvor, hier oder in England, einen Hang wie diesen bestiegen oder es sich auch nur vorgestellt. Er konnte nicht glauben, was er tat. Er erwartete jeden Moment, nicht weiter zu können. Er wagte nicht, darüber nachzudenken. Spät am Morgen, während eine furchteinflößende Seillänge auf die nächste folgte, fand er sich, kaum wissend, wie ihm geschah, an der schreckenerregendsten Wand wieder.

Das Klettern war schwerer, als er sich je vorgestellt hatte. Der Schnee mußte von den Griffen entfernt werden. Weiter oben war Eis, glattes, unnachgiebiges Eis, das nicht völlig weggeschlagen werden konnte. Seine Hände waren kalt. Er behauchte die Finger, krümmte und streckte sie, versuchte, sie zu wärmen.

An mehr als einer Stelle rief er nach dem Seil, er wäre da sonst nie hochgekommen. Sein Helm hing schief, seine Ausrüstung war ungeordnet. Er war auf einer kleinen Klippe dicht am Boden, redete er sich ein, es war heikel, aber ohne wirkliches Risiko. Wenn nötig, könnte er herunterspringen, sagte er sich. Er durfte sich von der Gewaltigkeit der Wand nicht beeindrucken lassen; wenn er das tat, war er verloren. Was immer die anderen auch dachten, er wußte, daß sie die verunglückten Bergsteiger nie erreichen würden. Was sonst noch passieren mochte, konnte er sich nicht einmal vorstellen. Alles, was ihn weiterklettern ließ, alles, was ihn davor bewahrte, in Panik auszubrechen, war eine Art Benommenheit, eine absolute Konzentration auf jeden Griff und ein vollkommener, ein instinktiver Glaube an die hochgewachsene Gestalt über ihm.

Die Wolken hingen tiefer. Um zwei Uhr nachmittags fing es wieder an zu schneien.

»Es zieht sich zu«, war alles, was Rand sagte.

Dennis wartete auf etwas mehr.

»Sollten wir nicht umkehren?«

»So schlimm sieht's nicht aus. Du bist schon in schlechterem Wetter geklettert.«

»Ehrlich gesagt, nicht.«

Dennis klammerte sich neben ihm fest und wartete. Der Schnee kam von der Seite, stach in den Augen.

»Hier können wir nicht bleiben«, sagte Rand. Er sah nach oben, um die Route zu finden. In seinen abgetragenen Kleidern und mit seinem unrasierten Gesicht sah er wie ein Verlierer aus, jemand, der an das Scheitern gewöhnt war. Es war egal. Er würde es schaffen. Dies war kein bloßer Aufstieg. Er klammerte sich an die Flanke eines Ungeheuers. Er hatte die Zähne in das große Tier geschlagen.

Am Abend biwakierten sie im Sturm. Der Wind blies ihre Streichhölzer aus. Die kleinste Handlung nahm ungeheure Dimensionen an. Sie waren naß und kalt. Cuver saß zusammengekauert neben Rand. Weiter hinten auf der anderen Seite saß Hilm, halb verdeckt, der sichtbare Teil seines Profils ausdruckslos, in sich gekehrt, als wären sie noch auf der Fourche. Rand hatte keine Ahnung, was in ihm vorging. Seine eigenen Gedanken, zwanghaft, zäh, trieben hinaus wie eine Meeresströmung, die sich über endlose Kilometer erstreckte. Er dachte an Cabot und die Nächte, die sie gemeinsam verbracht hatten.

Er erinnerte sich an Cabot. Es gibt Männer, die dazu bestimmt scheinen, immer als erste zu gehen, die den Weg bestimmen. Sie sind voller Zuversicht, sie sind die ersten, die die Grenzen des Lebens überschreiten. Was man auch lernen kann, sie eignen es sich vor den anderen an. Ihre bloße Existenz verleiht Kraft und treibt einen voran. Liebe und Eifersucht vermischten sich dort in der Dunkelheit, Neid und Verzweiflung.

Von oben glitt der Schnee in luftigen Flächen herab. Keiner von ihnen schlief. Sie saßen bis zum Morgengrauen still und dicht zusammen auf einem schmalen Band, an den Fels gefesselt.

Der Himmel klarte auf. Früh am Morgen hörte es auf zu schneien. Sie kletterten den ganzen Tag, zuerst langsam und dann schneller, die Körper aufgewärmt, das eisige Band der Nacht lag weit hinter ihnen. Am Nachmittag trat die Sonne durch die Wolken. Das gab ihnen neuen Mut. Sie hörten den Hubschrauber, sahen ihn aber nicht.

Dennis hatte seine Angst kletternd überwunden. Ein fast schwindelerregendes Glücksgefühl überkam ihn. Er war einer von ihnen, er behauptete sich.

Weit über ihnen hing das lose Ende eines Seils herab. Rand zeigte darauf.

»Da sind sie«, sagte er.

»Wo?«

»Siehst du das?«

»Nein, wo genau?«

»Unter den Überhängen. Da. Paul!« rief er hinunter. Ein Gesicht blickte nach oben. Er zeigte wieder, gerade hinauf.

»Ich seh's«, rief Dennis. »Da ganz oben.«

»Wir werden sie heute nicht mehr erreichen.« Er legte die Hände um den Mund. »Hallo!« rief er. Der Laut verhallte in

der Leere. Es kam keine Antwort. »Wir kommen!« rief er. »*Veniamo!*« Er machte eine Pause. »Könnt ihr was hören?«
»Nein.«
»Hallo!« rief er. »Haa-llo!« Er wartete. Die Unermeßlichkeit der Wand war die einzige Antwort. Er rief so laut er konnte: »Wir kommen!«
Als Antwort schwebte, langsam wie ein Traum, etwas Weißes, ein Stück Stoff, ein Taschentuch herab. Sie hatten sie gehört. Sie lebten.
Die Wolken lagen in einer Schicht, glatt wie Wasser. Sie hatten ihre Schwärze, ihre Dichte verloren. Darunter war ein Streifen freier Himmel, ein schmaler Horizont, erdrückt vom Licht.
Sie riefen die Italiener von ihrem zweiten Biwak aus. Ein Kopf tauchte auf, vorsichtig, fast gleichgültig. Rand winkte. Am Morgen würden sie bei ihnen sein.

27 Groß, erschöpft, ein kindliches Lächeln auf dem Gesicht – das war das Bild, das unfaßlich aus der Leere auftauchte. Die zwei Italiener hatten neun Tage auf dem schmalen Band gekauert. Neun Tage der Erschöpfung, schrecklicher Kälte, und der Erwartung, daß sie sterben würden.

Es war der Mann, der verletzt war; er hatte sich die Schulter gebrochen. Das Mädchen, das so heruntergekommen aussah wie er, hatte außergewöhnlich weiße Zähne. Sie sagte etwas auf italienisch. Rand konnte sie nicht verstehen.

»*Parl' italiano?*« fragte sie.

Ein bißchen, zeigte er ihr an.

»*È spaccato*«, sagte sie.

»Ah, *spaccato*«, wiederholte Rand, ohne zu begreifen. Dennis befand sich direkt unter dem Band.

»Komm rauf«, sagte Rand zu ihm. »Kannst du Italienisch?«

»Wir bekommen Besuch«, sagte Dennis, als er oben war.

»Was meinst du?«

»Da unten. Sieh mal.«

Es war die andere Rettungsmannschaft, die der Bergführer. Sie waren von der Nordwand herumgekommen und befanden sich direkt unter ihnen. Sie riefen ihm etwas zu.

Zwei Rettungsmannschaften, die zur gleichen oder fast zur gleichen Zeit ankamen – die Geschichte erreichte Chamonix am Nachmittag. Was sie noch außergewöhnlicher machte, war der Dialog, der zwischen beiden stattfand. Die Bergführer waren über eine einfachere Route gekommen, und sie waren zu siebt. Sie wollten die Italiener bergen. Nein, erklärte ihnen Rand. Der Hubschrauber flog vorbei, in Montenvers hatten sich Zuschauermengen gebildet.

»Nein«, sagte er. »Wir waren zuerst hier. Sie gehören uns.«

Vor der sonnenbeschienenen senkrechten Wand, bunt gemischt und entspannt, saßen die vier Amateure, denen die Rettung gelungen war – in jeder europäischen Zeitung sollten Fotos erscheinen und die entschlossene Antwort an die Bergführer: *»Ils sont à nous.«* In Chamonix herrschte trotzdem eine wundervolle Atmosphäre der Zufriedenheit, als wäre der Ruf der Stadt gerettet worden.

Am Abend erreichten sie auf halbem Weg nach unten ein Band. Das Wetter war den ganzen Tag über mild gewesen. Der kleine Kocher brannte in der Dämmerung. Das Schlimmste schien hinter ihnen. Eine halbgefüllte Tasse Bouillon ging von Hand zu Hand, bis sie den verletzten Mann erreichte.

*»Molto grazie«*, murmelte er. Er würde niemals den Mut seiner Retter vergessen, sagte er später im Krankenhaus. Auf seinen Wangen ein schwarzer, zwei Wochen alter Bart. Seine Verlobte saß neben ihm.

»Wir konnten nicht weiter«, sagte sie auf italienisch. »Überall war Eis. Nachdem Sergio gefallen war, konnte er seinen Arm nicht mehr gebrauchen. Wir hatten sehr wenig zu essen. Das schlechte Wetter hielt an. Wir waren am Ende. Dann kam dieser schöne Amerikaner«, rief sie.

Sie hatte ein breites Gesicht wie eine Asiatin und einen seidigen dunklen Schnurrbart. Sie war voller Leidenschaft und Leben. *Questo bel' Americano* … als sie zum *rognon* zurückkehrten, wurde er zusammen mit den anderen fotografiert, sie saßen da, gelassen wie Fischer. Als sie in die Stadt zurückgekehrt waren, verschwand er. Er schlüpfte durch die Hintertür in Giros Sportgeschäft in ein kleines Büro, wo ihn Remy fand, eine Mandarine essend. Er wollte nicht mit Reportern reden. Er wollte die Freude genießen, berüchtigt zu sein, unbekannt zu sein.

Es sollte nicht so einfach werden. Sie suchten ihn überall, die Stadt bot ihm kein Versteck. Remy kam zurück, um ihm zu sagen, daß sie vorne im Geschäft waren.

»Hör mal, sie werden dich nicht in Ruhe lassen.«

»Wissen sie, daß ich hier bin?«

»Die Reporter? Nein, natürlich nicht. Sie wollen nur Ausrüstung kaufen, was denkst du denn?« sagte er.

Jemand war bereits an der Tür.

Rand versuchte, an ihnen vorbeizuschlüpfen, er weigerte sich zu reden.

Sie ließen ihn nicht in Ruhe, er war zu einzigartig, zu bizarr.

»Nein«, sagte er ihnen. »Nein.«

»Jetzt kommen Sie schon. Es sind doch nicht wir, die Sie sehen wollen«, sagte einer von ihnen.

Er war immer ein Schauspieler gewesen, er war nur nie entdeckt worden. Jetzt, auf dem Parkplatz vor dem Hôtel des Alpes, bekam er seine Rolle. Er war müde, aber voller Charme. Geduldig hörte er den Fragen zu und versuchte, sie zu beantworten. Er hatte ein schüchternes Lächeln, manchmal wurde es breiter, ein Lächeln, das auf einem Lächeln lag. Sein langes Gesicht erschien auf den Bildschirmen Frankreichs, hager, natürlich, der Wind blies ihm durchs verschmutzte Haar. Ob er sich als Held fühle, fragten sie ihn.

»Ein Held?« sagte er. »Nein, nein. Es hat nichts mit Heldentum zu tun. Es ist mehr eine Schuld, die ich dem Berg gegenüber hatte. Außerdem war ich nicht allein. Wir waren zu viert, ich war nur einer davon.«

An diesem Abend sahen sie ihn von ihren Eßtischen aus,

zwischen Nachrichten über Minister und Schiffsunglücke. Frauen beobachteten durch Küchentüren, wie er schüchtern zu Boden blickte.

Dies sei der Berg, den er mit Cabot bestiegen habe, und noch einmal mit Bray. Bray sei tot.

»Ja.«

»Die großen Wände fordern ihren Preis.«

»Nein, nicht so«, sagte er. »Man muß zahlen, ja. Man muß alles geben, aber man muß nicht sterben.«

Sie sahen ihn in Altersheimen, in Cafés. Catherin, in den letzten Wochen ihrer Schwangerschaft, sah es in dem großen Haus in Izeaux. Vigan saß neben ihr. Sie konnte spüren, wie sich das Kind in ihr bewegte. Sie saß ruhig da. Sie wollte die Intensität ihrer Teilnahme und den Stich, den sie ihr versetzte, nicht zeigen. Sie fühlte sich schwach.

»Aber John Bray ist in der Eigernordwand ums Leben gekommen ...«

Rand schwieg. »Ja«, gab er zu. »Ich trauere um Bray. Nicht wirklich um ihn, um mich selbst.«

»Was meinen Sie damit?«

Ach, na ja, er konnte das nicht beantworten. »Er ist gestorben, aber damit ist es nicht zu Ende«, war alles, was er sagen konnte.

»Wenn man sich überlegt, die Bergführer von Chamonix«, sagte Vigan, »die Gendarmerie, die Armee, alle zusammen ...« Er beendete den Satz nicht. Er erhob sich und sah den Rest im Stehen an.

»Sie lieben die Berge ...«, sagten sie.

»Nicht die Berge«, antwortete er. »Nein, nicht die Berge. Ich liebe das Leben.«

Wer ihm nicht glaubte, mußte blind sein. Die Menschen erinnerten sich. Es brachte ihm einen Namen ein. »*Bonjour*,

*monsieur*«, grüßte ihn die Frau in den *douches*. Seine Ehrlichkeit hatte die Leute berührt. Das erschöpfte, engelsgleiche Gesicht, erfüllt von Glück, blieb im Gedächtnis haften.
An dem Abend war er sorglos, unbeschwert. Er ließ sich das Glas füllen und durchlebte den Aufstieg noch einmal. Danach übernachtete er in Remys Haus. Er schlief wie das erste Mal, vor langer Zeit, als wäre die ganze Erde sein Schlafgemach. Er schlief unbeschwert, mit geschwollenen Händen.
Als er aufwachte, war er berühmt. Sein Gesicht blickte einem von jeder französischen Zeitung entgegen. Es erschien an jedem Zeitungsstand, in den Seiten von Zeitschriften, sein Interview wurde von Arbeitermädchen im Bus auf dem Weg nach Hause gelesen. Durch ihn wurde plötzlich ein Hauch von etwas Unverdorbenem in die kleinen Zimmer getragen, die Häuser, die gewöhnlichen Straßen. Zweihundert Jahre hatte sich Frankreich die Vorstellung vom edlen Wilden bewahrt, einfach, wahrhaftig. Unerwartet war er aufgetaucht. Sein Bild reinigte die Luft wie Regen. Er war der Gesandte eines Geschlechts, das man vergessen hatte, großmütig, ohne Angst, mit einem heiligen Lächeln und dem Gefäßsystem eines Marathonläufers.

28 In den Straßen von Paris kurbelten Autofahrer ihre Fenster herunter und riefen ihm zu. Es war erstaunlich. Die Menschen drehten sich schon wegen seines Gesichts um. Jemand kam auf ihn zu, und innerhalb von Minuten hatte sich eine Menschentraube um ihn gebildet. Sie hatte ihn zu einem der ihren gemacht.

»*Mon légionnaire*«, spottete Colette. »Wie gefällt dir das, ganz Paris zu deinen Füßen?« Ihr gefiel sein Ruhm. Sie nahm ihn wie selbstverständlich hin. Nach Catherin erkundigte sie sich nicht. Sehr wahrscheinlich wußte sie, was geschehen war. Ihr Apartment lag im obersten Stock eines Hauses in der Nähe des Place des Vosges. Sie hatte ein paar Leute auf einen Drink eingeladen – alle wollten ihn kennenlernen. Flaschen und Gläser auf dem Tisch, die Balkontüren geöffnet – wie schön schien die Stadt, die eleganten, ergrauten Häuser, die Bäume, an der Ecke die Reihe wartender Taxis, der Verkehr, das Abendlicht. Ihre Freunde waren Journalisten, Frauen, Geschäftsleute. Sie waren lebhaft, gut gekleidet. Sie hatten ihren Platz im Leben gefunden.

»Wie klettert man ganz allein?«

»Allein?« rief eine Frau. »Ist das wahr?«

»Sagen Sie, was schützt Sie?« sagte jemand.

Er sah sich an der gegenüberliegenden Wand in einem Spiegel zwischen bloßen Frauenarmen, den Hinterköpfen von Männern. Der Rauch und das Gemurmel der Unterhaltung hingen im Raum.

»Im Grunde schützt einen nichts«, sagte er. Das Stimmengewirr um ihn wurde leiser. »Es kommt von innen«, erklärte er. »Es ist nicht wie ein Glücksspiel. Es geht nicht darum, Risiken auf sich zu nehmen.« Sie nahmen an, daß ein Bergsteiger mutig sein mußte, daß er wie ein Boxer unterschwellig die Kraft zum Töten in sich barg. »Man ist auf alles vorbereitet«, erklärte er ihnen. »Wenn man mit dem Fuß abrutscht, hat man noch seine Hand. Man versucht nie etwas, wenn man nicht sicher ist, daß man es schafft. Es ist eine Frage der inneren Einstellung. Man muß daran glauben, daß man nie abstürzen wird.«

*»Ne pas monter bien haut, peut-être«*, zitierte eine Frau, *»mais tout seul.«*

»Was meinen Sie?«

»Rostand«, sagte sie. Sie trug eine Seidenbluse und Halsketten aus Elfenbein. Da war etwas an diesen Frauen, sie waren so sicher, so ruhig und klug.

Später hatte sich ein fast ozeanisches Blau über den Himmel gelegt. Der Fernseher lief. Er saß betrunken auf einem Sofa. Die Leute unterhielten sich immer noch angeregt. Colette fuhr mit ihrem Finger über einen von seinen.

»Werd ich diese Nacht alleine verbringen?« fragte sie. Sie sah auf seine Hand. Ihr Gesicht war erstaunlich jung.

Paris und der Triumph. In seiner Tasche steckten zweitausend Franc für die Rechte an den Fotos von der Rettung. Wie leicht es ihm zugefallen war. Er erinnerte sich an Musik, an die weiche Abendluft. In ihrem Schlafzimmer waren dicke Vorhänge, Sessel, Fische, die sich in einem grünlichen, quadratischen Aquarium kaum bewegten. Ihr Morgenrock war halb geöffnet. Sie nahm seine Hände.

»Bist du nicht zu müde?« fragte sie.

Sie hatte ein kluges Gesicht, ein Gesicht, das ihn erkannte.

Ihr Haar war voll, ungeordnet, es roch nach Mandeln. Er schlief fast sofort ein, wie ein Landstreicher in einer Scheune. Am Morgen nahm sie eine Flasche Evian vom Fußboden neben dem Bett auf und trank. Sie bot sie ihm an. Das Bett war groß. Sie schlief, rauchte, aß Äpfel darin. Ihr Gesicht war nackt, ihr Atem ein wenig schal. Ihre Arme waren an den Achselhöhlen leicht gelblich, ansonsten hätte sie dreißig sein können.

»Du warst gestern abend ein richtiger Erfolg.«

»Wirklich?«

»Obwohl du nicht mit zum Essen gehen wolltest.«

»Nein«, sagte er, »ich bin wie ein Tier. Ich esse, wann ich will, ich schlafe, wann ich will.«

»Ja, das hab ich gemerkt.« Eine kurzbeinige Katze mit zerbissenen Ohren stieg über sie hinweg. *»Bonjour, Pilou.«*

Dann würde sie eben zwei Tiere haben, sagte sie gutgelaunt. Trotz der Enttäuschung der ersten Nacht, war sie bereit, ihn so zu akzeptieren, wie er war. Jetzt war Morgen; sie setzte sich auf und kämmte ihr Haar. Die Vorhänge blieben geschlossen, das Mädchen zog sie mittags auf.

Colette kümmerte sich um ihn, sie beriet ihn, brachte seine Kleider in Ordnung. Er war faul, räkelte sich in der Wärme der Selbstzufriedenheit, außerstande, Dinge selbst beurteilen zu können. In der Zeitung erschien ein Artikel, den er selbst geschrieben hatte. Er sei absolut albern, sagte sie, affektiert, er klinge nicht nach ihm.

»Was meinst du damit?«

»Man muß mehr oder minder intelligent sein, wenn man Meinungen äußern will«, sagte sie.

»Ach, wirklich?«

»Ja, wirklich.«

Er bekam Werbeangebote. Er lehnte sie ab.

»Also das zum Beispiel ist nun wirklich nicht intelligent«, sagte sie. »Ich meine, es ist doch nichts Schlimmes dabei. Die Leute mögen dein Gesicht, warum sollen sie es nicht zu sehen kriegen?«
Es sei gegen seine Prinzipien, sagte er ruhig. Es sei nicht nur gegen seine Prinzipien, sondern mehr noch, es sei etwas, was er verabscheue.
»Ach so, darum geht es.« Sie zuckte nur mit den Achseln. »Die Leute wissen, daß man ein wenig Geld annimmt, es ist ihnen egal. Was du getan hast, ist unbezahlbar. In Rom hat man seine Helden belohnt«, sagte sie. »In Genua hat man ihnen Häuser geschenkt.«
»Dadurch wird es auch nicht besser.«
»Du hast *Paris Match* die Fotos verkauft«, erinnerte sie ihn.
»Sie wären sowieso veröffentlicht worden.«
»Vielleicht. Sieh mal, Liebling, in zehn Jahren wird sich niemand mehr darüber Gedanken machen.«
»Und wenn ich es tue?«
Sie bewunderte ihn. Es war eine Frage, er wollte ihre Zustimmung. »Ja«, gab sie zu, »da ist was dran. Das einzige Problem ist, bei deinem Lebenswandel gibt es dich dann vielleicht gar nicht mehr.«
Sie war die Welt und er ein Außenseiter, das wurde ihm klar. Hinzu kam, daß sie durch einen Freund sogar noch mehr Geld für ihn rausschlagen konnte. Auf der Rue de Rivoli kaufte sie ihm eine wunderschöne Jacke aus weichem Leder. Es gebe keinen besonderen Grund – sie fühlte sich danach, sagte sie. Er probierte sie vor dem Spiegel an.
»Und?« fragte sie.
Die Illusion des fernen Reisenden verschwand. Zugeständnisse lagen auf seinen Schultern. »Ich sehe aus wie einer deiner Freunde.«

»Ist das so schlimm?«
An diesem Abend aßen sie im Lipp. Ein Filmstar saß am anderen Ende des Raums, verärgert über diesen unbekannten Rivalen. Am Ende des Essens kam er unerwartet an ihren Tisch und schüttelte ihm die Hand. Sein Instinkt war unfehlbar – alle Augen im Restaurant waren auf ihn gerichtet. Er drehte einen Film in Billancourt.
»Kommen Sie doch raus und besuchen Sie mich«, sagte er.
September ging vorüber. Oktober. Der Glanz des Herbstes. Es gibt eine Zeit im Leben, die ewig dauert. Ihr Geschmack, ihr Telefon, ihre Freunde – er übernahm alles. Es gab Nächte, da fühlte er sich, als habe er zu lange getanzt, er sehnte sich nach einem einfacheren Leben. Aber nur kurz. Es ging vorbei. Das große zerwühlte Bett gehörte ihm und keinem anderen, das Mädchen, das viermal die Woche kam, die Jacke aus Handschuhleder, die Küsse auf seiner Hand, als wäre er ein Priester. Er konnte alles tun, er konnte alles haben.
»Würdest du gerne nach Belle Isle fahren?«
»Wo ist das?«
»Es ist eine Insel. Man steigt in Paris in den Zug. Am Morgen ist man am Meer.«
»Es ist wunderbar«, stimmte Simone zu. Sie war die Frau, die an dem ersten Abend Rostand zitiert hatte. »Das Meer, die Felsen, die Luft. Ein einziges Paradies.«
»Im November?« sagte er.
»Das ist die beste Zeit!« riefen sie.
»Laßt mich doch mitkommen«, sagte Simone. »Ich find da schon noch ein Zimmer.«
Colette gab einen kleinen, mütterlichen Schnalzlaut von sich. »Ein andermal«, bemerkte sie.
Als Freundin akzeptierte Simone diese leichte Warnung. Sie

verstand. Sie sprachen noch immer von der wundervollen Einsamkeit, dem Meer, als man von unten ein Krachen hörte. Auf der Straße waren zwei Autos zusammengestoßen. Colette ging auf den Balkon.
»Mein Gott!« rief sie. Jemand war in ihr Auto gefahren, das vor der Tür parkte. »Seht euch das an! Das glaub ich nicht!« Sie lief hinunter. Sie sahen von oben zu.
»Wie schrecklich«, sagte Simone und starrte hinunter. »Ist das ihrer? Der da? Wie kann man so was tun?« Sie spürte, wie eine Hand sie auf dem Rücken berührte. Sie blickte weiter nach unten. »Ich kann das nicht verstehen«, fuhr sie fort.
Ihr Profil verriet nichts, aber ihr Körper unter dem Stoff ihres Kleides hatte sich verändert: Er war unbekannt, aber nicht länger verboten. Ihre Schuhe, ihre Strümpfe, das Gewicht ihrer Brüste, sie wurden schweigend in Besitz genommen. Colette sah hinauf, zuckte gereizt, fast flehentlich mit den Achseln. Sie rief etwas hinauf.
»*Quoi?*«
»*On ne peut pas imaginer!*« rief sie.
Seine Hand bewegte sich sachte, besitzergreifend. Sie schien es nicht wahrzunehmen. Sie blieb regungslos wie ein Vogel in der Deckung. Kein Wort, kein Blick war zwischen ihnen gewechselt worden.
»Tausend Franc mindestens«, sagte Colette wütend, als sie zurückkehrte, »und die Farbe wird nie mehr so sein wie vorher. Könnt ihr euch das vorstellen? Während wir hier oben saßen!«
Ihre Klagen, ihr Pech schienen sie zu isolieren. Sie wollte nicht mit Essen gehen. Sie war zu aufgeregt.
»Du mußt etwas essen. Bitte, komm mit«, sagte Simone.
»Nein, ist schon in Ordnung.«
»Bitte.«

Sie bemerkte nichts. Sie blieb im Apartment zurück. Sie gingen die Treppen hinunter. Sie waren kaum um die Ecke gebogen, als sie sich umarmten.
Eine Frau ist wie die andere. Zwei sind wie zwei weitere. Wenn man einmal damit anfängt, hört es nicht mehr auf.

29 Frauen sind sensibel, sie sind klug. Am Morgen bemerkte sie, daß etwas nicht stimmte, vielleicht war es ein leichter Anflug von Distanz oder sogar ein schwacher, vorher nicht bemerkter Geruch auf seiner Haut. Colette betrachtete ihn im Schlaf. Sie weckte ihn, als sie ging.

»Wieviel Uhr ist es?« brummte er.

»Neun.«

Er drehte sich um. Sie sah auf seine bloße Schulter, die Seite seines Kopfes, ruhig und abschätzend.

»Wo seid ihr gestern abend hingegangen?«

»Hmm?« Er war mit einem Mal hellwach, aber er zeigte es nicht.

»Wo habt ihr gegessen?« sagte sie.

»Daru«, gähnte er. Es war eine Lüge.

»War es schön?«

»Es war okay«, sagte er.

»Ich ruf dich später an.«

Es wirkte irgendwie bedrohlich. Als sich die Haustür schloß, sprang er auf und ging zum Telefon. Simones Nummer stand im Adreßbuch, das daneben lag. Er wählte, aber es meldete sich niemand, sie war schon aus dem Haus. Er lief im Apartment herum, eine Art Panik flackerte in ihm auf. Es war ein bewölkter Morgen. Von der Straße hörte man den Verkehr.

An diesem Abend blieben sie zu Hause. Er fühlte sich unwohl, er versuchte, ruhig zu wirken. Alles, was sie sagte, beunruhigte ihn. Er wußte, daß sie schlau war, scharfsinnig. Er

empfand ein gewisses Unbehagen gegenüber allem, was sie darstellte, das Apartment, der Laden, der Komfort, der sie umgab, die Freunde mit dem Haus auf Belle Isle.
Ihr Gesicht sah plötzlich älter aus. Er konnte es klar sehen, die spröde Haut, die Falten um ihren Mund. Er empfand eine Abneigung gegenüber ihrem Wissen, ihrer Sicherheit. Gleichzeitig wollte er sie nicht aufgeben. Die Abendnachrichten liefen. Das Zimmer war erfüllt von sanft dahinfließendem Französisch, auf das er kaum hörte, und dem Knistern des Holzes im Kamin. Er mußte gegähnt haben.
»Müde?«
»Ein bißchen.«
»Du kannst ja heute früh schlafen gehen«, sagte sie.
»Werd ich wahrscheinlich.«
»Ich fahre dieses Wochenende nach Genf. Möchtest du mitkommen?«
»Genf?«
»Du hast doch sicher schon davon gehört?«
»Wie lange bist du weg?«
»Nur bis Montag.«
»Ich glaub nicht«, sagte er. »Ich werd wahrscheinlich hierbleiben.«
»Wird dir nicht langweilig sein?«
»Nein.«
»Bist du sicher?« Sie betrachtete ihn.
»Ja, ganz sicher.«
»Mmh.«
»Hör mal«, sagte er, »ich glaub, du weißt es sowieso schon. Ich bin gestern abend mit Simone nach Hause gegangen.«
Sie bewunderte die Kühle seines Geständnisses, die Kürze. Sie selbst hätte es nicht besser machen können. »Ja, ich weiß«, sagte sie, ihm in nichts nachstehend.

Er war ein wenig irritiert. »Ich halte nichts von Heimlichkeiten.«
Sie antwortete nicht.
»Bist du nicht wütend?«
»Ich bin nur neugierig, warum du es gemacht hast.«
»Ich weiß es nicht«, gestand er.
»Du hast mich schon satt«, sagte sie ein wenig wehmütig.
»Nein, das ist es nicht«, sagte er.
»Hat es dir nichts ausgemacht, daß es mich vielleicht verletzen könnte?«
»Dich ärgern.«
Sie schenkte ihm ein kurzes, trauriges Lächeln. »Aber was für ein Sinn steckt dahinter?«
»Sinn?« Das Wort überraschte ihn.
»Was ist der Grund?« fragte sie. »Wenn dir jemand vertraut, dann tut es dir also nicht leid, wenn du diesen Menschen betrügst? Von einer Frau zur nächsten zu rennen, von Ort zu Ort, wie ein Straßenköter, das erfüllt dich? Der Held mit den großen Idealen, den schönen Idealen. Dann dreht man ihm einen Moment den Rücken zu, und schon schläft er mit deiner Freundin. Das ist widerlich.«
Er schwieg.
»Sag was.«
»Was?«
»Ich weiß nicht. Sag: Colette, verzeih mir, du hast mir zu viel gegeben, das konnte ich nicht ertragen, ich mußte was tun. Oder: Colette, diese Frau war so hilflos, so dumm, ich wollte wissen, ob sie überhaupt das gleiche Geschöpf ist wie du, ich hab mich gefragt, ob sie auch wirklich eine Frau ist. Oder du könntest sagen: Colette, ich habe vergessen, wer ich bin. Ich habe vergessen, daß ich in Wahrheit ein Amerikaner bin, von der Sorte, die man nicht mag, dumm, undankbar.«

»Ist es so schlimm?«
»Es ist häßlich«, sagte sie müde. »Ich geh schlafen.«
Am Freitag fuhr sie nach Genf in ein komfortables Hotel auf dem Place Longmalle, wo sie gewöhnlich wohnte. Die Stadt schien frisch, das Wetter klar. Sie kümmerte sich um ihre Angelegenheiten, aß zu Abend und ließ sich mit neuen Zeitschriften in einem glatten weißen Bett nieder. Unglücklich, ja, aber sie kannte das. Sie kannte die Medizin dagegen, sie wußte, daß es vorbeiging. Und sie wußte, daß sie ihm vergeben und es von vorne anfangen würde, fast so wie bisher.
Sie täuschte sich.
Er hatte das Apartment verlassen und war zu Simone gegangen. Er blieb dort nur kurze Zeit. Simone war nervös, angespannt, sie knirschte im Schlaf mit den Zähnen. Ihr Schamhaar war hart.
»Du knirschst mit den Zähnen.« Er rüttelte sie.
»Was?« sagte sie benommen.
Er wiederholte es.
»Warum hast du mich geweckt?« beschwerte sie sich. Jetzt würde sie nicht mehr einschlafen können.
Nach Colette erschien sie vorsichtig, glanzlos. Die sexuelle Anziehung verschwand nicht – sie besaß das, trotz ihrer selbst –, aber es war zu anstrengend, sie zwischen den Arzneimitteln zu finden, ob nun echte oder symbolische, die ihr Leben verstellten. Sie war Theaterkritikerin für ein paar kleine katholische Zeitschriften. Auf den Regalen standen aneinander gelehnte Bücher, ihr Tisch war bedeckt von Papieren. Die Wohnung hatte nichts von dem legeren Komfort der Colettes. Es waren drei Zimmer, in denen geistig gearbeitet wurde. Nur einmal sagte sie etwas, was ihn sie mögen ließ. Erschöpft von der Liebe, sagte sie: »Du bist im Bett wie jemand aus einem Roman.«

Nach drei Tagen verschwand er.
»Wo ist er?« fragte Colette ruhig, als sie sich mittags zu einem Versöhnungsessen trafen. Sie hatte Simone bereits vergeben. Sie waren wie zwei Patienten, die die gleiche Krankheit gehabt hatten.
»Ich fand ihn außergewöhnlich«, gestand Simone. »Aber er hat mich auch nervös gemacht. Ich wußte nie wirklich, was ich mit ihm reden sollte. Er ist nicht gerade ein Universalgelehrter. Er weiß nichts über Politik, Kunst, aber ich muß doch sagen, ich hab an ihn geglaubt. Was es auch ist, er hat es sich selbst zum Trotz.«
»Ich glaube, es ist vor allem die Fähigkeit, in alten Kleidern gut auszusehen.«
»Ich weiß nicht, wo er hin ist«, sagte Simone. »Er war sehr unruhig. Eigentlich tat er mir leid. Ich wußte, daß er gehen würde, es war nur eine Frage der Zeit. Sein Ehrgeiz, soweit ich sehen kann, ist sehr unbestimmt.«
»Sein Ehrgeiz?«
»Du kennst ihn besser. Findest du nicht?«
»Ich weiß nicht, was sein Ehrgeiz ist. Aber wohin er verschwinden wird, das steht außer Frage. Das weiß er genau.«
»Und wohin?«
»In die Vergessenheit«, sagte sie. Es war weniger eine Prophezeiung als eine Entlassung. Sie stieß ihn aus ihrer beider Leben. Er würde anderswohin ziehen, verbannt, eine verblassende Gestalt. »Weißt du, daß er in Grenoble ein Kind hat, einen Sohn.«
»Ist er verheiratet?«
»Nein, nein. Sie ist eine seiner vielen Frauen. Er hat bedeutende und weniger bedeutende.«
»Wie originell«, sagte Simone trocken, obwohl sie die Vorstellung faszinierte.

Sie waren nicht seine Frauen, sie sollten nicht seine Frauen sein. Sie waren Zeugen. Aus irgendeinem Grund vertraute er nur Frauen, und für jede von ihnen nahm er eine etwas andere Pose ein. Sie waren die Träger seiner Geschichte, verstreut über die Welt.

30 Er trieb langsam hinunter, aus der Welt der Cafés und Lichter hinab in eine Welt trostloser Straßen und langer Fußmärsche nach Hause, nach Mitternacht, wenn die Metro geschlossen hatte, in einer Stadt der zufälligen Begegnungen. Ein fremdes Mädchen war bei ihm, heimatlos wie er, die er zum ersten Mal vor dem American Express-Büro gesehen hatte. Sie war blond, hatte ein klares Gesicht, eine Tochter aus reichem Hause.

»Ich glaube, ich hab irgendwo was über Sie gelesen«, sagte sie.

Es war eine Party in einer Privatwohnung. Ein dünnbeiniger Hund mit schönem braunem Fell lief unaufhörlich von Fenster zu Fenster und sah hinaus. Man hörte das endlose Anreißen von Streichhölzern, um eine kleine Pfeife anzuzünden.

»Sind Sie nicht berühmt?« fragte sie. Ihr Name war Susan de Camp. Sie saß ihm gegenüber. Während sie sprach, zog sie sich auf sehr sachliche Art den Rock hoch und schlug die Beine übereinander. Das reine schmale Weiß ihres Slips war direkt auf ihn gerichtet.

Trotz ihrer sorglosen Lebensart sah sie sehr gesund aus. Sie war von einem Urlaub in Sizilien gebräunt. Ihre Arme hatten einen goldenen Flaum. Sie war geschrubbt, wach, leger.

»Wo wohnen Sie?« fragte sie. Er würde ihr Freund sein, hatte sie beschlossen. »Kann ich Ihnen vertrauen?« sagte sie. Sie hatte gute Schulen besucht, war sogar sehr begabt. Sie war in

Kenia mit jemandem verheiratet gewesen. »Er war fabelhaft, aber ein Trinker. Er war schon mindestens dreimal verheiratet, wie ich später herausfand. Wollen wir hier reingehen?« fragte sie. »Kein schlechtes Café.«

Es war an der Ecke Rue Verlon. Die Fenster waren von der Kälte beschlagen. Drinnen saß eine Anzahl wartender Frauen.

»Die sind immer hier«, sagte sie. »Ich komme gerne her und beobachte sie. Allein die Geschichten, die sie erzählen könnten! Ich sage immer Hallo.«

»*Bonsoir.*« Er grüßte sie mit erhobener Hand. Mehrere der Frauen antworteten.

»Siehst du«, sagte sie. »Ich bin mit ihnen befreundet. Ich wette, sie kennen Gordon.« Das war ihr Ex-Mann – er war Verleger gewesen, Pilot, er besaß eine Kaffeeplantage. Er sei immer noch irrsinnig in sie verliebt, vertraute sie ihm an.

»Wo ist er jetzt?«

Sie zuckte kurz mit den Achseln, als langweile sie die Unterhaltung.

»Ich hab hier in der Nähe ein paar Freunde«, sagte sie. »Wollen wir hingehen?«

In dieser Nacht lag er düster neben ihr, immer unzufriedener, während er eine halbe Stunde lang darauf wartete, daß endlich die Lust ihre Flügel ausbreitete.

»Ist schon in Ordnung«, sagte sie. »Wirklich, ich bin daran gewöhnt.«

Ein Gefühl von Ekel und Sinnlosigkeit erfüllte ihn. Der Liebesakt, selbst wenn er gleichgültig oder rein animalisch vollzogen wird, bleibt dennoch der ernsthafteste Akt, den es gibt. Aber sie war nicht enttäuscht, sie schien sich ihm dadurch sogar näher zu fühlen. Vielleicht war sie wirklich daran gewöhnt. Vielleicht zog sie es sogar vor.

»Wirklich«, vertraute sie ihm an. »Mir geht es gut.«

Den ganzen Januar zogen sie zusammen herum. In der verbrauchten Luft endloser Bars warteten sie darauf, jemanden zu treffen, oder warteten einfach nur. Die Nachmittage waren düster. Oft regnete es. Paris war wie ein Fenster. Auf der einen Seite herrschte Komfort und Wohlbehagen, auf der anderen war alles kalt und kahl, die Straßen, die Cafés, der billige, aufsteigende Rauch. Er dachte an Chamonix und die klare Morgenluft, wenn er an der Seilbahn stand, das Gewicht eines Rucksacks auf dem Rücken, und das feierliche, beruhigende Klacken des Karabinerhakens an seiner Schulter. Hier war Härte Unglück; dort war es der Atem des Lebens.

Susan saß da, eingemummt in Schal und Kamelhaarmantel. Sie war eine Ausgestoßene. Ihre Familie würde ihr nie verzeihen. Sie liebte es, darüber Scherze zu machen, sandte ihnen Telegramme, in denen sie schrieb, ihr sei so kalt, daß sie nicht aus dem Bett könne, sie sei hungrig, sie sei krank.

»Laß uns rüber in die amerikanische Bibliothek gehen«, schlug sie vor, »vielleicht treffen wir jemanden. Es gibt dort einen Typen, Eddie, der ein Buch über das Mittelalter schreibt. Vielleicht lädt er uns zum Abendessen ein«, sagte sie. »Ich bin einmal mit ihm nach Hause gegangen.«

Sie gingen am Fluß entlang. Auf dem *quai* brannten kleine Feuer, Männer saßen darum. Er empfand eine Art Kameradschaft ihnen gegenüber, sie waren arm, frei. Er grinste sie an, er war unbeschwert.

Einer von ihnen streckte die Handfläche aus.

»*J'ai rien*«, sagte Rand, fast stolz. Er stülpte seine Hosentaschen nach außen, um es ihnen zu zeigen. »*Rien.*«

»*La veste*«, sagte der Mann heiser.

»*Oui, la veste*«, riefen die anderen.

»Sie glauben dir nicht. Was ist mit deiner Jacke?«
»Die hier? Die hat mir jemand geschenkt.«
Die verächtlichen Rufe folgten ihnen noch aus der Entfernung.
»Ich glaube nicht, daß du sie überzeugt hast.« Ihr Gesicht war hinter dem Mantelkragen versteckt.
»Du glaubst nicht, daß ich so gelebt habe?«
»Ich schon.«
»Sie waren betrunken«, erklärte er.
An diesem Abend sah er in den Spiegel. Sein Gesicht schien ihm uninteressant. Je länger er darauf starrte, desto stumpfer wurde es.
»Was ist los?«
»Nichts. Ich bin nicht in Form.«
»Du siehst fabelhaft aus.«
»Findest du?« sagte er. Er haßte sie nicht, sie war anständig, freundlich, er selbst war es, dessen er müde war. Er war es müde, ihr überallhin zu folgen, sie für alles zahlen zu lassen. Auch ihm würde nicht mehr vergeben werden. Er verstand nicht, was er hier tat, worauf er wartete, was er zu finden glaubte.
Paris – die Stadt glich einem riesigen Bahnhof, den er bereits verließ, mit einer Unzahl an Neon- und Emailleschildern, die sich unaufhörlich wiederholten, als kündigten sie ein Schauspiel an. Die Menschen von Paris mit ihren Zigaretten und Hunden, Steindächern und Restaurants, den grünen Bussen, grauen Wänden, er hatte einen Moment lang ihr Interesse auf sich gezogen. Die *affiches* mit seinem Gesicht waren verschwunden, aber er war geblieben. Er sah es deutlich vor sich, so wie man an einem bestimmten Punkt in seinem Leben beides sieht, den Anfang und das Ende: Paris hatte ihn fallenlassen.

## 31

Der Himmel war flach, die Sonne ein Fleck darin. Über allem lag eine Schicht der Stille. Darunter in den Straßen hatten die Geräusche einen hohlen Klang, wie aus einer Blechbüchse. Ein Wintertag in Chamonix, ein Tag, an dem das Weiß einem bis in die Knochen dringt. Das Carlton sah aus wie ein zerbombtes Gebäude, von dem nur ein Flügel stehengeblieben war. Die Balkone hatten eiserne Brüstungen, die Fenster waren in Stein gefaßt. Das Dach war mit Schnee bedeckt, den ein Mann wegschaufelte. Etwas war an seinen Stiefeln befestigt – Steigeisen, deren Zacken, wie sich später herausstellte, Löcher in das Dach rissen.

Eine Stimme rief von unten herauf: »Heh, Vern! Vern!«

Das Schaufeln ging weiter. Der Schnee fiel in zerbröselnden Lagen herunter.

»Heh, Rand!«

Den Hut über die Ohren gezogen, trat er in seinem dreckigen, mit Klebeband ausgebesserten Parka an die Dachkante. Jemand winkte von der Straße.

»Wer bist du?« rief er.

»Nick! Nick Banning!«

»Wer?«

Banning war Arzt, im ersten Jahr seiner Assistenzzeit, aber er sah aus wie immer.

»Was machst du da oben?« fragte er, als Rand herunterkam.

»Was *ich* da mache? Himmel.« Er war unrasiert, seine Augen rotumrändert. »Was machst du in Chamonix?«

»Ich bin hergekommen, um mir die Sehenswürdigkeiten anzuschauen.«
»Da, bitte: der Mont Blanc«, sagte Rand.
Banning ignorierte das. »Ich hab alles über dich gelesen. Es war sensationell«, sagte er. »Ich hab jedem erzählt: Den kenn ich!«
»Es war ganz okay, denk ich.«
»Ganz okay?«
»Wenn du die Wahrheit wissen willst, es hätte mich fast ruiniert.«
»Du siehst gut aus.«
»Ich weiß«, sagte Rand sarkastisch.
»So was kann einen doch nicht ruinieren.«
Rand nahm den Hut ab und rieb sich das Gesicht damit.
»Glaub mir«, sagte er.
»Du warst ein Held!«
»Ich hab nur viel geredet. Die Franzosen sagen immer« – er erinnerte sich an Colette – »*il faut payer*, man muß für alles bezahlen.«
»Das mußt du mir erklären.«
»Na ja, das würde etwas dauern.«
Banning war in einem Mietauto aus Genf gekommen. Rucksack und Schlafsack lagen auf dem Rücksitz. Er hatte vor, sich einen Platz zum Zelten zu suchen, auch wenn es mitten im Winter war. Er hatte sich schon immer danach gesehnt, diese legendären Gipfel zu besteigen.
»Ich weiß nicht, wie lange ich so was noch machen kann«, gestand er.
»Bei mir liegt das Problem andersherum«, sagte Rand.
»Weißt du, wo ich schlafen könnte?«
»Du kannst bei mir wohnen. Platz für einen Freund hab ich immer. Apropos Freunde, was hört man so von Cabot?«

»Du hättest ihn sehen sollen, als er davon hörte. Er hat versucht, dich anzurufen, aber du warst schon in Paris.«
»Wirklich? Ist das wahr?«
»Ich hab ihn 'ne Weile nicht gesehen«, sagte Banning. »Ich hatte einfach keine Zeit. Ich hab viel von ihm gehört.«
»Wo ist er?«
»In Kalifornien.«
»Ich hab ihm ein paarmal geschrieben«, gestand Rand. »Nicht in letzter Zeit.«
»Er ist ein merkwürdiger Typ. Hat was von einem Scheinwerfer. Wenn er sich dir zuwendet, bist du wie geblendet. Danach bleibst du im Dunkeln stehen, du könntest genausogut tot sein. Versteh mich nicht falsch, ich mag ihn. Er ist eine Klasse für sich. Ich glaub, er würd alles für einen tun, aber er ist einfach besessen. Er will immer der erste sein. Die Nummer eins. Du weißt das ja.«
»Vielleicht wird er es ja. Mit wem klettert er zur Zeit?«
»Verschiedene Leute.«
Rand nickte. Die Unterhaltung deprimierte ihn. Die Straße schien leer, jeder Laut verebbte.
»Eins würde ich wirklich gerne tun«, sagte Banning. »Mir den Dru ansehen. Kommt man um diese Jahreszeit rauf?«
»Nicht bei Schnee«, sagte Rand. »Zumindest wär's nicht einfach.«
»Wo ist er?«
»Oh, da oben. Ich geh mit dir nachher zu einer Stelle, wo du ihn sehen kannst.« Er wirkte abwesend, an dem Gedanken nicht interessiert.
Gegen Abend war er lebhafter. Sie gingen ins Choucas, wo ein Foto von ihm an der Wand hing. Er begann, Geschichten von Paris zu erzählen, den verschiedenen Wohnungen, in denen er geschlafen hatte, wie er auf den Boulevards

angesprochen worden war. »Sie erwarten jetzt, daß ich nur noch außergewöhnliche Sachen mache, das ist das Problem.«

»Also, was sind deine Pläne?«

Rand schwieg einen Moment.

»Na ja, red nicht drüber, aber es gibt etwas, woran ich schon sehr lange Zeit denke. Wir haben übrigens schon einmal darüber gesprochen. Der Walker.«

»Ich erinner mich.«

»Das war, bevor ich überhaupt hierherkam. Vom Dru hatte ich nicht mal was gehört. Der Walker, das war immer das große Ziel.«

Während er sprach, wanderten seine Gedanken zurück zu der Zeit, als er zum ersten Mal geklettert war. Er war fünfzehn. Er erinnerte sich, daß er einen anderen Bergsteiger sah, älter, in den Zwanzigern, mit hochgekrempelten Ärmeln, abgetragenen Schuhen, der Inbegriff von Kraft und Erfahrung. Jetzt sah er diesen Bergsteiger in aller Klarheit wieder vor sich, sein Gesicht, seine Gesten, selbst das Licht, in dem er stand. Die Essenz, die er so lebhaft in jenem unbekannten Gesicht gesehen hatte, schien sich ihm trotz allem, was inzwischen geschehen war, immer noch zu entziehen, und er kämpfte erneut, er kämpfte immer noch, sie einzufangen.

»Ich werd den Walker besteigen«, sagte er. Er hatte die Worte kaum gesprochen, da fügte er hinzu: »Und den Peuterey auch.« Er empfand keinen Stolz, keine Freude, als er es verkündete. Es klang irgendwie schal. »Ich weiß nicht, was ich machen werde.«

Banning hörte höflich zu.

»Kannst du dir vorstellen, was es heißt, den Walker solo zu besteigen? Was die anderen schlecht ertragen, ist die Tatsache, daß ich im Grunde gar kein so guter Bergsteiger bin, ich bin nicht sehr talentiert.«

»Also, komm.«

»Es gibt viele, die mehr Talent haben.«

»Nicht wirklich.«

»Viele«, beharrte Rand. Der Wein war Glas um Glas verschwunden. Die Stimmen anderer Gespräche drangen zu ihnen herüber.

Sie fuhren auf einer schneebedeckten Straße. Die Nacht war klar. Ein kalter Mond erhellte alles, der Himmel um ihn herum war weiß. Wolkenfetzen wehten wie Rauch über ihn hinweg. Sie kamen an den leeren Wiesen des Biolay vorbei. Die Kiefern waren dunkel. Man sah kein Haus, kein Licht. Banning fuhr langsamer.

»Bist du sicher, daß wir hier richtig sind?« sagte er.

Rand wies nur geradeaus. Nach einem Kilometer kamen sie an eine alleinstehende Scheune. Davor stand ein Steintrog. Rand brach die Eisschicht.

»Willst du etwas Wasser?« Er trank aus der hohlen Hand. »Kuhwasser«, fügte er hinzu.

Er ging voraus in einen Raum, der als Speicher gedacht war. Er war sauber, der Boden bestand aus schweren Holzdielen. Beim Licht einer Lampe sah sich Banning um – etwas Kleidung, Ausrüstung, ein Regal mit Büchern, ein Radio.

»Die Batterien sind leer«, sagte Rand. Er machte den Ofen an. Bald ertönte das scharfe Krachen von Holz, laut wie Schüsse. »Es wird ziemlich schnell warm«, sagte er.

»Wie hast du das hier gefunden?«

»Ach …«, Rand zuckte mit den Achseln.

»Mußt du viel zahlen?«

»Nichts. Es ist ja auch nichts wert.«

»Na ja, zumindest bist du allein.«

»Ja, das hier ist die letzte Hütte. Raum für einen.«
»Mehr nicht?«
»Momentan schon. Willst du deine Stiefel trocknen?« Er begann, sich seine eigenen aufzuschnüren. Er seufzte. »Es ist ein langer Kampf.«
»In Chamonix?«
»Es gibt Momente, da glaubt man, man sei ganz vorne. Weißt du, mit Cabot war das so eine Sache: man ist da oben, nichts außer der Leere unter dir, aber irgendwie hängst du ein Stück weiter draußen als er, du riskierst mehr.«
»Wie?«
»Ich weiß nicht. Es ist einfach so. Weißt du, was ich an ihm gemocht habe, worum ich ihn am meisten beneide? Carol, seine Frau.«
»Ich werde nächsten Monat selber heiraten. Heh, was ist das?« Er hatte ein Buch aufgenommen.
Rand sah auf. Er griff danach. »Gib mal her«, sagte er. »Weißt du irgendwas von diesem Typ?«
»Wie heißt er?«
»Majakowski. Ich muß unbedingt mehr über ihn herauskriegen.« Er blätterte in den Seiten.
»Nie von ihm gehört.«
»Dabei bist du Arzt. Hier. Du mußt seinen letzten Brief lesen. Er hat ihn einer Freundin geschrieben. Weißt du, er hat sich erschossen. *Das kleine Boot der Liebe zerschellt im Strom des Lebens. Ich bin fertig damit. Sinnlos, den Kummer heraufzuholen, die …*« Hier kam er ins Stocken. »Ich weiß nicht, wie man *les torts réciproques* übersetzen soll … *Werde glücklich. V. M.*«
Banning war von Rand, als er ihn das erste Mal sah, nicht beeindruckt gewesen. Er hatte wenig über ihn gewußt, er hatte ihn sogar für gewöhnlich gehalten.

»Ich wußte nicht, daß du dich für Dichtung interessierst.«
»Im Grunde interessiere ich mich für sehr wenig, das ist das Problem«, murmelte er. »Willst du wissen, was mein eigentliches Interesse ist? Es ist schrecklich. Daß Leute mich beneiden – nichts weiter. Das ist alles. Ich war nicht immer so. Vielleicht hatte ich immer etwas davon in mir, aber nicht so viel. Ich war früher stärker.«
»Ich beneide dich«, sagte Banning.
»Tu es nicht.«
Das war, woran er sich erinnerte: diese dahingeworfenen Worte und Rand, der dalag und schlief, als wäre er tot. Auf dem Boden neben ihren Stiefeln ungeschmolzener Schnee. Am Morgen drang Licht durch die eisüberzogenen Fenster, draußen hörte man plötzlich etwas rumpeln – Banning sprang auf, um zu sehen, was es war. Der Zug nach Montenvers fuhr nicht weit entfernt vorbei. Bei Tageslicht war der Raum sogar noch kahler, eine Inventarliste hätte kein Dutzend Zeilen gefüllt. Über dem Regal war eine Postkarte an die Wand geheftet. Die Handschrift war die einer Frau. Er erinnerte sich auch an die letzte Zeile. *Ich weiß, daß Ruhm auf dich wartet*, stand dort. Sie war mit einem einzigen Buchstaben unterschrieben. C.

32 An der Brücke über das Bahngleis warteten zwei Reporter. Sie folgten ihm zur anderen Seite.

Was konnte er ihnen schon erzählen? sagte er entwaffnend – er würde den Zug nehmen, das war alles. Als sie auf dem Bahnsteig standen, machte einer Fotos. Es bildete sich eine Menschentraube. Leute drehten sich nach ihnen um.

Ob er zum Walker unterwegs sei? Würde er ihn allein besteigen?

»Sie machen nur die Leute neugierig«, sagte er.

»Sie schleppen einiges an Zeug mit sich«, bemerkten sie.

»Ist leichter, als es aussieht.«

»Wie viele Kilo?«

»Ach, vielleicht zehn.«

»Sie meinen wohl fünfundzwanzig«, sagte einer.

Sie sprachen in plänkelnder Weise; Rand bestritt nichts, gab aber sehr wenig zu. Währenddessen lag ein merkwürdiges metallisches Klopfen in der Luft. Er drehte sich danach um – es war ein Arbeiter, der die Schienen ausbesserte.

»Wie sind die Wetterverhältnisse auf dem Walker?«

»Ich bin mir nicht ganz sicher. Haben Sie was gehört?« fragte er.

»Eis«, sagte einer von ihnen.

»Würde mich nicht wundern.« Er sah wieder hinüber zu dem Arbeiter. Das Hämmern hatte einen festen Klang, ruhig, klar. Das Singen von Eisen, das in Granit eindringt – der Gedanke ging jedem durch den Kopf.

»Vielleicht sollten Sie ihn mitnehmen«, scherzten sie.

Ein Signal sprang auf Rot. In der Ferne ein leicht bedrohliches Rumpeln. Der Zug näherte sich.

Von Montenvers stieg er zum Gletscher hinab, eine einsame Gestalt mit einem Rucksack. Man sah Gruppen unerfahrener Bergsteiger, die lernten, auf dem Eis zu gehen, andere zogen in verschiedenen Richtungen hinauf oder kamen zurück. Er ließ sie hinter sich, passierte die Charpouahütte und die Eisenleitern, die an der Wand von Les Egralets befestigt sind. Gegen Mittag hatte er den Leschaux-Gletscher erreicht. Er ging stetig, hielt nur ab und zu an, um sich auszuruhen.

Später sagten sie, er habe anders gewirkt, es war schwer zu beschreiben. Er sah vielleicht ein bißchen heruntergekommen aus, als hätte ein bestimmtes Maß an Sorgfalt nachgelassen. Seine Leidenschaft hatte ihre Glut verloren. Sie dachten, er würde in der Leschaux-Hütte auftauchen, aber er ging nicht zum Leschaux. Er ging weiter allein den Gletscher hinauf.

Er hatte nicht darauf geachtet, was vor ihm lag, aber nach und nach spürte er es, eine Präsenz am Himmel. Er nahm sie wahr, wie man bereits Meilen vor der Küste das Meer spürt. Er trug zuviel, Pickel, Steigeisen, einen Schlafsack, Proviant für fünf Tage. Jedes Pfund war entscheidend. Dennoch brauchte er alles. Er hatte eine Zeichnung der Route und jedes bißchen Information, das er hatte finden können: wo sie die Gratlinie überschritt, wo der Felsen unbrauchbar war. Schließlich blieb er stehen und hob den Kopf.

Dunkel, flankiert von Schneefeldern, ragte der größte Pfeiler der Grandes Jorasses mehr als tausend Meter in fast ungebrochener Linie in die Höhe. Der untere Teil lag im Sonnenlicht. Weiter oben war er fast schwarz.

Ein menschliches Gesicht verändert sich ständig, aber es gibt einen Moment, wenn es perfekt erscheint, vollendet. Es hat sich seine Züge verdient. Es ist unwandelbar. So war es bei ihm an diesem Tag, als er hinaufsah. Er war dreißig – einunddreißig, um genau zu sein – sein Mut war ungebrochen. Über ihm lag der Walker.

Das Wetter war gut gewesen, ein paar Tage lang, vielleicht lang genug, um den Kamm von Eis zu befreien. Vom Fuße aus konnte er das nicht sehen, die Ausmaße waren zu immens. Er war sicherlich früh dran, aber das Wetter würde sich nicht unbegrenzt halten. Die Schneefelder schienen nicht zu groß. Die Felsen am Sockel sahen eisfrei aus.

Er hatte sich auf zwei Nächte in der Wand eingerichtet. Ungefähr auf halber Strecke lag der Graue Turm, der schwierigste Abschnitt. Von dort, sagte man, sei ein Rückzug unmöglich, der einzige Weg aus der Wand führte über den Gipfel. Er konnte keine anderen Seilschaften sehen; er war allein. Einen Moment spürte er den kalten Atem der Einsamkeit, aber das ging vorüber. Er begann über leichte Felsen hinwegzuklettern, ohne weit vorauszudenken, bald spürte er nichts mehr außer der Wärme der Bewegung.

Es war kalt, als er das erste Eis erreichte, das härter war, als er erwartet hatte, sogar mit Steigeisen. Er hatte eine Vorahnung, daß Schlimmeres vor ihm lag. Vorsichtig arbeitete er sich hinauf.

Am späten Nachmittag hatte er eine senkrechte Wand erreicht. Die Griffe waren nicht gut. Er hatte erst ein kurzes Stück bewältigt, als er feststellte, daß er es mit dem Rucksack auf dem Rücken nicht schaffen konnte. Er stieg wieder hinunter und nahm ihn ab. Er befestigte das eine Ende des Seils daran, dann machte er sich erneut auf den Weg, das andere Ende um die Hüfte gebunden. Der Fels war stellenweise sehr glatt, er traute ihm nicht. Er kletterte schlecht, machte Fehler. Es war windig. Die Wand schien dadurch noch bedrohlicher und kahler.

Plötzlich rutschte sein Fuß ab. Er fing sich.

»Jetzt mach keinen Unsinn«, murmelte er. »Du kannst das. Mit verbundenen Augen könntest du das.« Er sah nach oben. Da war ein Haken. Du mußt nur zu dem Haken. Es ist nicht das erste Mal, er ist schon viele Male bestiegen worden, sagte er zu sich selbst.

»Nur noch ein Stück ... Na also.«

Er hakte einen Karabiner ein und sicherte sich. Er atmete schwer. Mehr noch, er fühlte sich ernüchtert. Er zog seinen Rucksack hinauf.

Am Ende der Platte war ein Band, ein gutes. Er machte halt, um sich selbst zu beruhigen. Es war spät. Wenn er weiterkletterte, könnte er von der Dunkelheit überrascht werden. Es war besser, beschloß er, hier zu biwakieren.

Die Sterne brannten am Nachthimmel. Vom Band aus sah er zu ihnen hinauf. Sie waren sehr hell – ihr Leuchten konnte eine Warnung sein. Es könnte einen Wetterumschwung bedeuten. Es war kalt – aber war es wirklich so kalt? Er konnte es nicht sagen. Er fühlte sich sicher, aber vollkommen allein. Innerlich wiederholte er immer wieder den Schwur, diesen Pfeiler zu besteigen. Je höher er kam, desto vereister würde es werden.

Der schwierige Abschnitt lag vor ihm. In einem Winkel seiner Gedanken gab er den Versuch bereits auf. Er durfte diesem Winkel keinen weiteren Raum geben. Er versuchte nicht mehr zu denken. Es ging nicht.

Am Morgen brauchte er fast eine Stunde, um seine Sachen zu ordnen. Es war sehr kalt. Es gibt eine Technik, gefährliche Abschnitte zu bewältigen, indem man das Seil mit einer

Schlinge sichert und es in fortlaufende Haken einhängt, aber es bedeutet, daß man wieder zurück und es aushaken muß, und das kostet Zeit. Er versuchte es ein- oder zweimal, aber er fand es schwerfällig und gab es auf.

Der Fels war jetzt ganz von Eis überzogen. Er mußte die Griffe freischlagen; und selbst dann blieb noch manchmal eine dünne Schicht zurück. Auf diesen Teil des Walker fiel niemals Sonne. Mehrere Male rutschte er ab. Er redete mit sich selbst, wiederholte immer wieder die gleichen Worte, fluchte, aber er stieg weiter, und hielt, wann immer er konnte, an, um die Beschreibung der Route zu lesen … *15 Meter Überhang*. Das Papier begann an den Faltstellen einzureißen. Er machte sich an den Überhang. Der Rucksack zog ihn von der Wand. Er hatte Angst, aber der Berg erkennt keine Furcht an. Er schlug einen Haken ein und klinkte sich mit einem *étrier* daran fest. Er wartete, ließ das Gift aus seinem Blut abziehen und behauchte seine Finger, die vor Kälte stachen. Der Graue Turm lag noch vor ihm.

Das Eis wurde schlimmer. Dinge, die er mit Leichtigkeit hätte bewältigen können, waren gefährlich, sogar lähmend. Zum Westen hin waren Wolken aufgezogen. Er war nervös, besorgt. Er begann, den Glauben daran, weitermachen zu können, zu verlieren. Die langen Senkrechten unter ihm sogen an seinen Füßen. Plötzlich begriff er, daß er sterben könnte, daß er ein bloßer Flecken war. Seine Brust war leer, er schluckte fortwährend. Er war bereit, umzukehren. Der Fels war unerbittlich; wenn er seine Konzentration verlor, seinen Willen, würde er ihn nicht auf sich dulden. Es wehte der Wind vom Vortag. Er sagte sich, komm jetzt, Cabot würde das schaffen. Der Junge im Choucas.

Am Fuß des Turms war eine schwierige Traverse. Schwach ausgeprägte Griffe, vereiste Tritte, extrem exponiert. Es gibt

Momente, da macht einem die Höhe nichts aus, weil sie einen berauscht. Hat man Angst, ist es etwas anderes.
Er stand mit einem Fuß auf einem kleinen Felsknauf. Über ihm war eine steile Platte, in der sich ein Riß hinaufzog. Er begann, ihn mit dem Pickel freizuschlagen. Er stieg hinauf. Die Tritte lagen seitlich, nichts als schwache Narbenränder, manchmal kaum einen Zentimeter tief. Er mußte sie ebenfalls säubern. Sein Zeh rutschte immer wieder ab. Der Riß begann schräg zu verlaufen, zwang ihn weiter hinaus auf die Platte.
Es gab nichts, woran er sich festhalten konnte. Er versuchte, einen Haken einzuschlagen, Eisstückchen prallten ihm ins Gesicht. Es waren nur noch drei Meter, aber der Fels war spiegelblank und unerbittlich glatt. Unter ihm schoß die schräge Platte in den leeren Raum hinaus.
Seine Hand suchte den Felsen ab. Alles passierte zu schnell, nichts passierte. Das Eis hatte Schwachstellen, aber er konnte sie nicht finden. Seine Beine fingen an zu zittern. Das Geheimnis, das man allem zum Trotz bewahren muß, begann sich aufzulösen, er konnte es nicht verhindern. Er würde es nicht schaffen. Er wußte es. Sein Wille verlor sich.
Er hatte die Resignation eines Verurteilten. Er kannte den Ausgang, es war ihm egal, er wollte nur, daß es vorbei war. Der Wind hatte seine Finger abgetötet.
»Du kannst es«, sagte er zu sich selbst, »du kannst es.«
Er krallte sich in die Wand. Langsam neigte sich sein Kopf und ruhte sich am Felsen aus wie ein Kind an seiner Mutter. Die Augen geschlossen. »Du kannst es«, sagte er.

Sie kamen zu ihm hinauf auf die Wiese. Er saß in langärmligem Unterhemd und ausgebleichter Hose im Sonnenlicht wie ein Rekonvaleszent.

»Warum sind Sie umgekehrt? Lag es am Wetter?«

»Nein«, antwortete er langsam, als hätte er es vergessen. Er hatte nichts zu verbergen. Er wartete schweigend.

»Technische Probleme ...«, mutmaßte einer.

Er konnte das schwache Surren einer Kamera hören. Das Mikrofon war in seiner Nähe.

»Da oben war es vereist, aber daran lag es nicht.« Er sah ihnen ins Gesicht. Eine Sommerbrise bewegte das Gras der Wiese. »Ich war nicht vorbereitet«, sagte er, »das war das Problem. Ich war noch nicht soweit. Mir fehlte der Mut.«

Es war wahr. Etwas war aus ihm gewichen.

»Aber umzukehren verlangt auch Mut.«

Er nickte. »Nicht so viel wie weiterzugehen.«

»Was werden Sie jetzt tun? Was sind Ihre Pläne?«

»Ich weiß nicht genau.«

»Werden Sie in Chamonix bleiben?«

»Ich glaube, ich fahr ein wenig weg, um auszuspannen.«

»In die Staaten?«

»Vielleicht«, sagte er.

Als sie zusammenpackten, um zu gehen, kam einer der Journalisten zu ihm herüber.

»Ich weiß nicht, ob Sie es schon wissen. Ich hab's heute morgen gehört.«

»Was gehört?«

»Ihr Freund, Cabot ...«

»Was ist mit ihm?«

Die Luft selbst schien sich zu leeren.

»Er ist abgestürzt.«

»Abgestürzt? Wo?«

»In Wyoming, glaube ich.« Er drehte sich zu jemandem um. »Wyoming, *n'est-ce pas? Où Cabot est tombé.*«

Es war Wyoming.

»Die Tetons«, sagte Rand.
»Vielleicht. Ich weiß nicht.«
»Sicher waren es die Tetons. Ist er verletzt?«
»Ja.«
»Schwer?«
»Ich glaube, ziemlich.«
Das Blut wich ihm aus dem Gesicht. »Aber er lebt.«
Ein leichtes Achselzucken.
»Sie wissen es nicht?«
Sie wechselten schnell ein paar Worte auf französisch.
»Ja, er lebt.«
»Wie tief ist er gefallen?« stieß Rand aus.
»Ist nicht sicher. Sehr tief.«

33 Er hatte fast den ganzen Nachmittag geschlafen. Er war lustlos, erschöpft. Die Tage schienen ihm lang. Gegen Abend schrieb er ein paar Briefe. Er stand auf den Stufen zum Postamt, nachdem es geschlossen hatte. Er sah bekannte Gesichter vorübergehen. Er war sich nicht sicher, was er fühlte, ob er nur nervös und niedergeschlagen war oder ob sich die Lebenskurve selbst nach unten senkte. Äußerlich schien er unverändert, sein Gesicht, seine Kleider, vor allem – sein Rang. Er blieb in den Augen vieler eine Legende. *Il faut payer.*

Später an diesem Abend sah er in einem Café in der Nähe der Stadtmitte ein bekanntes Gesicht. Es war Nicole Vix, allein. Sie sah älter aus. Sie hatte Ringe unter den Augen. Einen Moment lang sah sie in seine Richtung, ihre Augen trafen sich. Es war wie ein Schock, wie in einer dieser erbarmungslosen Geschichten, in denen es in ihrem Leben bergab geht, während er aufsteigt, und Jahre später sehen sie sich wieder. Er konnte kaum glauben, daß dies die Frau war, nach der er sich in jenem ersten harten Winter so verzehrt hatte. Sie war niedergeschlagen, mutlos. Ihr Augenblick war vorbei. Er spürte den Impuls, zu ihr hinüberzugehen – sie war jemand, der auf gewisse Art wichtig für ihn gewesen war, jemand, an den er sich erinnerte.

»Hallo.« Sie sah auf. »Arbeiten Sie noch in der Bank?« fragte er sie.

»*Pardon?*«

»Arbeiten Sie noch in der Bank?«
»Nein«, sagte sie, als hätte sie ihn noch nie zuvor gesehen.
»Was machen Sie jetzt?«
»Tut mir leid«, sagte sie.
»Erinnern Sie sich nicht an mich? Es ist ungefähr drei Jahre her, im Winter.«
»Tut mir leid.« Sie zuckte mit den Achseln.
In dem Moment spürte er eine Bitterkeit auf der Zunge, die überwältigend war.
Wenn er an diesem Abend hätte fortfahren können, hätte er es getan. Er hatte sich endlich seiner Heimat zugewandt, seine Gedanken waren alle dort. Dennoch nickten sie ihm immer noch zu, wenn er morgens den Pfad vom Biolay herunterkam, hoben hinter Ladenfenstern die Hände, um ihn zu grüßen. Er fühlte sich wie jemand, der sich zur Ruhe gesetzt hatte. Eine seltsame Musik – Schlußakkorde – hing über der Stadt.
An einem Sonntag kam er, seine Sachen tragend, die Straße herunter. Das am niedrigsten gelegene Feld war voller Touristenbusse, die nebeneinander geparkt dastanden. Die Leute, die darin gekommen waren, waren nicht weit gegangen. Sie aßen ihr Picknick auf Klapptischen. Männer in Unterhemden lagen im Gras, ihre Frauen oder Freundinnen kümmerten sich um die Kinder.
Im Hotel gegenüber dem Bahnhof waren zwei Busladungen Japaner angekommen. Sie stiegen aus, um an langen Tischen unter den Bäumen Mittag zu essen. Alle waren sorgfältig gekleidet, höflich. Die Frauen trugen Pullover. Viele von ihnen waren jung.
Er blieb zwischen ihnen stehen, als wären sie Kinder. Er war einen Kopf größer. Er sprach sie auf französisch an. Zuerst erwiderten sie nichts, sie waren zu schüchtern, aber seine

Stimme und seine Art waren so freundlich, daß sie ihm bald antworteten. Würden sie aus Chamonix gerne ein Souvenir mitnehmen, fragte er. Er schnürte seinen Rucksack auf und holte seine Haken heraus – man bräuchte sie zum Klettern dort oben in den Bergen, erklärte er. Man schlüge sie in den Fels.

»Aah«, sagten sie, ohne zu verstehen.

»Hier. So.«

»Ah!« Sie kicherten, redeten. »Gewicht schwer.«

»Sehr schwer. Nehmen Sie, ich schenk sie Ihnen.« Er verteilte sie.

»Oh, danke. Danke.«

»Woher kommen Sie?«

»Kyoto.«

»Hier, nehmen Sie. Sie auch.« Er gab es weg, das abgenutzte Stahl, das in Fels in blauer Luft geschlagen wurde. »Der hier«, sagte er, »wurde auf dem Dru benutzt.«

Sie versuchten, ihn zu verstehen. Ah, ja. Der Dru.

34 Catherin trat aus dem Hauseingang ins Sonnenlicht. Ihr Auto stand auf der anderen Straßenseite an einem kleinen, von Bäumen umsäumten Park – eigentlich war es nicht viel mehr als die Kreuzung dreier Straßen. Das Gras wurde nie gemäht, der Park war ungepflegt. Obwohl direkt gegenüber von Vigans Haus gelegen, genaugenommen nur ein paar Meter weit entfernt, hatte sie ihn nie betreten. Sie suchte nach ihren Schlüsseln, als sie einen Mann sah, der im Schatten saß. Sie erkannte ihn auf den ersten Blick. Sie blieb stehen, ihr Herz raste, während er aufstand und auf sie zukam. »Hallo, Catherin«, sagte er.

Er hatte sich verändert, seit sie ihn das letzte Mal gesehen hatte, selbst seit den Interviews im Fernsehen. Sie konnte nicht sagen, was es war. Sie begrüßte ihn mehr oder minder gefaßt, wußte kaum, was sie sagte.

»Du scheinst ja sehr überrascht zu sein, mich zu sehen«, sagte er.

»Nicht wirklich.«

»Hast du meinen Brief nicht bekommen?«

»Was für einen Brief?«

»Ich hab dir geschrieben, schon vor mindestens einer Woche.«

»Ich hab nichts bekommen«, sagte sie einfach.

»Merkwürdig.« Er wartete. »Na ja, ich hab geschrieben, daß ich vielleicht vorbeikomme, das ist alles.«

Sie begann wieder, nach ihren Schlüsseln zu suchen. Ihre

Hand zitterte. Er stand da. Sein Brief hatte sie nicht erreicht, und er in gewisser Weise auch nicht. Zwischen ihnen war eine Distanz, die unsichtbare Kluft zwischen dem, was wir besitzen, und dem, was wir nie besitzen werden. Sie war sogar anders gekleidet. Sie trug Sachen, die er nie zuvor gesehen hatte.

»Wie lange hast du hier gesessen?« fragte sie, ohne von ihrer Handtasche aufzublicken. Vigan hatte das Haus erst eine Stunde zuvor verlassen. Dann war die Köchin eingetroffen.

»Wann bist du gekommen?«

»Ich bin gegen acht Uhr angekommen.«

»Verstehe.«

»Ich bin ein wenig in der Stadt herumgelaufen …«

»Verstehe.«

»Na ja, nicht wirklich. Wonach suchst du?«

»Hab sie schon«, sagte sie nervös und hielt sie hoch. »Wie hast du das Haus gefunden? Aber du wirst wohl die Adresse gehabt haben.«

»Darf man die nicht wissen?«

»Doch.«

»Wie ist es dir ergangen?« sagte er.

»Sehr gut. Und dir? Du siehst ein wenig müde aus.«

»Ich war unterwegs.«

»Von wo kommst du?«

»Chamonix.«

»Ja, natürlich.«

»Wie geht's deinem Baby?« fragte er.

»Ihm geht's gut.«

»Wie hast du ihn genannt?«

»Jean«, sagte sie. Sie sprach den Namen Französisch aus.

»Jean.« Er wiederholte ihn ein- oder zweimal. »Wie bist du auf Jean gekommen?«

»Er paßt gut zu Vigan«, sagte sie.
»Ah. Wie ...« Er zögerte. »Wie sieht er aus?«
»Er sieht ein wenig aus wie du.«
»Wirklich?«
»Ja.«
Sie hatte ihm nichts zu geben, das konnte er sehen. Nichts war geblieben. Sie war kühl, desinteressiert. Sie hatte bereits die Schönheit angenommen, die Fremden gehört.
»Meinst du, ich könnte ihn sehen?«
Sie antwortete nicht. Sie war durcheinander, nervös – jemand könnte die Straße herunterkommen und sie dort stehen sehen. Vigan selbst könnte zurückkehren. Seit der Geburt des Babys war er zärtlicher geworden und unberechenbar. Er könnte jeden Moment mit einem riesigen Blumenstrauß auf dem Sitz neben sich um die Ecke biegen. Und doch, hier vor ihr war das verlorene, unvergessene Gesicht des Mannes, der der Vater war, der es immer sein würde.
»Und?«
»Ich glaube, du hättest nicht herkommen sollen«, war alles, was sie herausbrachte.
»Ich mußte.«
»Nein, das stimmt nicht.«
»Entweder jetzt oder nie«, sagte er einfach.
»Was meinst du damit?«
»Ich geh zurück nach Hause.«
Ein Schock durchfuhr sie. Obwohl er sie verlassen hatte, war das, was er jetzt tat, entscheidender, er verschwand für immer aus ihrem Leben.
»Wann fährst du?«
»Morgen. Ich bin nur gekommen, um Lebwohl zu sagen.«
»Aber er schläft«, sagte sie. »Um diese Zeit am Morgen schläft er immer. Außerdem ist die Köchin da.«

»Die Köchin will ich nicht sehen.«
»Versteh doch, es ist wirklich schwierig.«
Er sagte nichts. Er hatte nur ein mildes Verlangen, sein Kind zu sehen, es war nicht viel mehr als Neugier, aber die Kürze, die Ruhe ihrer Abweisung brachte ihn fast um.
»Weißt du, ich werde heiraten«, sagte sie. »Henri wird ihn adoptieren.«
»Wann?«
»Im Herbst.«
»Also werd ich ihn vielleicht nie wieder sehen. Das hier könnte das letzte Mal sein.«
Es war alles – seine abgetragenen Kleider, die schwachen Falten auf seiner Stirn, die Unschuld, die, was auch geschah, an ihm haftete. Er war nicht schwach, er bettelte nicht, er stand geduldig da.
»Du mußt mir versprechen, daß du dann gehst«, sagte sie. »Du mußt mir dein Wort geben.«
»Mach dir keine Sorgen.«
»Versprichst du es?«
»Irgend etwas scheint dich nervös zu machen. Aber was? Was glaubst du, werd ich tun, ihn stehlen? Ich will ihn ansehen, das ist alles. Ist das so viel?«
»Warte hier«, sagte sie und ging hinein.
Er schloß die Augen. Als er sie wieder öffnete, war die Straße leer. Es fiel ihm nicht schwer, sich vorzustellen, irgendwoanders zu sein, in irgendeinem Provinzstädtchen, sogar in Chamonix. Hinter den Mauern und Zäunen befanden sich kleine Gärten, grüne Gemüsereihen auf sorgfältig angehäuften Beeten. Diese Häuser, diese Dörfer waren abgesehen von den Antennen auf den Dächern seit dem letzten Jahrhundert unverändert geblieben. Er kannte dieses Land, das nicht das seine war. Bei der Vorstellung, es zu verlassen, überkam

ihn plötzlich ein überwältigender Schmerz. Etwas spülte über ihn hinweg wie eine Welle. Er fühlte, wie es ihn zerriß – seine Brust –, wie er auseinanderbrach. Er konnte nichts dagegen tun. Er liebte sie, und diese Liebe hatte ihn verraten. Er stand dort, versuchte, die Dinge abzuwehren: die Häuser, Leute, die vorbeigingen, seine eigene Wertlosigkeit. Er wollte fortlaufen, ein andermal wiederkommen mit neugewonnener Kraft, wenn er ihr irgendwie weh tun konnte, anstatt diese sinnlose Sehnsucht zu erleiden, diesen Verlust.

Über sich hörte er ein Geräusch. Er sah hinauf.

Im zweiten Stock hatten sich die Läden eines Fensters geöffnet, und nach einem Moment erschien Catherin. In den Armen hielt sie ihr Kind. Sie stand da, als wäre sie allein, ruhig, unbeobachtet. Sie schwieg, widmete dem Kind ihre ganze Aufmerksamkeit und Liebe. Aus dieser Entfernung konnte Rand sein Gesicht kaum erkennen. Er konnte die kleinen Hände sehen, das helle Haar. Nach einer Weile sah Catherin herunter. Das Kind bewegte die Arme.

»Was?«

Sie hatte etwas gesagt, ein stilles Wort, das Rand nicht verstand. Aber sie wiederholte es nicht. Statt dessen drückte sie das Kind eng an sich, zögerte und trat zurück ins Zimmer. Nach einer Minute griffen ihre Hände nach draußen, um die Läden zu schließen.

»Catherin!«

Es schien, als wäre alles, was davor geschehen war, eine Reise, als hätte ihn die Straße hierher geführt und hier geendet. Er wußte nicht, was er tun sollte. Er stand da. Über ihm seufzten die Blätter, auf ihnen das Gewicht träger Stunden, endloser Sommertage.

Erst in Grenoble auf dem Weg nach Norden begriff er schließlich, was sie zu ihm gesagt hatte, es war wie ein Puzzlestück, das immer wieder umgedreht wird und plötzlich ins Bild paßt. Er sah es klar vor sich, die breite, kahle Hauswand, das Fenster, die kleinen Arme, die sich ziellos bewegten, ein einziges einfaches Wort: Lebwohl.

## 35

Ein bleicher Nachmittag hing über dem Meer. Kalifornien schien noch überlaufener als zuvor, es gab mehr Menschen, mehr Autos. Die Häuserreihen zogen sich weiter die Küste hinauf. Neue Geschäfte, Schilder. Und doch erkannte er alles wieder. Es war unverändert. Kurz vor Trancas hielt ein Auto und nahm ihn mit. Der Fahrer war ein untersetzter Mann in einem zerknitterten Anzug. Er sei direkt von Mexico City durchgefahren, sagte er, auf dem Weg nach Seattle. Er habe nur Halt gemacht, um zu tanken.

»Wohin soll's gehen?« fragte er.

»Rauf nach Santa Barbara.«

»Hättest den Zug nehmen können. Wie heißt du?«

»Rand.«

»Nenn mich Tiger«, sagte er. Er verlor sein Haar, kämmte es sich quer über den Schädel. Er hatte sich nicht rasiert. »Schon mal in Mexiko gewesen?«

»Ja.«

»Ich fahr oft runter. In Mexiko kann man gut leben. Früher konnte man für fünf Dollar Boxkämpfe ansehen, Titelkämpfe. Ist zwanzig Jahre her. Hat sich vieles verändert. Wann warst du das letzte Mal da?«

»Schon 'ne Weile her. Ich war in Frankreich.«

»Wirklich?« sagte er. »Wo warst du? Paris? Ich kenn Paris. Bin früher oft da gewesen. Gehst du wieder zurück?«

»Vielleicht. Ich weiß nicht.«

»Willst du 'ne gute Adresse wissen?«

»Okay.«
Er sah ihn von der Seite an. »Ich mein, wirklich gut.«
»Sicher«, sagte Rand.
»Der Louvre!« sagte er. Er brach in Lachen aus und griff in die Tasche. »Rauchst du Zigarren? Hier. Heh, warum fährst du nicht mit nach Seattle? Schon mal dagewesen? Ich wette, nicht. Tolle Stadt. Ich wohn da. Komm schon. Meine Frau wird uns was Großartiges kochen. Ihr Name ist Galena, wie findest du das? Sie ist Russin. Sie ist eine Göttin, eine wahre Göttin. Es gibt einen Ausdruck für Frauen wie sie. Weißt du, wie man sie nennt?«
»Nein.«
»Schwergewicht. Wie gefällt dir das? Und das ist sie auch.«
Er setzte Rand am Highway nach Santa Barbara ab.
»Man sieht sich«, sagte er. Er brauste davon.
Der Tag war warm. Am Horizont schimmerte das Meer. Vögel sangen, während er bergauf ging.

Das Haus war weiß, viktorianisch, oder zumindest durch die Epoche beeinflußt. Es war niedrig, nur ein Stockwerk hoch, und von der Straße zurückgesetzt.
Er klingelte. Er hörte Schritte, eine Pause, dann öffnete Carol die Tür. Sie trug Hemd und Hose. Ihr Gesicht war ungeschminkt, als wäre sie gerade aufgestanden oder hätte sich gewaschen.
»Rand!« rief sie. Sie umarmte ihn. »Freu ich mich, dich zu sehen. Du siehst gut aus. Bist du grad angekommen?«
»Heute morgen«, sagte er. »Wie geht es dir?«
»Nicht schlecht. Wirklich nicht schlecht. Wir hatten wundervolles Wetter. Komm rein.«
Er folgte ihr in den Flur.
»Schönes Haus.«

»Ja, sehr schön. Warte, bis du den Garten siehst. Laß deine Sachen einfach hier stehen. Komm mit nach hinten.«
Sie ging voraus durch die Küche und öffnete die Fliegentür. Sie führte auf eine Veranda mit zwei Holzstufen zum Garten.
»Liebling«, sagte sie, »sieh mal, wer da ist.«
Ein Mann saß an einem Glastisch im Schatten der Bäume. Er wandte den Kopf. Er trug ein blaues Sporthemd mit Bambusmuster und kurzen Ärmeln. Seine Arme waren kraftvoll. Er hob die Hand.
»Heh, du Bastard«, sagte er. Es war Cabot. Er saß in einem Rollstuhl. Er drehte sich selbst herum und streckte die Hand aus. »Wurde auch Zeit, daß du dich blicken läßt.«
»Immer noch der alte Jack. Was hast du so gemacht?«
»Was für eine Frage.«
»Siehst gut aus.«
»Ach, achte gar nicht darauf«, sagte Cabot und deutete auf den Stuhl. »Man gewöhnt sich dran. Seit wann bist du hier? Wie lange kannst du bleiben? Wir haben ein Zimmer für dich, hat Carol es dir schon gezeigt?«
»Noch nicht«, sagte sie.
»Es ist das schönste Zimmer im Haus. Das ist das Zimmer, in dem ich sterben werde. Komm!« Er setzte den Rollstuhl in Bewegung. »Immer mir nach, wie man so sagt.«
Er war von der Taille abwärts gelähmt, die Beine im schlaffen Stoff der Hose eines Krüppels. Der Sturz hatte ihn fast umgebracht; eine Woche hatte er im Koma gelegen. Zuerst dachten sie, er würde nie daraus erwachen, und er erwachte auch nur zur Hälfte. Tagelang lag er da, während sie Tests durchführten und ihn behandelten. Gleichzeitig war er insgeheim mit einem eigenen, mit dem verzweifelten Versuch beschäftigt, egal wie, sogar durch bloße Willenskraft allein, seine Zehen zu bewegen. Er konnte es fast schon sehen, aber

sie taten es nie. Er versuchte es wieder, immer weiter, bis er erschöpft war, eine Weile ruhig dalag und es noch einmal versuchte. Er hatte keine Schmerzen, kein Gefühl, nichts. Seine Beine hätten die von jemand anderem sein können.

»Seine Wirbelsäule war gebrochen«, erklärte Carol später. »Die Nerven erneuern sich nicht. Ich nehm an, du weißt das. Man kann fast jeden Nerv wieder zusammenflicken, aber diesen einen nicht.«

»Und warum nicht?«

»Der Arzt sagt, es sei wie bei einem Überseekabel, das man durchschneidet. Es ist einfach unmöglich, die unendlich vielen winzigen Stränge wieder zu verbinden.«

»Und das war's dann?«

»Ich fürchte, ja. Er wird nie mehr aus dem Stuhl rauskommen.«

»Was ist sonst noch betroffen? Irgendwelche inneren Organe?«

»Alles unterhalb der Taille«, sagte sie.

Draußen sangen Vögel in der vollen Hitze des Nachmittags. Der Klang schien sich auf das Haus zu legen. Rand fühlte sich benommen. Er blickte hinaus auf die dunstverhangenen Hügel, es war, als wäre er selbst in eine Klinik gekommen, als hätte er eine Krankheit, die man ihm noch verschwieg.

An dem Abend schaute Cabots Anwältin vorbei. Eine Frau, nicht älter als Rand, aggressiv, selbstbewußt. Ihr Name war Evelyn Kern.

»Freut mich, Sie kennenzulernen«, sagte sie. »Ich hab so viel von Ihnen gehört.«

Sie klagten gegen die Versicherungsgesellschaft. Sie hatte nach dem Unfall sehr wenig gezahlt. »Wir müssen ihm Geld verschaffen, von dem er leben kann«, erklärte sie. »Ganz zu schweigen von den Kosten für die medizinische Versorgung.«

Es war ein sehr entspannter, lockerer Abend. Sie saßen beisammen, tranken. Sie redeten über die Vergangenheit.
»Ich hab gehört, du hast den Walker allein versucht«, sagte Cabot.
»Das ist auch alles, was man dazu sagen kann – ich hab's versucht.«
»Was ist passiert?«
Rand zuckte mit den Achseln.
»Dein Glas ist leer. Carol, hol ihm was zu trinken, ja? Wie hoch bist du gekommen?«
»Ich hätte höher kommen können.«
»Viel höher, wie man früher zu sagen pflegte.«
»Was ist der Walker?« fragte Evelyn.
»Er gehört zu den Grandes Jorasses, eine einzige senkrechte Wand.«
»Hört sich furchterregend an.«
»Es ist ein Klassiker. Ich wollte den Walker schon immer machen«, bemerkte Cabot.
»Vielleicht tust du's ja noch«, sagte Rand.
Ein verlegenes Schweigen trat ein.
»Willst du mich auch noch auf den raufschleppen?«
»Wer weiß?«
So begann sein Besuch. Im Garten standen Kiefern und zwei hohe Palmen. Hinter dem Zaun am Ende des Gartens wuchs hohes, raschelndes Bambusrohr.
Carol arbeitete viel im Garten, jätete Unkraut und goß die Pflanzen. Sie kniete auf dem Boden, den langen, bloßen Nacken vorgebeugt. Ihre Beine waren schlank und gebräunt. Sie drehte sich um und setzte sich auf, sie spürte Rands Anwesenheit.
»Das ist mein grünes Zelt«, erklärte sie. Die Zweige berührten sich über ihrem Kopf. Sonnenlicht sickerte hindurch.

Auf der anderen Seite der Hecke wässerte eine Nachbarin, Mrs. Dabney, ihren Garten. Sie war Mitte sechzig. Sie hatte ein Taschentuch auf dem Kopf und trug ein rückenfreies Oberteil, das den Blick auf alte Haut freigab. Ihr Mann hatte zwei Herzinfarkte hinter sich.

Rand saß auf den Stufen und sonnte sich mit freiem Oberkörper.

»Du wirst sie noch erschrecken«, warnte Carol.

»Erschrecken?« Mrs. Dabney hielt unbeirrt einen Wasserstrahl auf ihre jadegrünen Bäume gerichtet, um zu zeigen, daß sie beschäftigt war. »Sie kommt jeden Tag ein bißchen näher.« Er hob die Stimme: »Wunderschönen Hibiskus, den Sie da haben, Mrs. Dabney.«

»Der Wappenbaum von Hawaii«, antwortete sie. »Wußten Sie das?«

»Nein, wußte ich nicht.«

»Wir waren zwei Wochen da«, sagte sie. »Mein Mann und ich.«

»Ach, wirklich?«

»Wir haben uns all die Inseln da angesehen«, sagte sie mit freundlichem Lächeln.

Blaue Pazifiktage. Am Morgen Nebel und Vogelstimmen. Die dunklen, schattigen Wedel stürzten von den hohen Stämmen der Palmen herab. Carols Schritte im Flur. Manchmal, wenn er in seinem Zimmer lag, kam es Rand vor, als verharrten sie einen Moment.

Er wußte, daß sie ihn beobachtete. Er konnte ihre Augen auf sich spüren, in der Küche oder am Tisch. Manchmal trafen sich ihre Blicke, ohne Absicht – sie wandte die Augen nicht ab. Er hatte sie immer bewundert. Sie erwiderte diese Bewunderung.

Cabot trank. Zwei oder drei Drinks vor dem Essen und danach Wein, sonst konnte er nicht schlafen. Wenn er in den Stunden vor der Morgendämmerung aus dem Schlaf tauchte, gingen ihm immer wieder die gleichen Gedanken durch den Kopf. Der Rollstuhl mit seinem Chrom glänzte im Mondlicht neben seinem Bett.

Er hatte nie gut schlafen können, selbst vor dem Unfall nicht. Wenn er in jenen Tagen aufwachte, zog er sich im Dunkeln an und ging spazieren. Manchmal war er stundenlang fort. Bei Morgengrauen fand er sich auf dem höchsten Punkt in der Umgebung wieder, beobachtete, wie der Himmel heller wurde, und drehte dann wieder um.

Das war ihm genommen worden. Jetzt lag er da und starrte in die Dunkelheit. Er hatte zu Gott gebetet, er hatte Gedichte gelesen, Philosophie, hatte versucht, sein Leben in eine neue Form zu zwängen. Tagsüber schien es zu gelingen, aber nachts war es anders, alles sickerte aus ihm heraus, und er war wieder ein Junge, der von der Welt träumte und was er in ihr alles tun würde, aber jetzt lagen seine Beine schlaff wie Lumpen da.

Er stützte sich auf den Ellbogen. Nacheinander hob er die Beine mit den Händen auf den Boden. Er zog den Rollstuhl zu sich heran und hievte sich hinein. Still bewegte er sich den Flur hinunter.

»Vern?« Er stieß die Tür auf. »Bist du wach?«

»Nein.«

»Red mit mir.«

»Was ist denn los?«

»Ich kann nicht schlafen.«

Rand suchte den Lichtschalter.

»Wenn ich ein paar Gläser getrunken habe, geht's normalerweise, aber heute nacht konnte ich einfach nicht schlafen.

Es ist schon komisch. Ich hab meinen Vater das Zeug runterkippen sehen. Ich hatte damals nichts als Verachtung für ihn übrig. An manchen Abenden konnte er nicht mal mehr sprechen.«

»Wie spät ist es?« fragte Rand.

»Ungefähr drei.«

»Komm rein.«

»Stör ich dich nicht?«

»Nein.« Er setzte sich auf. »Nein. Ich wollte sowieso mit dir reden.«

Cabot grinste. »Du und reden?«

»Ich würd gern herauskriegen, was wirklich mit dir los ist«, sagte Rand.

»Was los ist? Ich bin ein verdammter Krüppel.«

»Ist das wahr?«

Cabot starrte ihn an.

»Ich hab dich beobachtet. Du sitzt da und liest, Evelyn kommt vorbei, ihr trinkt ein paar zusammen. Du nimmst es ziemlich ruhig auf.«

»Das glaubst du.«

»Carol auch.«

»Was weißt du schon«, sagte Cabot.

»Was meinst du damit?«

»Du hast keine Ahnung. Ich bin nicht ruhig. Ich warte nur.«

»Und worauf wartest du?«

»Die Wahrheit ist, ich hatte vor, mich zu erschießen. Ich hab das jemandem im Krankenhaus erzählt, einem, der auch gelähmt war. Ich dachte, ich zeig ihm mal, wie sich ein Mann verhält oder irgend so ’n Quatsch. Alles, was er sagte, war, ich soll es richtig machen und am Ende nicht noch mit gelähmten Armen dasitzen.«

»Wie kommt es, daß du noch Kraft in den Armen hast?«

»Hat Carol dir das nicht erklärt?«
»Sie hat es versucht.«
»Meine Arme … sind in Ordnung …« Er griff nach Rands Hand. Sie begannen ein Armdrücken, Cabots andere Hand umfaßte ein Rad des Rollstuhls. Beide drückten still. Die Sehnen an Cabots Hals traten hervor; langsam preßte er Rands Arm nach unten. Schließlich ließ er ihn los. Er atmete schwer. »Nur hier unten bin ich ein wenig schwach«, sagte er.
»Das wollte ich dich fragen.«
Cabot sagte nichts. Er schien fast desinteressiert.
»Was genau ist da noch?«
»Unterhalb der Taille, nichts.«
»Nichts?«
»Absolut null«, sagte Cabot freundlich.
»Ich hatte recht. Du nimmst es sehr ruhig.«
»Ich möchte dich mal sehen.«
»Und deine Frau auch.«
»Sie hat keine große Wahl.«
»Man hat immer eine Wahl.«
»Sie hat mich noch nicht verlassen, wenn du das meinst.«
»Oh, sie wird dich auch nicht verlassen.«
»Freut mich, das zu hören.«
»… nicht, solange du im Rollstuhl sitzt.«
»Was macht dich da so sicher?«
Rand zuckte mit den Achseln.
»Ich bin mir nämlich nicht so sicher«, sagte Cabot.
»Sie würde nie einen Krüppel verlassen.«
»Du meinst, das ist der Grund, warum sie bleibt?«
»Ach, Jack, darum geht es mir eigentlich gar nicht. Ich denk über was anderes nach. Weißt du, das erste, was ich hörte, war, daß du wahrscheinlich sterben würdest. Aber du bist

nicht gestorben, du hast dich ins Leben zurückgekämpft. Dann hör ich, daß du gelähmt bist ...«

»Red weiter.«

»Und glaub ich das?«

»Darum geht es aber nicht«, sagte Cabot ruhig. »Die Frage ist: Kann *ich* das irgendwie glauben?«

Bis in den Morgen, als die hellgrünen jungen Zweige von Mrs. Dabneys Prachtkiefer sich langsam wie unter Wasser auf und ab bewegten, redeten sie miteinander, ihre Stimmen manchmal im Streit erhoben, aber meistens ruhig, vertrauensvoll. Es herrschte ein Einverständnis zwischen ihnen, eines, das seine Wurzeln im Leben selbst hatte. Es gab Tage, an die sie sich immer erinnern würden: gewaltige, herzzerbrechende Anstrengungen, und oben angelangt, was für ein Rausch, hatten sie sich mit glühenden Gesichtern die Hände geschüttelt, war ihr Sein bestätigt.

36 Carol war an dem Abend ausgegangen. Das Haus war still, es war die Gelegenheit, auf die Rand gewartet hatte. Er schlenderte ins Zimmer und setzte sich.

»Evelyn war vorhin da. Du hast sie verpaßt«, sagte Cabot. Er sah sich wie an jedem Abend die Nachrichten im Fernsehen an, ein Glas in der Hand.

»Was hat sie erzählt?«

»Ach, juristisches Zeug. Sie wollte über dich reden. Sie ist sehr an dir interessiert.«

Rand war aufgestanden und schenkte sich etwas zu trinken ein.

»Das überrascht dich wahrscheinlich nicht sehr«, sagte Cabot.

»Nein.«

»Ich weiß nicht, was du ihr erzählt hast. Irgendwas übers Klettern ...«

»Zu viel«, bemerkte Rand.

»Auf jeden Fall hat es sie schwer beeindruckt.«

Es war die Stunde der Stille. In der Dämmerung flog eine Fledermaus hastig über die dunklen Kiefern, wechselte die Richtung wie ein angeschossener Vogel.

»Ich wollte sehen, ob ich sie schockieren kann«, gestand Rand. »Also hab ich ihr die Wahrheit erzählt.«

»Wie zum Beispiel?«

»Ich hab ihr gesagt, daß ich seit fünfzehn Jahren klettere. Zumindest die meiste Zeit davon, zehn Jahre auf jeden Fall.

Daß es das Wichtigste in meinem Leben ist. Das einzige. Daß ich alles dafür geopfert habe. Und weißt du, es gibt eine Sache, die ich über das Klettern gelernt habe. Eine einzige Sache.«

»Und die wäre?«

»Daß es nicht die geringste Bedeutung hat.«

»Und das hast du ihr gesagt?«

»Nicht die geringste.«

»Und was ist von Bedeutung?«

»Du weißt so gut wie ich: der wahre Kampf kommt erst danach.«

Manchmal, wenn sie sich unterhielten, schien es, als hätten sie sich wie beiläufig irgendwo niedergelassen – Cabot hatte sich einfach in einen Rollstuhl gesetzt, der zufällig da herumstand. Es war, als könnte er jeden Moment aufstehen und seine Behinderung abwerfen wie eine Decke. Manchmal schien er wirklich kurz davor, aufzustehen, und dann, als hätte etwas ihn gewarnt, gab er auf. Rand hatte das beobachtet. Es war schwer zu sagen, was ihn so sicher machte, vielleicht etwas, das im verborgenen lag. Die Wahrheit lag immer unter der Oberfläche.

Die kalifornische Nacht brach herein, die Dunkelheit des Ozeans. Ein weiterer Tag war vergangen. Er nippte an seinem Glas und dachte im stillen nach.

»Etwas ist mit uns passiert, Jack.«

»Meinst du? Ich wüßte nicht, was.«

»Auch mit mir. Ich sag dir was. Ich wette, du wirst es abzustreiten versuchen.«

»Was?«

»Man betrügt dich.«

»Ach, das.«

»Nein, ich mein es ernst.«

»Nur durch uns selber werden wir betrogen …«, zitierte Cabot.

»Das ist nur die halbe Wahrheit. Willst du den Rest hören?«

Es herrschte Schweigen. Cabot wartete.

»Die Menschen, die behaupten, daß sie dir helfen, Carol, Evelyn, die Ärzte, die wollen, daß du in dem Stuhl da bleibst.«

»Komm, trink lieber noch ein Glas.«

»Ich mein es ernst.« Er schwieg einen Moment. »Weißt du, ich hab immer an dich geglaubt, von Anfang an.«

»Und?«

»An deine Kraft, deine Leidenschaft. Deinen Willen, ans Ziel zu kommen.«

Cabot antwortete mit einer vagen Geste.

»Ich glaub immer noch an dich.«

»Was willst du mir eigentlich sagen?«

»Du hast aufgegeben. Ich hab aber – wenn du nicht darauf geachtet hast – gesehen, wie du aufstehen wolltest.«

»Nur ein Reflex.«

»Ich weiß, daß du es kannst«, sagte Rand.

Cabot rollte zum Tisch neben der Tür, um Licht zu machen.

»Ich weiß, daß du es kannst, aber du tust es nicht. Du hast aufgegeben.« Er sprach zu Cabots Rücken. »Und wenn du aufgegeben hast, was ist dann mit mir?«

»Mit dir?«

Rand wartete.

»Das weiß ich nicht«, gestand Cabot. Er füllte sein Glas. »Ich weiß nur, was mit mir ist. Ich bin nicht Opfer der Hysterie oder irgendeines zerstörerischen Triebes. Ich weiß, daß du das glaubst, aber es gibt so etwas wie rein körperliche Probleme. Und kein noch so starker Glaube kann sie überwinden. Ich meine, der Tod ist ein Beispiel. Glaubst du an den Tod?«

»Ich weiß nicht.«
»Ich schon.«
»Aber du bist nicht tot.«
»Nein.«
In Rands Stimme lag eine Hingabe, eine Ernsthaftigkeit, die sich nicht mit Gleichgültigkeit oder Alkohol abtun ließ. Er versuchte, die Wahrheit zu finden, oder eine Form der Wahrheit, was schwierig war, da sich die Wahrheit nur widerstrebend zeigte und ihr Gesicht verändern konnte. In der hohen Weite der Alpen war sie leichter zu finden als in einem Haus in Montecito, das sich hell vor der Dunkelheit abzeichnete und in dem Cabot auf einem Gummikissen in einem glänzenden Chromstuhl saß. Etwas war in ihm verdreht worden, etwas Wesentliches, das man nicht berühren konnte.
»Du warst mir immer einen Schritt voraus«, sagte Rand. »Ohne dich wär ich nie nach Europa gegangen.«
»Vielleicht doch.«
»Erinnerst du dich an die Abende, als wir am Fuß des Dru kampiert haben?«
»… und es unweigerlich regnete.«
»Das hast alles du mir gegeben. Durch dich hab ich die größten Dinge in meinem Leben gemacht.«
Cabot wußte nicht, was er sagen sollte. »Komisch, nicht?« war alles, was er herausbrachte.
»Jetzt mußt du nur noch eine Sache tun …«
»Weißt du, du bist wie meine Tante. Sie meint, wenn ich nur bete, wenn ich nur inständig genug bete, wer weiß, was dann alles passieren kann? Sie hört nicht auf, mir das zu sagen, sie wird nie aufhören, daran zu glauben. Sie ist eine gute Frau, ich habe sie immer gemocht, aber sie ist kein Arzt. Gott ist Arzt, ich weiß, aber Tantchen, hör doch, selbst Gott kann mir nicht dazu verhelfen, wieder zu gehen. Ich hab es ver-

sucht. Ich hab es wirklich versucht.« Er sah Rand offen ins Gesicht. Er war zu stolz, um zu bitten, aber er wollte sein Verständnis. »Glaub mir«, sagte er.

»Ich hab mit deinem Arzt gesprochen.«

»Ach, ja?«

»Er hat mir etwas gesagt, was ich nicht verstehe: daß dir körperlich nichts fehlt. Irgend etwas anderes hält dich in dem Stuhl fest.«

Cabot, verwirrt durch die Trunkenheit, hörte Dinge, von denen er wußte, daß sie nicht stimmten. Sie trieben wild durcheinander, forderten ihn heraus, sie zu widerlegen.

»Na gut, irgend etwas hält mich in dem Stuhl fest«, sagte er müde.

»Was ist es?«

»Ich weiß nicht.«

»Hast du den Mut verloren? Wie ich?« sagte Rand.

»Ich glaube nicht.«

»Kannst du das beweisen?« sagte Rand. Er goß sich sein Glas halbvoll, wie ein Gegner, der gewillt ist, die ganze Nacht zu bleiben, und hob gleichzeitig die Hand, die zwischen seinen Beinen gelegen hatte. Darin, kühl und schwer, lag ein Revolver.

Cabot starrte darauf. »Das ist meiner«, bemerkte er.

»Es ist nur eine Patrone da drin. Du mußt nichts tun, was ich nicht auch tu.«

Ein Auto, das die Einfahrt heraufkam, Mrs. Dabney, die an die Küchentür klopfte, das Telefon, das klingelte – Cabot wartete darauf, daß sie etwas in die Realität zurückholte.

»Wenn du deinen Mut verloren hast, hast du alles verloren. Danach ist alles egal.« Rand nahm einen Schluck. »Ich mach's als erster.«

Cabot griff plötzlich nach dem Revolver.

»Nein«, sagte Rand und hielt ihn von ihm weg. Er entsicherte ihn und ließ die Trommel herumwirbeln. »Der Vorsteiger fällt nie.«
Cabot sah zu, wie er die Mündung fast gleichgültig an seine Schläfe hielt und abdrückte. Man hörte ein leeres Klicken.
»Du bist dran.«
»Nein.«
Rand sagte nichts.
»Ich kann nicht«, sagte Cabot.
»Trink noch was.«
»Ich hab schon genug.«
»Du bist schon gestorben«, sagte Rand.
»Nicht ganz.«
»Ich war mit dir zusammen. Wir saßen da oben fest. Blitze schlugen auf dem Gipfel ein. Du wirst doch jetzt nicht klein beigeben?«
»Ich bin nicht betrunken genug.«
»Mach jetzt«, befahl Rand.
Cabot starrte auf den Revolver. Seine Schwärze war unglaublich. Er strahlte Macht aus. Er nahm ihn auf. Er hielt ihn sich an den Kopf. Langsam drückte er ab. Klick. Der Schlagbolzen traf auf eine leere Kammer. Eine plötzliche Welle von Glück, fast Seligkeit, überschwemmte ihn. Rand griff nach dem Revolver.
»Klettern«, sagte er. Er setzte sie erneut an den Kopf. Noch ein Klicken. »Komm rauf.«
Die Kugel war in einer der verbleibenden Kammern. Cabot nahm den Revolver auf wie eine Karte beim Pokerspiel, er sah ihn kaum an. Er starrte auf Rand. Er fühlte sich benommen, als die stumpfe, schwere Mündung neben seinem Auge aufsetzte, ein Auge, das, wie er unbeholfen dachte, nicht einmal Zeit für einen Wimpernschlag hätte. So würde es

enden. Er wehrte sich dagegen, er wollte es nicht glauben, obwohl er wußte, daß es so war. Das Ende, das unmöglich war, das niemals kommen würde. Sein Gesicht war feucht. Sein Herz schlug wie wild. Sein Gesicht zeigte vollkommene Ruhe. Er drückte ab.

Klick.

»Jetzt wird es endlich interessant«, sagte Rand.

»Das reicht.«

Rand hatte den Revolverlauf ergriffen.

»Wir sind jetzt so weit gekommen.« Seine Augen brannten, seine Konzentration war absolut. »Einmal noch.«

Er hob den Revolver. Cabot griff nach vorne, um ihn aufzuhalten. Ein Glas fiel um und zersplitterte auf dem Boden. Fast direkt darauf, unmerklich, fiel der Schlagbolzen.

Schweigen. Cabot nahm den Revolver.

»Das war's«, sagte er.

»Nein.«

Sie starrten einander an.

»Ich kann nicht.«

»Nur noch einmal.« Er schloß die Augen. Das Zimmer drehte sich.

»Du mußt«, hörte er.

Die Lichter der Welt würden ausgehen, die Nacht würde ihn verschlingen, er würde Frieden finden. Er war so nah daran. Seine Gedanken überschlugen sich, schossen vorbei. Er klammerte sich an die letzten Augenblicke.

»Drück ab.«

Er setzte an.

»Drück ab!«

Sein Finger spannte sich.

»Drück ab!« drängte Rand.

Der Bolzen schlug auf. Ein Klicken.

Er wußte kaum, was geschah. Rand war aufgesprungen.
»Du hast es getan!« rief er. »Du hast es getan! Jetzt steh auf! Steh auf!« Plötzlich wurde er ruhiger. »Du kannst es«, flehte er. »Du kannst es! Steh auf!«
Er begann an dem Rollstuhl zu rütteln. Cabots Kopf ging auf und nieder. Sie waren wie betrunkene Studenten, die Mobiliar zerschlugen. Glaube durchflutete das Zimmer.
»Du kannst es! Du kannst es!«
Auf der anderen Seite des schmalen Grundstücks, das zwischen den Häusern lag, hörte Mrs. Dabney, die mit ihrem in einem Bademantel gekleideten Mann im Wohnzimmer saß, das Gebrüll.
Eine wilde Anstrengung erschütterte den Rollstuhl, kippte ihn um und warf Cabot zu Boden, wo er zusammensackte, die Beine merkwürdig gebogen, und im Sitzen zu lachen begann.
»Komm! Geh!«
Cabot lachte.
»Komm hierher! Jack, du hast es getan. Du *kannst* gehen!«
Cabot schnappte nach Luft. Das Zimmer drehte sich.
»O Gott«, flehte er hilflos, »bitte.« Er brauchte einen Moment, um zu begreifen, daß er allein war.
»Vern?«
Er hörte nichts. Er rief und schleppte sich zur Tür. »Vern.«
Der Flur war leer. Aus dem hinteren Zimmer kam ein schwaches Geräusch. Selbst, wenn er es niemals zuvor gehört hätte, war es unmißverständlich, das Geräusch von Patronen, die in die Kammern geschoben wurden.
»Vern!« rief er.
Rand trat aus dem Zimmer, die Hand an der Seite. Er schien merkwürdig ruhig. »Jetzt ist er geladen«, sagte er.
Cabots Blick fiel eine Sekunde lang auf den Revolver.

»Sieh dich an. Dein Rollstuhl ist umgekippt, du sitzt da, du kannst dich nicht mal hochrappeln.«

»Ich kann mich hochrappeln«, sagte Cabot.

»Du bist nutzlos. Wir sind beide nutzlos«, sagte er. »Die einzige Frage ist, wer soll wen erschießen?«

Er schien völlig entmutigt. Cabot spürte plötzlich eine tiefe Zuneigung für ihn – er wußte nicht, warum dieses Gefühl so überwältigend war.

»Jack …«, hörte er.

»Ja?«

Er sah auf. Der Revolver war erhoben.

»Ich werde bis zehn zählen. Wenn du bis dahin nicht aufstehst und auf mich zugehst, werde ich abdrücken, das schwöre ich bei Gott. Weil du kein Krüppel bist. Ich weiß das.«

»Ich weiß, was du da versuchst.«

»Eins.«

»Ich wußte nicht, daß keine Kugel drin war«, sagte er. »Du hast nichts riskiert, aber ich.«

»Zwei.«

»Ach, zur Hölle«, sagte Cabot und gab den Kampf auf. Er wandte den Kopf ab, sah nicht einmal auf. Er hatte genug von dem Ganzen.

»Drei.«

Cabot wartete stoisch.

»Vier.« Rand hielt den Revolver in beiden Händen, zielte.

»Ich kann nicht gehen«, sagte Cabot wütend.

»Fünf.«

»Herrgott noch mal, ich kann nicht mal pissen.«

»Sechs.«

»Mach ruhig, schieß«, sagte er.

»Sieben. Steh auf, Jack. Bitte.«

Cabot hob die Augen. Als wäre es seine Idee, setzte er die Handflächen auf den Boden. Er versuchte aufzustehen.

»Acht. Steh auf.«

Mit der Kraft seines Oberkörpers, die beträchtlich war, versuchte er – wie ein Tier auf der Straße, das seine Hinterläufe nachzieht –, kämpfte er darum, irgendwie auf die Beine zu kommen. Sein Gesicht war naß. Die Adern auf seiner Stirn traten hervor.

»Neun.«

Er hörte es nicht. Alles in ihm konzentrierte sich auf den Versuch.

»Zehn«, sagte Rand.

Eine ohrenbetäubende Explosion. Cabot fiel. Es folgte eine weitere, der Schlag war gewaltig in der Enge des Flurs. Der zweite Schuß hinterließ wie der erste ein Loch in der Wand hinter Cabots Kopf. Er lag da, die Wange auf den Boden gedrückt. Rand feuerte erneut. Und noch einmal.

Carol kam gegen Mitternacht nach Hause. Sie war bei einer Freundin gewesen. Sie fand ihren Mann auf dem Sofa, mit schmutzigem Hemd, das Haar durcheinander. Der Rollstuhl stand leer im Raum.

»Was ist los? Was ist passiert?«

Er sah fern. Das Zimmer war ein Chaos.

»Nichts«, sagte er. »Es ist schon vorbei. Ich dachte, du kommst um elf.«

»Ich hab gar nicht darauf geachtet, wie spät es war. Was habt ihr gemacht?«

»Nichts, eigentlich. Rand hat ein paar Schüsse abgegeben.«

»Schüsse?«

»Mrs. Dabney hat sich aufgeregt und die Polizei gerufen.«

»Auf was hat er geschossen? Wo ist er?«

»Er ist weg«, sagte Cabot. »Ich nehm an, er wird zurückkommen. Er hat sich das Auto geliehen.«
In dem Moment sah sie die Einschüsse.
»Mein Gott«, sagte sie. »Was ist das?«
»Löcher«, sagte er.

37 »Louise?«
»Ja«, sagte eine schläfrige Stimme. »Wer ist da?«
»Erkennst du mich nicht?«
Es folgte eine Pause.
»Rand? Bist du das?« sagte sie. »Wo bist du?«
»Du hast meine Stimme also noch nicht vergessen.«
»Wie spät ist es?«
»Ungefähr halb acht.«
»Du warst schon immer früh auf. Wo bist du? In der Stadt?«
»Nein.«
»Wo?«
»Ach, oben im Norden. Wie geht's dir?«
»Ganz gut. Und dir?«
»Was macht Lane?«
»Das erzähl ich dir, wenn ich dich sehe. Er war in Schwierigkeiten.«
»Was für Schwierigkeiten?«
»Ich möchte lieber nicht am Telefon darüber sprechen.«
»Schade. Ist er da?«
»Er hat bei einem Freund übernachtet. Wo genau oben im Norden?«
Er sah sich um.
»Ach, ich weiß nicht«, sagte er. »Ich bin an irgendeiner Tankstelle.«
»Wann bist du zurückgekommen?«
»Vor ein paar Tagen.«

»Na ja, dann komm doch her.«
»Werd ich«, sagte er. »Ich wünschte, ich wär schon da.«
»Warum bist du es dann nicht?«
»Ich mußte ein paar Dinge erledigen.« Er hatte mit ihr reden wollen, aber jetzt fühlte er sich nicht mehr danach. Es gab eigentlich nichts zu sagen. »Die Kisten, die ich bei dir gelassen habe.«
»Ja, was ist damit?«
»In einer ist eine gute Angel.«
»Eine Angel?«
»Vielleicht würde sie Lane gefallen.«
»Ist alles in Ordnung mit dir?« fragte sie. »Du hörst dich ein wenig merkwürdig an.«
»Wirklich? Nein, alles in Ordnung.«
»Ich hab deinen Brief bekommen«, sagte sie.
Etwas weiter die Straße hinunter war eine Brücke, unter der ein kleiner Bach floß. Er stieg die Uferböschung hinab und wusch sich das Gesicht. Die Sonne kam hinter den Hügeln hervor. Im Wasser lagen leere Bierdosen.
Er fuhr weiter, in sich eine matte Zufriedenheit, tief in Gedanken. Das unbesiegbare Land trieb vorüber. Er nahm die Dinge in einer phantastischen Langsamkeit wahr, Gesichter hinter Windschutzscheiben, Städtenamen. Er dachte an seinen Vater und wie er ihn als Junge zur Jagd mitnahm. Sie hatten eine alte Flinte, Kaliber zwanzig, und eine Handvoll Patronen. Der Wind wehte über die Felder. Weit in der Ferne konnten sie die großen, sich ständig wandelnden Züge sehen, auf dem Weg nach Süden. Sie hatten keine Lockgänse. Ein Mann kam vorbei und erklärte ihnen, so würden sie nie eine Gans schießen. Sie hatten auch keinen Jagdschein.
Ein ganzes Leben scheint auf der Straße vorüberzuziehen. Die Sonne wechselt von einem Fenster zum anderen, Häuser,

Städte, Farmen tauchen auf und verschwinden. Auf einem Feld in der Nähe von Shandon sah er ein totes Fohlen, die Stute stand daneben, regungslos, leicht zu einer Seite geneigt. Das Fohlen schien geschrumpft, als würde es in den Boden sickern.

Er erinnerte sich an das Jahr, als sie mit dem Auto von Indiana wegfuhren, nur mit einer Tüte hartgekochter Eier. Sein Hund fraß keine Eier, sie hatten kein Geld, um etwas zu essen zu kaufen. Sie hielten an dem Abend an einem Fluß in Utah. Wolken von Insekten stiegen auf. Der Strom glitt vorüber, grün und silbern. In Elko fuhren sie auf einer holprigen Straße zu einem Hundezwinger, neben dem – er würde den Namen nie vergessen – Marvin Motel.

»Wir holen ihn in ein paar Tagen wieder ab«, erklärte sein Vater dem Mann.

Der Hund saß hinter dem Drahtzaun, beobachtete, wie sie wegfuhren, man sah seine weiße Brust.

Er dachte an Cabot. Der Berg war völlig schneebedeckt, als sie abstiegen. Sie hatten sich vom Grat aus abgeseilt. Es war kalt, besonders weiter unten, als sie durch Wasserfälle kamen. Cabot war stark, stärker als er zu der Zeit. Sie stiegen so schnell sie konnten hinunter, es war riskanter als der Aufstieg.

Er fuhr bei Volta nach Osten, quer durch das Tal. Es war mittlerweile Nachmittag. Er war kein Söldner, der nur auf Zeit kämpfte, sagte er sich. Die Hände auf dem Lenkrad waren Veteranenhände. Sein Herz war ein treues Herz. Dinge haben eine Dauer, die durch ein verborgenes Gesetz bestimmt wird. Das zu begreifen, es zu akzeptieren, heißt, die Weisheit eines Tieres anzunehmen. Er war ein Veteran, ein Leittier, aber sein Rudel war verstreut, verschwunden. Hinter ihm lag ein Kalifornien, in dem sich immer neue Wellen von Einwanderern niedergelassen hatten. Sie hatten Häuser gekauft, gearbeitet, Geschäfte betrieben. Hinter ihm lagen Raffinerien, Vororte, auf den Straßen leere Flaschen. Vor ihm war der letzte Zufluchtsort.

Die Straße war leer, sie schien ihn zu schlucken, ihn fortzuführen. Die späte Sonne ergoß sich über das Land. Sie lag im Rückspiegel, strahlend wie eine Leuchtspur. Ein weißes Pferd stand allein einer Weide, kein Himmel, keine Erde, wie auf einem Kupferstich.

Er sah sich im Spiegel, das Leben, dessen reinste Verkörperung er gewesen war, das, wie er glaubte, sich nie verlieren würde, lag hinter ihm. Früher hätte er sein Gesicht, so wie es jetzt war, verachtet. Er sah dem Winter entgegen, ohne Mantel, ohne eine Bleibe.

An diesem Abend kam er in eine Stadt, Lakeville. Ungepflasterte Gehsteige, Holzhäuser, Gärten mit gestapeltem Brennholz. Im Supermarkt brannte Licht. Auf einem Hügel stand eine verlassene Kirche. Riesige Bäume. Stille, kühle Luft. Am Stadtrand befand sich ein mit Wellblech gedecktes Lagerhaus. Neben dem Wohnwagenpark spielten Kinder Softball. Er saß dort auf einem alten Motorblock. Der Abend war silbrig und windstill. Er hatte vorgehabt, weiterzufahren, aber er konnte nicht mehr. Etwas war falsch gelaufen. Er war den Tränen nahe.

Er war so weit gegangen, so hoch geklettert, wie es ihm möglich war. Er konnte nicht weiter. Er wußte, was ihm passierte, seine Knie begannen zu zittern, er verlor den Halt. Er wollte in dem Moment nicht abrutschen, verzweifelt nach einem Griff suchend, sondern statt dessen plötzlich abspringen, fallen wie ein Heiliger, die Arme ausgestreckt, das Gesicht dem Himmel zugewandt.

Er dachte daran zu sterben. Er sehnte sich danach. Seine Welt war auseinandergebrochen. Er wollte, daß alle, jedes Tier, jedes Insekt, jede Schnecke auf dem Gartenpfad, Mädchen mit gebräunten Schultern, Flugzeuge, die in der Luft aufblitzten, alle miteinander mit ihrer Geschäftigkeit aufhörten und endlich in die Harmonie fänden, auf die er ein Recht hatte. Er hatte keine Angst vor dem Tod, es gab nichts dergleichen, es gab nur sich ändernde Formen, das Eintreten in die Legende, von der er bereits ein Teil war.

Er lag die ganze Nacht auf der Erde, das Gesicht nach unten, erschöpft. Früh am Morgen machte er sich in Richtung Norden auf. Er fuhr hinauf in die Berge, die Sierras.

Es gab viele Geschichten. Man hatte einen einzelnen Bergsteiger gesehen, hoch oben auf dem Half Dome, oder ein alleinstehendes Zelt in den stillen Wiesen oberhalb von Yosemite. In einem Sommer wurde er in Baja California gesehen, dann wieder in Tahquitz. Einige Jahre lang gab es jemanden in Morrison, Colorado, der ihm ähnelte – groß, in sich gekehrt, in einer kleinen Hütte ein paar Kilometer vor der Stadt lebend. Aber nach einer Weile zog auch er weiter.

Cabot wartetet die ganze Zeit auf eine Karte oder einen Brief. Es würde dauern, aber er wußte, irgendwann würde er von ihm hören. Lange Zeit glaubte er, Rand würde auf die eine oder andere Weise wieder auftauchen. Als die Jahre vergingen, wurde das zunehmend ungewisser.

Sie sprachen jedoch von ihm, etwas, was er immer gewollt hatte. Die Taten an sich werden übertroffen, aber die einzigartige Gestalt bleibt lebendig. Schließlich kam der Tag, als ihnen klar wurde, daß sie es nie genau wissen würden. Rand hatte es irgendwie geschafft. Er hatte den großen Fluß gefunden. Er war fort.

38 Es war ein grauer Tag. Die Wolken hingen tief, flach und gestreckt wie das Land. Das Wasser in der Bucht war glatt. Vögel saßen darauf. Von Zeit zu Zeit brach die Wasseroberfläche auf und kräuselte sich – Grashechte suchten darunter Beute. Das Neonschild bei Ruth's war ausgeschaltet. Draußen parkten ein paar Autos.

»Schaut euch das an! Was für ein Run!« rief Bonney. »Ah, verdammt.«

»Genau durch die Mitte«, sagte der Barkeeper.

»Die machen uns fertig. Okay, gebt ihnen ein Field goal.«

»Was sind das, dreißig Yard?«

Sie schwiegen, beobachteten die Vorbereitung.

»Blockt ihn ab!« rief Bonney.

»Der Ball ist in der Luft ... und ... vorbei. Rechts vorbei!« sagte der Reporter. Die Menge brüllte.

»Na also!« rief Bonney.

Ruth's lag am Highway, genau am Stadtrand. Abends gab es mexikanisches Essen.

Die Fliegentür schlug zu. Bonneys Bruder kam herein. »Heh, wo hast du gesteckt?« sagte Bonney. »Ich dachte, du wolltest das Spiel sehen.«

»Ich bin eingeschlafen. Stell dir vor, was passiert ist. Irgend 'ne Frau hat mich heut morgen um acht aus dem Bett geklingelt.«

»'ne Frau?«

»Ja. Es tät ihr echt leid, hat sie gesagt. Sie hat gemerkt, daß

ich noch geschlafen hab. Ich wollt wissen, wer sie ist. Weißt du, was sie gesagt hat? Deine Mutter, hat sie gesagt. Ich sagte, hör'n Sie, Lady, meine Mutter ist seit drei Jahren tot.«
»Und wer war sie?«
»Woher soll ich das wissen? Wie steht's?«
»Zwanzig zu drei.«
»Für wen?«
»Dallas.«
»Das kann doch nicht sein! Welches Viertel?«
»Drittes«, log Bonney. »Das meiste hast du verpaßt.«
»Das dritte Viertel? Schon?« Dale Bonney zog sich einen Stuhl heran und setzte sich hin. Er war jünger als sein Bruder, noch nicht dreißig. Er sah ihm nicht ähnlich, er war kleiner und hatte fast keine Haare mehr. Die beiden waren unzertrennlich. »Gib mir 'n Bier«, sagte er. »Habt ihr gewettet?«
»Du?«
Dale nickte.
»Was?«
»Sechs Punkte Unterschied.«
»Sechs? Vergiß es«, sagte Ken Bonney.
Das blaue Team war jetzt im Ballbesitz. Einer seiner Backs hatte dreizehn Yards geschafft.
»Wer war das? War das Hearn?« sagte Ken. »War er das?«
»Ich glaub, ja«, sagte der Barmann. »Nein, es war Brockman.«
»Brocklin.«
»Ist das wirklich schon das dritte Viertel?«
Es folgte ein neuer Run mit Ballverlust.
»Gott noch mal!« rief Ken. Der Ballträger war verletzt, er lag auf dem Rücken. »*Das* ist Hearn!« sagte er, als hätte er das schon vermutet. »Schafft ihn da raus! Hearn, du bist am

Ende! Stellt jemand Jüngeren auf!« Der Spieler wurde langsam vom Feld geführt. Ken wandte sich von der Theke ab. Er machte eine hilflose Geste hin zu dem einzigen anderen Gast, der an einem der Tische saß. »Würden Sie auf so'n Team setzen?« fragte er.
Der Mann sah auf. »Auf welches?« sagte er.
»Hearn! Was geht nur in deren Köpfen vor? Die *wollen* doch verlieren.«
Es folgte eine Pause.
»Und weiter?« sagte der Mann.
»Ich geb's auf, wirklich.«
»Sie verstehen 'ne Menge davon, was?« Es lag etwas zu Ruhiges, fast Gleichgültiges in seiner Stimme.
Eine ferne Warnung, ein Aufblitzen von Gefahr erreichte Bonney. Er wandte sich ab. Die Tür schlug zu. Eine Frau kam herein, sie trug weiche Crêpehosen und hochhackige Schuhe. »Hi, Paula«, sagte er.
»Hi, Ken.« Sie setzte sich zu dem Mann am Tisch. »Tut mir leid, ich bin spät dran«, sagte sie.
»Wie geht's Fraser?« rief Ken von der Theke.
»Gut. Er ist in Atlanta.«
»Was treibt er da?«
»Er wohnt da«, sagte sie. Dann über den Tisch: »Bist du schon lange hier?«
»Zweiundvierzig Minuten.«
»Gott. Geht's nicht noch genauer? Wer spielt da?« fragte sie.
»Ich weiß nicht. Dallas gegen irgendwen«, sagte er.
Paula Gerard war Lehrerin. Sie war geschieden. Genaugenommen, gab sie zu, war sie nie verheiratet gewesen, sie hatte nur seinen Namen angenommen. Sie hatte dunkles Haar und ein spontanes, sorgloses Lächeln. Sie wirkte immer ein wenig unordentlich, vielleicht lag es an ihrer Kleidung. Sie

erzählte unglaubliche Geschichten, vor allem wenn sie trank. Sie schwor, daß sie wahr seien.
Sie war seit fast einem Jahr geschieden. Fraser war Geschäftsmann. Er arbeitete aber eigentlich nie richtig. Er spielte Tennis, trank und lebte vom Geld seiner Familie. Er war wirklich sehr witzig, sagte sie. Einmal waren sie zusammen nach London geflogen, und auf das Einreiseformular habe er unter ›Sex‹: Ja, viel, geschrieben. Aber er war verwöhnt und schwach. Sie hatte es jahrelang mit ihm ausgehalten. Sie hatte Dinge getan, die sie nie für möglich gehalten hätte, sagte sie.
Bonney sah ihnen nach, als sie wegfuhren. »Wer war das?«
»Irgend so 'n Typ, weiß nicht, wie er heißt. Sie ist schon 'n Weilchen mit ihm zusammen.«
»Kann es sein, daß der 'n bißchen spinnt?«
»Schon möglich«, erwiderte der Barmann.
Der Nachmittag verblaßte. Im ganzen Osten wurde in der unheimlichen Stille, die Stadien umgibt, das letzte Viertel ausgetragen.

Sie fuhren am Meer entlang, das metallisch war, glatt. Die Schilder der Motels und Restaurants waren erleuchtet. Er schien schlecht gelaunt – das war oft so. Sie hatte es immer darauf geschoben, daß er alleine arbeitete; er beaufsichtigte einen Autoschrottplatz, der einem Mann in Pensacola gehörte, er lag in der Nähe der Bucht. Autos wurden angeliefert, manche völlig zusammengequetscht, die Türen verklemmt, die Sitze von Glasscherben bedeckt. »Man muß schon betrunken sein, um das zu überleben«, sagte der Fahrer des Abschleppwagens.
Es gefiel ihm, die Einsamkeit, die Sonne. Von der anderen Seite des Zauns drang das schwache Geräusch des Verkehrs

herüber. Drinnen, im Staub, in der Stille, standen Reihen zerbeulter Frontteile, ohne Scheinwerfer, ohne Räder. Überall war Rost, Spinnen, die unter dem Armaturenbrett ihre Netze webten. Auf einer Seite, wie eine verlorene Panzereinheit, standen Reihen von Volkswagen, Kombis, Limousinen, die meisten mit gebrochener Hinterachse, die Schnauze erhoben wie sterbende Tiere. Auf den Fensterscheiben waren Aufkleber von Texas, Georgia, *Turista Mexico*.

Er hatte ein kleines Apartment, zwei Zimmer und eine Küche, ordentlich, aber etwas kahl. Darin befanden sich ein Holztisch, darüber ein Regal mit Büchern, eine Hängematte, ein Korbsofa. Die Sonne fiel morgens durch die Fenster und strömte auf den leeren Boden. Er hatte wenige Freunde. An Wochenenden schlief er lange. Nie lag eine Zeitung herum, nicht einmal eine Zeitschrift. Er erholte sich von etwas, einer Krankheit, einer Wunde. Er hatte keine Pläne. Ab und zu sprach er davon, sich ein Boot zu kaufen, und eines Abends, ganz unerwartet, von Frankreich.

»Du warst in Frankreich?«

»Ich habe da gelebt«, sagte er.

»Das wußte ich gar nicht. Wann war das?«

»Ach, ist 'ne Weile her«, sagte er. Das war alles.

Manchmal sah sie ihn spätabends in der Hängematte liegen, barfuß, bei laufendem Fernseher, die Arme über dem Kopf verschränkt, als wollte er das Licht abschirmen.

Sie begann Essen zu machen. Es war fast Abend, und es hatte angefangen zu regnen. Ab und zu sah man sie durch die Küchentür, wie sie hin und her ging. Sie war schlaksig, nur Arme und Beine. Das Zimmer wurde allmählich dunkel, die offene Tür immer heller. Man hörte, wie sie etwas zusammenmixte, laufendes Wasser. Die Kühlschranktür ging auf und schloß sich. Sie kam mit einem Butterbrot und einer

Dose Bier ins Zimmer. Sie setzte sich neben ihn. Der Wind hatte eingesetzt, der Regen schlug gegen die Scheiben.

»Bist du hungrig?«

»Nicht sehr.«

»Warum warten wir dann nicht?« sagte sie. Sie sah auf ihre Knie. Ihr Haar war offen und hing herab. Sie sammelte es gedankenverloren in einer Hand. »Fraser hat mir geschrieben«, sagte sie.

»Ach ja?«

»Aus Atlanta. Er hat mit dem Trinken aufgehört, sagt er. Er hat sogar Arbeit.« Regenböen fegten gegen das Haus. »Er will, daß ich zurückkomme«, sagte sie.

Es folgte Schweigen.

»Ich dachte, damit wär's vorbei.«

Sie zuckte mit den Achseln.

»Willst du zu ihm zurück?«

Sie antwortete nicht. Nach einem Moment wandte er sich ab. Es war, als hätte er sie vergessen, als dächte er an etwas anderes. Er machte immer lange Pausen, wie Abstiege.

»Warum erzählst du mir das?« sagte er schließlich.

»Interessiert es dich nicht?«

Er sagte nichts. Es war zu anstrengend, es zu erklären. Er wollte nichts mehr durchleben, was er bereits durchlebt hatte. Er wollte nicht, daß sich alles wiederholte.

»Regnet ziemlich. Sieht nach einem richtigen Unwetter aus«, sagte er. Die Worte, die Sätze waren gepreßt, als kämen sie nur schwer heraus. Er schien sie nicht frei sprechen zu können. »Du willst, daß ich dir sage, was du tun sollst? Geh nicht zu ihm zurück«, sagte er.

»Warum nicht?«

»Es ist aus. Wenn's einmal vorbei ist, ist es vorbei.«

»Nicht immer«, sagte sie.

»Na ja, vielleicht hast du recht«, sagte er. »Es gibt wohl keine Regeln.«

»Ich weiß nicht, was du willst«, sagte sie. »Das ist das Problem.«

»Ich glaub nicht, daß es das ist.«

»Ich kenn dich im Grunde gar nicht.«

»Das sagst du so, aber es stimmt nicht. Du kennst mich ganz gut. Ich bin ein Schwindler«, sagte er ruhig, »genau wie die anderen auch.«

Es folgte Schweigen. Er saß da.

»Du weißt, daß ich vierunddreißig bin«, sagte sie.

»Wirklich?«

»Ja.«

»Ich dachte, du wärst zweiunddreißig.«

»Nein, ich bin vierunddreißig. Ich dachte nur, du solltest das wissen.«

»Das ist doch nicht alt.«

»Ich brauch jemanden, dem ich vertrauen kann«, sagte sie. Sie sah ihn nicht an, sondern zu Boden. »Ich will etwas fühlen. Mit dir ist es, als würde sich alles in der leeren Luft verlieren.«

»In der leeren Luft ...«

»Ja.«

»Du darfst nur nicht loslassen«, sagte er. »Du darfst keine Angst haben.«

»Ich hab aber Angst.«

»Du darfst nicht loslassen.«

»Das ist alles?«

»Mehr kann ich dir nicht sagen. Es wäre unwahr.«

»Nicht loslassen ...«, sagte sie.

»Genau.«

Er sieht es vor sich in der Dunkelheit, keine Vision, kein Zeichen, aber eine wirkliche Zuflucht, wenn er sie nur erreichen kann. Im erleuchteten Zimmer sind zwei Gestalten, er kann sie deutlich sehen, manchmal sitzen sie beisammen, manchmal bewegen sie sich, ein Mann und eine Frau, die man durchs Fenster sieht, in der Dämmerung, im Regen Floridas.